SKINK
não se renda

Carl Hiaasen

SKINK
não se renda

Tradução
Monique D'Orazio

nVersos

Copyright © 2014 Carl Hiaasen.
Licença exclusiva para publicação em português brasileiro cedida à nVersos Editora.
Todos os direitos reservados.
Publicado originalmente na língua inglesa sob o título *Skink – No Surrender*.

Diretor Editorial e de Arte Julio César Batista

Editora Assistente Letícia Howes

Capa e Editor de Arte Áthila Pereira Pelá

Projeto Gráfico e Editoração Eletrônica Erick Pasqua

Preparação Daniel Siqueira

Revisão Carol Sammartano, César Carvalho e Marina Ruivo

Dados Internacionais de Catalogação na Publicação (CIP)
(Câmara Brasileira do Livro, SP, Brasil)

Hiaasen, Carl
 Skink : não se renda / Carl Hiaasen ;
tradução Monique D'Orazio. -- São Paulo :
nVersos, 2016.

 Título original: Skink : no surrender.
 ISBN 978-85-8444-076-4

 1. Ficção norte-americana I. Título.

15-09999   CDD-813

Índices para catálogo sistemático:
1. Ficção : Literatura norte-americana 813

1ª edição – 2016
Esta obra contempla
o Acordo Ortográfico
da Língua Portuguesa
Impresso no Brasil
Printed in Brazil

nVersos Editora
Av. Paulista, 949, 18º andar
01311-917 – São Paulo – SP
Tel.: 11 3382-3000
www.nversos.com.br
nversos@nversos.com.br

Para Doug Peacock,

que mantém a chama acesa

SUMÁRIO

1. 9
2. 19
3. 28
4. 35
5. 49
6. 59
7. 71
8. 79
9. 90
10. 102
11. 115
12. 123
13. 132

- **14** 144
- **15** 153
- **16** 161
- **17** 173
- **18** 181
- **19** 191
- **20** 200
- **21** 212
- **22** 224
- **23** 235
- **24** 242

Caminhei até a praia e esperei por Malley, mas ela não apareceu.

A lua estava cheia e a brisa do mar era quente. Duas horas eu fiquei ali sentado na areia; mas nada de Malley. No início foi só irritante, mas, depois de um tempo, comecei a me preocupar com a possibilidade de algo estar errado.

Minha prima, apesar de seus problemas, é uma pessoa pontual.

Fiquei ligando para o celular dela, mas a chamada caía direto na caixa postal, cuja mensagem era Malley falando num divertido sotaque britânico: "Estou no banheiro. Ligo mais tarde!". Não deixei recado. Também não mandei mensagem de texto, caso alguém estivesse com o celular dela.

Alguém tipo seu pai, que é meu tio. Ele confisca o celular da Malley umas duas vezes por semana como punição por mau comportamento, por mentir, por qualquer coisa. Apesar disso, mesmo quando ela está com problemas em casa, sempre encontra um jeito de fugir para a praia.

O pessoal das tartarugas estava vasculhando a costa, balançando lanternas. Andei para o norte, como Malley e eu normalmente fazíamos. Nunca vimos uma tartaruga realmente colocando ovos, mas tínhamos encontrado vários ninhos. A primeira coisa que a gente nota são os rastros das nadadeiras, que seguem até o mar. Tartarugas-cabeçudas, tartarugas-de-pente e tartarugas-verdes deixam trincheiras parecidas com rastros de mini buggy quando arrastam os cascos pesados pela areia.

Assim que a mãe tartaruga acaba de depositar os ovos, ela os cobre com um montinho de areia fofa e revirada. Toda vez que Malley e eu nos deparávamos com um, ligávamos para o departamento estadual de vida selvagem e eles mandavam um funcionário para marcar.

Primeiro as estacas de madeira são batidas na areia a fim de criar um perímetro retangular ao redor do monte; em seguida, fitas rosa-berrante são amarradas de uma estaca a outra. A gente pode ir preso se zoar com um ninho de tartaruga, por isso os funcionários colocam uma placa de aviso. Ainda assim, com muita frequência, algum idiota por aí é pego roubando ovos, que depois são vendidos como ingrediente afrodisíaco em alguns lugares. Patético, mas é verdade.

O celular vibrou, mas não era mensagem de Malley; era minha mãe perguntando onde diabos eu estava. Respondi dizendo que estava na praia e que nenhum bandido selvagem tinha tentado me pegar. Depois, tentei mais uma vez o número de Malley, mas ela não atendeu.

Então andei sozinho até chegar a um ninho marcado que não me lembrava de ter visto da última vez em que Malley e eu estivemos ali. A escavação era nova e fofa. Escolhi um local ao redor da fita de advertência e me sentei, segurando o taco de beisebol que minha mãe me faz levar como proteção sempre que vou à praia após o anoitecer. É um modelo feito de alumínio, da Easton, que sobrou de quando eu jogava na liga infantil. Eu me sinto um idiota por levá-lo, mas minha mãe não me deixa sair de casa sem ele. "Lunáticos demais no mundo", diz ela.

O luar oblíquo fez as ondas parecerem feitas de ouro rosa. Deitei, cruzei os braços atrás da cabeça e fechei os olhos. O vento estava diminuindo, e ouvi um trem explodir a buzina a oeste, em direção ao continente.

Isso não era tudo. Também ouvi som de respiração, e não era a minha.

No começo, pensei: "tartaruga". As respirações eram úmidas e superficiais, como ar forçado através de um apito quebrado.

Sentei-me e olhei em volta: nenhum sinal de rastros. Talvez fosse um lince velho me observando das dunas. Ou um guaxinim – eles gostam de cavar os ninhos de tartarugas-cabeçudas e comer os ovos. Bati o Easton na palma da mão esquerda, que ficou latejando. O barulho foi seco o suficiente para assustar a maioria das criaturas, mas não assustava o que quer que estivesse respirando nas proximidades.

Ir embora parecia uma ideia inteligente, mas andei só cinquenta metros antes de me virar e voltar. Isso que eu estava ouvindo não poderia ser muito grande, senão eu teria visto; a verdade era que não havia lugar nenhum para se esconder em uma praia vazia sob a lua cheia.

Eu me aproximei de novo do ninho de tartaruga, deixei o Easton no chão e coloquei as mãos sobre as orelhas para abafar o som das ondas. A respiração misteriosa parecia vir de dentro do retângulo de fitas cor-de-rosa.

"Poderia ser um caranguejo?", me perguntei. "Um caranguejo com asma?". Porque ovos novos de tartaruga não davam um pio. Isso eu sabia como fato.

Cuidadosamente, passei por cima da fronteira de fitas e me agachei em cima do ninho. De dentro e de fora saía um ruído áspero, lento e constante. Inclinei-me para mais perto e vi um canudo de refrigerante listrado espetado na areia. Pela ponta exposta, eu podia sentir um sopro de ar quente sempre que a criatura subterrânea expirava.

Pouco mais de cinco centímetros do canudo estavam expostos, mas era o suficiente para eu pegá-lo entre os dedos. Quando o puxei para fora do monte, o ruído que ia de dentro para fora e vice-versa parou.

Fiquei duro como pedra, apoiado nos calcanhares, à espera de uma reação. Sinceramente, eu não estava tentando sufocar o bicho; só queria fazê-lo rastejar para fora e assim eu poderia ver o que diabos ele era. Minha ideia era tirar uma foto com o celular e mandar para Malley.

O caranguejo mais sorrateiro do mundo, né?

Mas, então, enquanto eu olhava para o local onde antes estava o canudo, o ninho de tartaruga basicamente explodiu. Um homem adulto se levantou num tiro e ficou em pé, lançando uma chuva de areia, e meu coração deve ter parado de bater por dez segundos.

Com estatura de um urso cinzento, ele tossia, cuspia e xingava através de uma longa barba dura e cheia de areia. Em sua cabeça de pedra esculpida, ele usava (eu juro) uma touca de banho de plástico florida. Ainda mais estranho: seus olhos apontavam para direções totalmente diferentes.

Dei um salto de novo por cima da fita e peguei meu taco de beisebol.

– Se liga, moleque – ele disse.

Depois de recuperar o fôlego, perguntei:

– O que você está fazendo aqui?

– Sufocando, graças a você.

Tentei me desculpar, mas não consegui juntar as palavras. Eu estava muito assustado.

– Vamos começar com seu nome – disse o homem.

– R-R-Richard.

– Chamam você de Rick?

– Não.

– Ricky? Richie?

– Só Richard.

– Digno de nota – falou. – Já gosto dos seus pais.

– Cara, você não pode dormir em um ninho de tartaruga!

– O que você fez com meu canudo? – Ele se limpou. Acho que tinha 1,90 metro, 1,95 metro. Grande, como eu disse. Vestia uma jaqueta militar velha e mofada, calça camuflada e estava agarrado a uma mochila militar suja.

– Vão te colocar na cadeia – falei.

– Vão? – Ele girou um círculo completo no lugar, chutando violentamente a areia com as botas. Cobri os olhos.

— Veja, Richard — disse quando terminou —, não é um ninho real de tartaruga.

Uma por uma, ele puxou as estacas e as amarrou com as fitas cor-de-rosa. Enfiou tudo na mochila e disse:

— Eu estava esperando um homem.

— Enterrado na praia?

— Era para ser uma surpresa. O nome dele é Dodge Olney. Ele desenterra ovos de tartaruga e vende no mercado negro por dois dólares cada. Uma noite ele vai me desenterrar.

— E o que vai acontecer depois? — perguntei.

— Ele e eu vamos ter uma conversa.

— Por que você não chama a polícia de uma vez?

— Olney foi preso três vezes por roubar ninhos de cabeçuda — explicou o homem. — A experiência no presídio não serviu como reabilitação. Vou tentar uma abordagem diferente.

Não havia raiva em sua voz, mas a cadência lenta das palavras me deixou seriamente feliz por não ser o Sr. Olney.

— Me diz uma coisa, Richard. O que você está fazendo aqui?

Não tenho muita experiência com moradores de rua, então fiquei meio intimidado. Mas ele era um cara velho, provavelmente da mesma idade que meu avô, e eu decidi que não havia a menor possibilidade de ele me pegar se eu saísse correndo.

Olhando de um lado para o outro pela costa, vi que eu estava sozinho. Os fachos de lanterna mais próximos estavam a uns duzentos metros de distância — mais gente das tartarugas. Havia uma fileira de casas particulares do outro lado das dunas, então percebi que eu poderia disparar naquela direção se necessário, bater na porta de alguém e pedir socorro.

— É melhor eu ir andando — falei para o estranho.

— Excelente ideia.

— Se você vir uma garota aqui da minha idade… É minha prima. — Eu queria que ele soubesse, caso tivesse ideias malucas. Ele estava ciente de que, ao luar, eu tinha dado uma boa olhada em seu rosto, naqueles globos oculares estranhos que não combinavam.

– Quer que eu peça a ela para te ligar? – perguntou.

– Não fale com ela, por favor. Ela vai ficar com medo.

– É compreensível.

– Talvez você devesse encontrar outro lugar para passar a noite – eu disse.

Ele sorriu – e eu quero dizer que aqueles foram os dentes mais brancos, brilhantes e retos que eu já vi. Não o que a gente espera de um velho sujo que acabou de pular de um buraco.

– Filho, vim andando desde Lauderdale nesta caçada, dormindo na praia todas as noites. Isso são duzentos e tantos quilômetros, e você é a primeira pessoa a questionar.

– Não estou questionando – falei. – Só, tipo, sugerindo.

– Bem, eu tenho uma sugestão para você: vá para casa.

– Como você se chama? – perguntei.

– Para você poder me entregar para a polícia? Não, obrigado.

Prometi não chamar a polícia, o que era verdade por enquanto. O homem não estava violando nenhuma lei dormindo no subsolo com um canudinho como duto de respiração. Sério, ele não estava incomodando alma nenhuma, daí eu apareci e comecei a irritá-lo.

– O nome é Clint Tyree – ele me disse –, embora eu não tenha atendido a ele nos últimos anos. Agora, boa noite.

Afastou-se, ao longo da água. Me sentei ao lado dos restos de seu ninho de tartaruga falso, peguei o celular e procurei no Google o nome que ele me deu, só para ter certeza de que não estava listado em algum site de abusadores de crianças. Não estava. Era, no entanto, famoso por outra coisa.

Quando o alcancei, oitocentos metros para frente pela praia, disse-lhe que, segundo a Wikipédia, ele estava morto.

– Wiki quem? – perguntou.

– É uma enciclopédia comunitária na internet.

– Você pode muito bem estar falando com um marciano. – Ele continuou andando, conforme as ondas espirravam sobre suas botas.

Eu disse:

– Cara, eu realmente quero ouvir sua história.

– Primeiro me conte sobre sua prima. Você está preocupado com ela.

– Na verdade, não.

– Mentira.

– Tá – disse eu. – Talvez um pouco preocupado. Era para ela me encontrar aqui esta noite, mas ela não veio, o que é estranho.

– Você tentou ligar?

– Claro. Várias e várias vezes.

O homem balançou a cabeça.

– Segura meu olho – disse, arrancando o olho esquerdo do rosto.

Eu estava em casa, na cama, quando Malley finalmente mandou uma mensagem: "De castigo outra vez. Desculpe por não ter conseguido fugir".

Uma desculpa perfeitamente crível, exceto por um detalhe. Depois de deixar a praia, eu corri os sete quarteirões até a casa dela e vi que as luzes em seu quarto estavam apagadas. Malley era uma verdadeira coruja; sempre ficava acordada até muito além da meia-noite. Eram só dez e meia quando eu me agachei atrás do carvalho em frente ao quintal dela, observando sua janela. O quarto estava completamente escuro, o que significava que Malley não estava em casa. O que significava que ela não poderia estar de castigo.

Da minha cama, eu mandei uma mensagem de volta: "Vc tá bem?".

"Tô. Ligo amanhã."

É claro que não consegui dormir depois disso, então fui para a sala de estar, onde Trent estava assistindo a uma luta de gaiola no *pay-per-view*. Sério.

— Sua mãe está roncando como um búfalo — disse ele.

— Eles também roncam? Pensei que só bufassem.

— Ei, campeão, antes de se sentar, traz uma garrafa gelada pra mim?

Trent bebe mais refrigerante do que qualquer humano mortal no planeta. É difícil de assistir, porque ele engole o negócio tão rápido que escorre no queixo como baba verde. Estamos falando de *litros* de cafeína açucarada todos os dias.

Mesmo assim, levei uma garrafa. Trent é meu padrasto, e não temos problemas. Ele me trata como um irmão mais novo, e eu o trato igual. Ele é inofensivo e bem-humorado, porém burro como uma caixa de pedras.

— Isso é sorvete? — ele me perguntou.

"Não, Trent, é uma bola de queijo com molho de chocolate."

— Quer um pouco? — perguntei.

— Talvez mais tarde, campeão. Você acredita nestes dois animais? — Trent era viciado em lutas de gaiola. — Ó, viu isso? É sangue de verdade.

— Uau. — Foi o melhor que eu consegui dizer. A verdade é que eu preferia sentar e assistir a um documentário sobre Calvin Coolidge do que assistir a dois patetas carecas enfiando porrada um no outro num canil gigante.

Minha mãe se casou com Trent em dezembro passado, nem três anos inteiros depois do meu pai falecer. Meu pai era um cara incrível, e a falta que sinto dele é pior do que qualquer outra coisa. Ele era muito mais esperto do que Trent, mas morreu de uma forma realmente idiota. Ele seria o primeiro a admitir.

Cap. 1

Eis o que aconteceu: ele bebeu duas cervejas, subiu no skate e bateu com toda velocidade na traseira de um caminhão de entregas da UPS (United Parcel Service Inc.) estacionado. Era um veículo grande, mas meu pai não o viu a tempo. Isso porque ele estava muito ocupado desembrulhando uma barra de chocolate enquanto ia descendo pela estrada A1A. Sem capacete, claro. Estamos falando de um homem de quarenta e cinco anos, com mestrado em engenharia pela Georgia Tech. Inacreditável.

No funeral, um de seus amigos surfistas se levantou e disse: "Pelo menos Randy morreu fazendo algo que ele amava de verdade".

"O quê?", pensei. "Sangrando pelos tímpanos?"

Depois disso, minha mãe ficou arrasada e praticamente permaneceu assim até conhecer Trent, cujo único passatempo conhecido é o golfe. Ele trabalha como agente imobiliário aqui em Loggerhead Beach,[1] mas os negócios andam devagar, por isso ele tem um monte de tempo livre não saudável. Seu segundo programa de TV preferido é um reality show da TV a cabo chamado *Diários do Pé-Grande*.

Para provocar Trent, eu disse que tinha visto um *skunk ape*[2] na praia.

— Corta essa — ele falou.

— Bem, tinha o cheiro de um *skunk ape*.

— Espera só, campeão. Algum dia vão pegar um daqueles monstros peludos, e eu mal posso esperar para ver a sua cara.

---

1 A tradução do nome da cidade é "praia das tartarugas-cabeçudas". (N. da T.)

2 O *skunk ape* ("macaco-doninha") é um animal de existência não provada, cuja lenda é semelhante à do Pé-Grande. Os avistamentos mais conhecidos ocorreram no estado norte-americano da Flórida e falam de uma criatura bípede, peluda, grande e malcheirosa. (N. da T.)

Trent acredita piamente em pés-grandes, ou *sasquatches* e *skunk apes* – assim que eles são chamados na Flórida.

– O que eu conheci tinha um olho de vidro – falei com naturalidade. – Tirei a areia de cima dele.

– Nossa, é hilário, Richard. – Ele virou o litro de refrigerante nos lábios e bebeu o líquido às goladas. – Ouvi que vão começar a ser caçados com *drones*, como fazem com os talibãs. Não é demais?

– Ultrademais – eu disse, voltando para a cama.

Dormi ouvindo Willie Nelson, um dos cantores favoritos do meu pai. Quando acordei de manhã, havia uma mensagem de texto de uma garota chamada Beth, a melhor amiga da Malley na equipe de atletismo.

"Ela foi embora!", disse Beth.

"Para onde?", mandei em outra mensagem.

"Ela não quer dizer! O que a gente faz?"

Meu tio parecia surpreso em me ver. Ele estava com roupas de trabalho. Seu nome é Dan, e ele dirige um caminhão-caçamba para a Florida Power & Light.

– A Malley está por aí? – perguntei.

– Não, Richard, ela saiu ontem.

– Foi para onde?

– Para a escola. Ela não te disse?

– Achei que as aulas dela ainda demorariam algumas semanas para começar.

– Vem – disse tio Dan. – Acabei de voltar do trabalho. – Durante a temporada de furacões, ele trabalha no turno da noite porque o salário é melhor, e ele tem preferência por causa do tempo de serviço. – Quer tomar café da manhã? A Sandy ainda está dormindo.

Ele me serviu uma tigela de cereal e cortou uma banana tão velha e mole por cima que, sério, um chimpanzé faminto não teria tocado nela.

– É, a Malley pegou um voo e foi para a orientação antecipada – disse ele.

Apenas balancei a cabeça enquanto mastigava o cereal, evitando as fatias marrons esquisitas.

– Ela havia esquecido completamente disso – continuou o tio Dan – até dois dias atrás, quando a assessora do dormitório dela ligou. Mas estamos falando da Malley.

– Clássico – disse eu.

Tio Dan e tia Sandy iam mandar Malley para um internato de meninas chamado Academia Twigg. Para dizer de forma simples, eles não queriam mais lidar com ela todos os dias. Ela dá trabalho, sem dúvida.

Malley me disse que o preço da Twigg era de 39 mil por ano, com refeições não inclusas. Somado ao custo de roupas de inverno, mais passagens de avião de ida e volta para New Hampshire, não faço ideia de como os pais dela planejavam pagar por esse tipo de educação. Malley suspeitava que iam fazer uma segunda hipoteca na casa, o que significava que deviam estar semidesesperados.

– É estranho que ela não tenha dito que estava de partida para vocês poderem se despedir – comentou tio Dan.

– Não tem problema – falei, o que era uma completa mentira.

Malley e eu nascemos com apenas nove dias de diferença. A não ser durante as férias, nós dois passamos a vida inteira em Loggerhead. Eu não podia imaginá-la em um colégio interno num lugar tão frio a ponto de congelar motores de carros. Sinceramente, não podia imaginá-la em um colégio interno, ponto. Malley vestindo uniforme escolar? De jeito nenhum.

– Ela falou muito com você sobre essa mudança para Twigg? – perguntou o tio Dan. – Porque tivemos a impressão de que ela estava meio que ansiosa para ir. Acho que todos nós precisamos de uma trégua.

– Ela parecia não ver problemas – falei, o que era verdade.

Malley me deu a notícia de um jeito incrivelmente calmo e discreto. Agora, se fosse eu a ser enviado para algum colégio interno, ela teria ficado pê da vida.

"New Hampshire? Fala sério!".

Ainda assim, eu não estava pronto para engolir a história da "orientação antecipada" da Malley.

Ao tio Dan eu disse:

– Ela pegou emprestado um livro meu. Tudo bem se eu for buscar?

– Claro, Richard. – Ele estava tentando fazer *waffles* com um apetrecho digital que minha mãe tinha lhe comprado de aniversário. Programar o negócio era complicado o suficiente para manter meu tio ocupado enquanto eu ia bisbilhotar o quarto da Malley.

O pôster do One Direction ainda estava na parede. Assim como o do Bruno Mars e o do Jimi Hendrix Experience – a Malley gostava de todos os tipos de música. O armário não estava tão vazio como eu pensei que estaria, e imediatamente notei que ela não levou as roupas de inverno para a escola. Havia uma parca pesada com capuz forrado de pele falsa de coelho e um casaco de lã vermelho ainda com a etiqueta de preço da LL Bean.

Ok, ainda era apenas agosto, verão. Talvez ela planejasse voltar para casa para fazer uma visita e pegar os casacos antes do clima lá no Norte esfriar, ou talvez tia Sandy fosse empacotar tudo e mandar para ela. Ou talvez Malley realmente não tivesse pegado um voo para New Hampshire.

Seu laptop tinha desaparecido, e sua escrivaninha tinha sido toda desocupada, exceto por uma gaveta. Dentro havia um envelope branco com as iniciais T e C impressas na parte da frente, por cima de um endereço em Orlando.

TC era um cara chamado Talbo Chock, mais velho que a Malley. Ele morava perto da Disney World e, pelo visto, era algum DJ de uma boate da moda. Malley não o conhecia pessoalmente, mas fez amizade com ele pela internet, o que era pra lá de idiota. Eu disse isso a ela mais de uma vez.

Mesmo que o envelope não fosse dirigido a mim, eu o abri.

Um bilhete com a letra de Malley dizia: "Talbo, por favor, não se esqueça de mim quando eu estiver no colégio 'inferno' de Twitt. Tente arranjar um show em Manchester, para que a gente possa finalmente ficar junto!".

Junto com o bilhete estava uma foto 3x4. Era sua foto da escola do ano anterior, antes de tirar o aparelho dos dentes – uma foto de que ela não gostava e que nunca teria dado a um cara que ela estivesse tentando impressionar.

Malley sempre tinha algumas selfies bonitinhas no iPhone. Poderia facilmente ter mandado uma das fotos para Talbo Chock pelo celular; também poderia ter enviado o bilhete por mensagem.

Mas o envelope não era para TC de verdade, e Malley não tinha simplesmente esquecido de enviá-lo. Tinha deixado dentro da gaveta de propósito, para seus pais encontrarem. Coloquei-o de volta no lugar.

Assim que cheguei em casa, procurei o endereço de Orlando no Google e descobri que era um hotel de beira de estrada perto do Sea World. Liguei para lá e – que choque! – ninguém chamado Talbo Chock estava registrado lá.

Em seguida, procurei pela Academia Twigg e liguei para a secretaria.

– Quando começa a orientação antecipada para novos alunos? – perguntei à senhora que atendeu o telefone.

– Não fazemos orientação antecipada – respondeu a mulher.

Liguei para Beth imediatamente a fim de contar. Ela não ficou surpresa. Sua conversa com Malley naquela manhã mal tinha durado dois minutos.

– Ela me fez jurar segredo – disse Beth –, mas não me contou o suficiente para poder chamar de segredo.

– E quanto a Talbo Chock?

– Tudo o que ela disse foi: "Não se preocupe, colega, ele é um homem do mundo".

– Jack, o Estripador, também era.

– Também estou com medo – Beth admitiu.

– Vamos ver o que eu consigo descobrir.

O estranho que tinha se enterrado na praia não era apenas um morador de rua comum, se é que existia tal coisa. Muito, muito tempo atrás, ele trabalhou no Governo da Flórida: como o *próprio* governador.

Segundo a Wikipédia, Clinton Tyree tinha sido uma estrela de futebol americano universitário antes de ir para o Vietnã e ganhar um monte de medalhas de combate militar. Depois da guerra, alguns amigos o convenceram a se candidatar a governador, mesmo que ele não gostasse de política. Ele fez campanha com a promessa de limpar toda a corrupção em Tallahassee, a capital do estado, e, pelo visto, se esforçou. A frustração surgiu, depois a tristeza, a depressão e até mesmo, alguns disseram, a insanidade.

Então, um dia, na metade do mandato, Clint Tyree simplesmente desapareceu da sede do governo. Ninguém sequestrou o homem; ele apenas deu no pé. Os políticos que vinham lutando contra ele disseram que isso só prova a loucura dele, mas sua base de apoio disse que talvez o fato provasse exatamente o contrário.

Começaram todos os tipos de boatos, e alguns acabaram por ser verdade. De acordo com uma informação na Wikipédia, o ex-governador se tornou um eremita que vaga pelo mundo, e, ao longo dos anos, foi o principal suspeito em vários "atos de ecoterrorismo". Curiosamente, ele nunca foi preso nem acusado de quaisquer crimes graves, e me pareceu que o alvo de sua raiva eram só canalhas por aí.

O artigo da internet incluía entrevistas com algumas testemunhas que supostamente tinham encontrado Clinton Tyree por acaso. Diziam que ele tinha perdido um olho e estava atendendo pelo nome de "Skink". Havia opiniões divergentes a respeito de ele ser ou não pirado. A informação mais recente citava o amigo mais próximo do governador, um policial de patrulha rodoviária aposentado chamado Jim Tile, que disse:

"Clint faleceu ano passado no pântano Big Cypress, após uma cobra coral lhe picar o nariz. Eu mesmo cavei a sepultura. Agora, por favor, deixem-no descansar em paz."

Acontece que o homem ainda estava vivo.

Eu o encontrei apenas a mais ou menos um quilômetro e meio da praia onde ele tinha estado na noite anterior. Havia construído um outro ninho de tartaruga falso, embora ainda não tivesse se escondido debaixo da areia. Estava ajoelhado do lado de fora das fitas cor-de-rosa, esfolando um coelho calmamente.

– Foi atropelado – explicou, quando me pegou olhando.

– Tem uma rotisseria na esquina da Graham Street. Posso te comprar um sanduíche.

– Não precisa, Richard. – A touca de banho estava arrumada na cabeça à maneira de uma boina francesa. Na luz do dia, eu podia ver que a cor era azul-bebê.

– O senhor não foi muito longe hoje – falei.

– Não.

– Por que não?

– Talvez esteja me sentindo muito velho e debilitado.

Ele *era* velho, mas parecia sólido e em plena forma, como Trent gostava de falar sobre os lutadores de gaiola na TV.

– Achei sua foto na internet – eu disse –, de, tipo, quarenta anos atrás.

– Não envelheci nada bem, sem dúvida.

– Mesmo sem a barba dava para ver perfeitamente que era o senhor.

E que barba, diga-se de passagem. Na noite anterior, ao luar, a barba parecia distinta, como a de um Dumbledore da vida real. Agora eu podia ver como era desgrenhada e desigual. Nas mechas retorcidas de pelos, Skink tinha pendurado o que pareciam ser conchas quebradas... Até que a gente prestasse bem atenção.

– Isso é o que eu acho que é? – perguntei.

– Bicos de pássaros.

– Tá, isso não é engraçado.

– De urubu, Richard.

– Mas... por quê?

– Espíritos irmãos – disse ele.

Na luz do sol, vi que o olho bom era de um tom verde-floresta profundo, e que o artificial, o que eu tinha limpado para ele, era marrom, com um formato diferente do outro.

– Quais são as últimas notícias da sua prima? – perguntou.

– Nada boas. Acho que ela fugiu com um cara que conheceu na internet.

– Ou seja, no computador.

– Ele é mais velho que ela – acrescentei.

– Quanto mais velho?

– Idade suficiente para dirigir, obviamente.

– Isso é inquietante. – Skink embrulhou a carne de coelho em um pano. A pele, ele carregou até as dunas e arremessou em algumas árvores de uva-da-praia. Depois, ele me perguntou o que eu planejava fazer a respeito de Malley.

– Ir contar para os pais dela, eu acho. Hoje mandei uma mensagem e liguei um monte de vezes, mas ela não está atendendo.

– Ela costuma ser assim?

– Às vezes – respondi.

Sentou-se a poucos passos de distância. Contei a ele como Malley havia mentido sobre ir para a orientação antecipada.

– O bilhete que ela deixou era totalmente inventado, uma mensagem fictícia para os pais.

– Me diga o nome do novo namorado dela, Richard.

– Talbo Chock – soletrei, embora fosse apenas uma suposição da minha parte.

– Vou dar um telefonema – disse ele.

– Quer meu celular emprestado?

Skink sorriu.

– Obrigado, mas tenho o meu. Todas as chamadas recebidas são bloqueadas, exceto uma.

– Ei, por que o seu amigo Sr. Tile contou àquele repórter que o senhor tinha morrido?

– Porque eu pedi. Volte em uma hora, mais ou menos.

Enquanto o governador fazia sua ligação particular, caminhei até uma loja de surfe em Kirk Street. Meu pai costumava ficar por lá, por isso os proprietários me conhecem. Meu pai comprou todas as pranchas lá, e meus irmãos ainda fazem isso. Antes de ir para a faculdade, eles costumavam surfar todos os dias. Não tem praia em Gainesville, por isso agora eles estão sofrendo.

Não sou surfista, mas gosto de bermudas e chinelos; o que é basicamente meu uniforme oficial de verão. Eu estava dando uma olhada numa arara de camisetas novas da Volcom, quando meu telefone deu um gemido alto, o que assusta as pessoas até eu explicar que meu toque de celular é o som de uma baleia jubarte. Saí da loja para atender.

— E aí, Richard? — Era Malley.

— Onde você está?

— Não fique todo bravinho, senão eu desligo.

Eu disse que não estava bravo, apenas chateado.

— Desculpe sobre a praia ontem à noite — ela falou. — Esqueci desse negócio de orientação. Devo ter bloqueado da minha mente. Minha mãe ficou irritadíssima, mas me colocou num voo noturno partindo de Orlando. Era, tipo, o último lugar no avião inteiro.

— Que sorte — respondi em tom irônico.

— Mas ainda assim eu quase não consegui, porque a segurança do aeroporto encontrou uma garrafa de água vitaminada na minha mochila. Fala sério! Um dos caras da segurança me puxou para fora da fila e me fez tirar tudo da...

— Água vitaminada? — Tive que rir. Malley estava disparando uma lorota atrás da outra.

— O que é tão engraçado, Richard? Água vitaminada é demais.

— Não importa. Por que você me mandou uma mensagem dizendo que estava de castigo em casa? — Tentei manter a voz baixa, porque estava parado na calçada em frente à loja de surfe, e os clientes entravam e saíam pela porta.

– Eu não podia te ligar na hora – disse minha prima – e não quero que você fique zangado por eu ter ido embora sem me despedir.

– Então agora você está realmente em New Hampshire?

– Estou. E este lugar? É onde Judas perdeu as botas, Richard.

Muito calmamente eu disse:

– Malley, não existe orientação antecipada na Academia Twigg. Eu liguei e verifiquei.

– O quê? Você. Não. *Ligou*!

– Você foi pega no flagra – continuei. – Me conta onde você está de verdade.

E ela desligou, não exatamente uma surpresa de fazer a terra tremer. Malley desligar na cara das pessoas é fato conhecido. Normalmente ela retorna a ligação em cinco minutos, dez no máximo, mas dessa vez ela não o fez.

Uma mensagem de texto apareceu quando eu estava indo para a praia: "Se você contar pros meus pais, eu nunca mais falo com você!".

"Para com isso", respondi em outra mensagem.

"Vou contar pra sua mãe o que aconteceu em Saint Augustine! Juro por Deus, Richard."

"Você NUNCA faria isso."

"Não me teste", respondeu minha prima.

De repente comecei a passar mal. Não passar mal de vomitar, mas mal do coração.

O governador estava catando caranguejos quando voltei à praia. Disse a ele que eu finalmente tinha recebido notícias de Malley e que estava tudo bem.

Ele disse:

– Não, filho, não está.

Então me contou algo que me fez sentir ainda pior.

 Talbo Chock participou de quase uma campanha inteira dos Estados Unidos no Afeganistão com o corpo de fuzileiros navais. Tinha nascido em Nova Orleans e vivido lá até os onze anos, quando sua família se mudou para Fort Walton Beach, Flórida. Lá, Talbo jogou como armador titular na equipe de basquete da escola. Seu pai trabalhava em um estaleiro; sua mãe era contadora e secretária numa igreja episcopal.

Talbo tinha acabado de completar dezenove anos quando o caminhão de abastecimento que ele estava dirigindo explodiu por causa de uma bomba na estrada, num lugar chamado Salim Aka, o qual Skink disse que ficava na província perigosa de Kandahar. Dois outros fuzileiros no veículo sobreviveram aos ferimentos, mas Talbo morreu três semanas depois num hospital militar na Alemanha.

E agora alguém tinha roubado seu nome, alguém que tinha enganado minha prima e fugido com ela.

– Como o senhor descobriu tudo isso? – perguntei a Skink.

– Fontes confiáveis – respondeu ele. – O jornal de Pensacola publicou uma pequena reportagem sobre a morte do cabo Chock. Teria sido uma reportagem maior, *deveria* ter sido, se um furacão não estivesse assolado a Panhandle[3] no mesmo dia. O primeiro nome do cabo era Earl e seu nome do meio era Talbo, que foi como ele ficou conhecido.

---

3 Panhandle é o nome dado a uma região situada na Flórida, nos Estados Unidos, que inclui os dezesseis condados situados a oeste do estado. A região tem o formato de uma tira estreita, semelhante a um cabo de frigideira, motivo pelo qual recebe esse nome. (N. da E.)

O que explicava por que nada apareceu quando procurei "Talbo Chock" no Google, logo após Malley ter feito amizade com ele na internet.

Agora meu cérebro estava funcionando.

– O cara que roubou o nome desse soldado – disse eu – pode ser um canalha absoluto!

– As probabilidades dizem que ele é.

– Mas Malley não sabe. Malley está...

– Em maus lençóis – completou Skink. – Agora vá contar aos pais dela, Richard.

Dizem que todo mundo guarda pelo menos um segredo, e talvez seja verdade. O meu era feio. Eu não roubei um banco nem qualquer coisa assim, mas o que fiz era grave o suficiente para deixar minha mãe arrasada se ela descobrisse. E havia pelo menos cinquenta por cento de chance de que Malley acabaria comigo exatamente como tinha ameaçado fazer. Ela tem um temperamento feroz.

Portanto, uma parte egoísta em mim não queria contar aos pais dela sobre a fuga com Talbo Chock, o impostor, porque eu temia por mim; tinha medo do que minha mãe faria se Malley revelasse o acontecido em Saint Augustine.

Senti o olhar duro do olho bom de Skink, o que se mexia. Ele disse:

– O que está esperando, filho?

– O senhor já fez alguma coisa de que se envergonhou muito?

– Ah, nunquinha.

– Estou falando sério.

Ele riu.

– Eu poderia escrever uma enciclopédia inteira de erros. Droga, eu poderia escrever uma ópera.

– Mais ou menos um ano atrás, eu fiz uma coisa errada, algo contra a lei... E Malley viu tudo. Ela vai me dedurar se eu contar aos meus tios que ela não está de verdade no colégio interno.

– Você prefere que eles recebam a notícia da polícia – disse Skink – depois de terem encontrado o corpo dela?

— Deus, não fala isso!

Ele largou o saco de caranguejos.

— Escuta, Richard. — Era a voz mais profunda que eu já tinha ouvido, como o estrondo de um trovão distante. — Sabe esse negócio que você fez e acha tão terrível? Não é nada, e quero dizer nada mesmo, em comparação à vida da sua prima.

— É, eu sei. O senhor está certo.

Ele colocou as mãos nos meus ombros, não apertou muito, mas eu podia sentir a força.

— Vá — falou.

E eu fui.

Trent estava jogando golfe, e minha mãe ainda não tinha chegado em casa do trabalho. Nossa porta da frente fica grudenta na umidade, por isso às vezes a gente tem de empurrar com o ombro. Peguei um Gatorade da geladeira, fui para o meu quarto e bati no colchão com o taco de beisebol. O que minha prima estava pensando quando disse "sim" para aquele imbecil? Estava louca?

Tive a chance de perguntar, porque, naquele instante, ela ligou.

— O nome dele não é Talbo Chock de verdade! — disparei.

— Dá.

— Então quem ele é?

— Você não contou a ninguém, né? — ela quis saber.

— Onde você *está*?

— Ai, Richard. Você acha que eu sou idiota ou algo assim?

Eu estava tão feliz por ouvir a voz dela que nem consegui ficar com raiva. Ela parecia despreocupada como sempre.

— Ele poderia ser um psicopata frio como pedra — sussurrei.

— Rá! Eu também.

— Isso não é piada. Você não sabe nada sobre ele.

— Você não sabe *o que* eu sei — disse Malley.

Eu disse que me ameaçar sobre Saint Augustine não importava. Mesmo se eu ficasse quieto, meus tios acabariam descobrindo que ela não estava no colégio interno.

— Só preciso de uma semana — disse ela. — Aí você vai poder contar tudo.

— O que vai acontecer em uma semana? Por que você está fazendo isso?

Alegremente, ela respondeu:

— VSVUV. — Uma abreviatura irritante para "Você só vive uma vez".

— Sai fora, Mal. Só os manés falam isso.

— Preciso desligar, cara.

Depois verifiquei o identificador de chamadas, que dizia "Bloqueado". Tentei ligar no número normal da Malley, mas caiu direto na caixa postal. Não tinha sentido deixar mensagem. Afinal, o impostor do Talbo Chock devia estar monitorando as chamadas dela.

Quando ouvi minha mãe entrar pela porta da frente, respirei fundo, contei até vinte e saí do quarto. Ela me deu um abraço e disse que havia compras de supermercado no carro.

Puxei uma cadeira da mesa da cozinha.

— Mãe, senta.

Ela me olhou por cima dos óculos escuros.

— Neste exato minuto, Richard? Primeiro vamos tirar as sacolas do banco de trás, antes que o sorvete do Trent derreta.

— Não, a gente precisa conversar agora.

— O que foi? Aconteceu alguma coisa?

— Tenho certeza de que a Malley fugiu.

— Ah. — Minha mãe não chegou a dar de ombros, mas não ficou exatamente empolgada com a notícia. — Lamento ouvir isso.

— Não é como das outras vezes.

— O que você quer dizer, Richard?

— Ela não está sozinha — continuei. — Tem um cara que ela conheceu na internet. Acho que devemos ligar para o tio Dan e para a tia Sandy.

Minha mãe tirou os óculos. Seu rosto sombreou-se de preocupação.

— Que idade tem essa pessoa? — perguntou.

— Malley não quer me dizer nada. Ela está sendo uma grande vaca. — Contei tudo o que sabia até o momento, incluindo o conteúdo da carta falsa que ela deixou na escrivaninha.

— Ele a machucou?

— Acho que não, mãe.

— Tá. Isso é bom.

Fui para o carro e peguei as sacolas de supermercado. A sobremesa preciosa de Trent, os dois litros de sorvete de caramelo com chocolate crocante, chegaram em segurança ao freezer. Minha mãe já estava no telefone com o tio Dan. Ela entrou no "modo tribunal", com a voz firme e calma.

Minha mãe é advogada e tem um pequeno escritório especializado em Direito Ambiental, que persegue empresas que despejam resíduos em águas públicas. Não há muito dinheiro envolvido, mas ela fica muito feliz com o trabalho. Eu a ouvi reclamar com Trent sobre toda a poluição de fertilizantes provocada pelos campos de golfe — o clube ao qual ele pertence fica às margens de um rio, totalmente à moda antiga. Os produtos químicos espalhados nas áreas planas escorrem quando chove pesado.

Quando minha mãe se foca em uma situação, as coisas acontecem rapidamente. Depois de falar com meu tio, enquanto eu arrumava o resto dos mantimentos, ela fez várias outras ligações.

— Certo — ela disse quando terminou. — Agora vamos esperar a polícia fazer seu papel.

Cap. 3

— Acha que eles vão encontrá-la?
— Eu acho, Richard. Sem dúvida.

Assim que Malley descobrisse que a polícia estava atrás dela, ficaria louca. Pensei em contar à minha mãe sobre Saint Augustine, só para acabar com isso e me antecipar à Malley. No entanto, não disse uma palavra. Não tive coragem.

— Se ela ligar de novo — minha mãe estava dizendo —, segure-a na linha enquanto você puder. Tente se lembrar de tudo o que ela diz. Qualquer pequena observação pode ser uma pista importante.

— Como estão o tio Dan e a tia Sandy?
— Assustados. Aborrecidos. Como quaisquer pais estariam. — Ela se levantou e começou a reorganizar as caixas de cereais na despensa. — Essa sua prima, viu, vou te contar! Ela não faz ideia de onde foi se meter.

— Falei a mesma coisa pra ela.
— E o que ela disse?
— Só deu risada, mãe.

A melhor coisa, claro, teria sido Malley voltar sozinha. Uma parte de mim quase acreditou que era o que aconteceria, que ela simplesmente entraria pela porta da frente no dia seguinte, tranquilona como sempre, anunciando que sua aventura tinha acabado. Tio Dan e tia Sandy ficariam tão insanamente felizes por vê-la, que seria provável que nem a colocassem de castigo.

A pior coisa seria se ela decidisse voltar para casa e o falso Talbo Chock não deixasse. Mesmo a polícia entrando com tudo em casos de pessoas desaparecidas quando se tratava de crianças e adolescentes, nenhum de nós, próximos à Malley, poderíamos ser muito úteis. A gente não sabia o verdadeiro nome do cara com quem ela estava viajando. Não sabia quantos anos tinha, como ele era, onde ele a estava levando.

Quando os policiais viessem me interrogar, e eu sabia que viriam, tudo o que eu poderia contar a eles a respeito do Talbo Chock falso seria o que Malley me contou.

Ele é doce, Richard.
Ele é engraçado.
Ele é quase um poeta.

Eu não queria pensar muito sobre o que ele realmente era, nas possibilidades terríveis.

Depois de escurecer, corri de volta para a praia, carregando uma lanterna em vez do meu taco de beisebol. Perto da borda das dunas encontrei uma pequena fogueira fria; entre as brasas havia alguns ossos de animais.

De um lado para o outro pela praia, eu verifiquei um monte de ninhos de tartaruga, mas nenhum tinha um canudo de refrigerante saindo da areia.

O velho governador estranho tinha ido embora.

A polícia iniciou uma busca completa por Malley e, nos dias seguintes, minhas esperanças saltavam cada vez que o telefone tocava. Havia pistas a seguir, mas nenhum rastro quentíssimo.

Na noite em que ela fingiu pegar um voo para New Hampshire, ela aparecia nas câmeras de vigilância do aeroporto de Orlando saindo do carro de sua mãe no embarque e desembarque de veículos. Ela estava vestindo calça jeans preta, chinelos e um moletom cinza de capuz. Levava uma mala de viagem vermelha de rodinhas e sua mochila. Depois de fazer um aceno de adeus para tia Sandy, ela entrou no terminal.

Onze minutos depois, uma câmera no piso de desembarque capturou Malley correndo através das portas de saída e entrando, sorrateira, num Toyota branco de duas portas. O motorista era um homem, mas não fez nenhum movimento para ajudar minha prima com a bagagem; só abriu o porta-malas e ficou ali sentado. Era difícil ver que aparência tinha, porque usava um boné de beisebol dos Rays enterrado na testa, uma peruca loira barata e óculos escuros estilo Oakley. O vídeo estava granulado, e a iluminação na calçada externa do aeroporto era ruim.

Felizmente, outra câmera na entrada expressa tinha uma foto do Toyota se afastando. Peritos em criminologia ampliaram a imagem para ler a placa do carro, que era do Texas. Infelizmente, ela tinha sido roubada de um carro de aluguel da Avis, que havia sido deixado no estacionamento de devolução de veículos, no aeroporto.

Não era um bom sinal. Minha mãe usou um tom sombrio quando me contou essa parte. Tio Dan e tia Sandy estavam apavorados. Ninguém quer que a filha saia de carro por aí com um babaca qualquer que rouba placas de carros. Isso significava que o Toyota, provavelmente, também era roubado.

Em outras palavras, minha prima estava viajando com um criminoso.

Cheguei a ver um trecho do vídeo do aeroporto quando um detetive veio à nossa casa. Ele queria saber se eu reconhecia o homem dirigindo o Toyota, e eu, sinceramente, disse que não. Com sua peruca à la Mariah Carey e óculos escuros, o cara atrás do volante estava totalmente disfarçado. Tudo o que dava para ver era um nariz comum e lábios finos, que sua mandíbula era definida e que ele não tinha expressão alguma.

Malley era outra história. No vídeo, ela estava sorrindo.

Eles lançaram um alerta Amber na rodovia, ou seja, um alerta de criança desaparecida – que incluía sua foto horrível de escola, o que eu sabia que a deixaria furiosa. As emissoras de TV em Orlando, Daytona Beach e até em Tampa transmitiram a história, mostrando uma foto de um Toyota semelhante ao que o namorado cibernético de Malley estava dirigindo. Também divulgaram o número da placa, do estado do Texas, mas minha mãe falou que o cara já devia ter trocado; roubado uma placa diferente do carro de outra pessoa, minha mãe disse, ou talvez até roubado outro carro.

Usando sinal de torres de celular, a polícia foi capaz de rastrear o telefone de Malley desde o centro de Orlando (de onde ela me mandou uma mensagem na noite em que era para estar na praia), por todo o caminho até Clearwater (de onde ela ligou para mim e para Beth no dia seguinte).

Depois disso, o telefone de Malley havia sido desligado ou tinha quebrado, deixando a polícia sem chance de controlar seus movimentos.

Cap. 4

O detetive que veio falar comigo se chamava Trujillo. Era baixo e musculoso, com um espesso bigode negro. Eu tinha visto ele pela cidade antes, e descobriu-se que era um surfista e que conhecia meus irmãos.

– Por que a Malley fugiu? – perguntou.

– Não sei. Talvez ela tenha tido uma discussão com os pais.

– O senhor e a senhora Spence disseram que não. Disseram que estava tudo bem. A impressão deles era a de que ela estava de acordo com a ideia de ir para o internato.

– Então foi ele – disse eu –, o falso Talbo Chock. Ele deve tê-la convencido disso.

Trujillo estava com uma caderneta aberta em uma das mãos.

– Malley tem algum namorado aqui na cidade?

– Não. Ela achava que todos os caras na escola eram idiotas e *posers*. – Contei ao detetive o que a pequena Malley havia dito sobre seu deslumbrante Talbo.

– Mas ela nunca mencionou quantos anos ele tinha? Que aparência tinha?

– Não. – Lamentei que eu não tivesse lhe perguntado mais do que uma vez.

– Richard, você diria que sua prima era uma pessoa estável?

– Ela não é doida de pedra, mas sem dúvida é uma rebelde.

Trujillo disse que já tinha conversado com Beth e que ela sabia muito menos do que eu. Acrescentou que Malley havia advertido Beth a manter silêncio sobre sua fuga ou então ela contaria ao namorado de Beth que a garota gostava de outra pessoa, o que eu sabia ser verdade. Beth gostava de mim.

– Richard, a Malley ameaçou colocar você em apuros de alguma forma se você contasse aos pais dela o que realmente aconteceu?

– Não, senhor – menti.

– Se ela ligar de novo, eu gostaria que você fizesse um registro: data, hora e exatamente o que ela disser. Tudo em que você conseguir pensar, mesmo que não pareça importante. Vou te dar uma caderneta igual à minha. As mensagens de texto você pode guardar no celular, certo?

– Claro.

Eu já tinha excluído as mensagens de Malley sobre Saint Augustine.

Trujillo me entregou um caderninho e uma caneta Bic azul. Me perguntei como eles encontrariam a verdadeira identidade do cara que fingia ser Talbo Chock. O detetive especulou que o "perpetrador" era da área de Fort Walton Beach e que devia ter visto no jornal e na TV os relatórios sobre a morte do verdadeiro Talbo Chock. Caso contrário, de onde ele tiraria o nome? Trujillo pensou ser até mesmo possível que o homem pudesse ter alguma ligação pessoal com o jovem fuzileiro naval.

– Investigadores do Estado estão na Panhandle neste exato momento – disse ele –, entrevistando amigos do cabo Chock e familiares.

– E se a Malley não me ligar? – perguntei. – Nem ligar para alguém?

– Bem... – Trujillo estava pensando em como se expressar. – Isso poderia significar que algo ruim aconteceu ou que ela simplesmente não quer ser encontrada ainda.

Eu carregava o celular comigo o tempo todo, mesmo quando ia ao banheiro. Não tive nem sinal da Malley desde que ela ligou daquele número bloqueado e mandou eu esperar uma semana antes de contar à família dela a história toda. A essa altura, ela sem dúvida sabia que eu não tinha esperado nem mesmo um dia inteiro; estava por todo o Facebook, Twitter e YouTube, e, claro, nos canais de televisão. Percebi que ela telefonaria só para gritar comigo, ou pelo menos ligaria para minha mãe e largaria a bomba de Saint Augustine.

Cap. 4

O silêncio mortal não era típico de Malley. Não era seu estilo. Tia Sandy e tio Dan me ligavam constantemente perguntando se eu tinha alguma notícia dela. Eu me senti muito mal por eles. Às vezes, Sandy ligava chorando, o que também deixava minha voz embargada.

Ao fim dessa primeira semana, eu me já perguntava se Malley tinha chegado aonde ela planejava ir. Eu esperava que sim. Esperava que fosse ela a estar no controle.

O alerta Amber continuou em vigor, mas a história começou a sumir dos noticiários. Um garotinho de Wellington tinha desaparecido, arrancado do jardim de infância pelo padrasto. O menino desaparecido estava doente e precisava de medicação especial, de forma que seu caso estava recebendo toda a atenção da mídia.

Enquanto isso, minha mãe e o tio Dan ofereceram uma recompensa de 10 mil dólares e espalharam a foto de Malley em seis outdoors de estrada, junto com um 0800 para pistas. Na versão ampliada da foto de classe da minha prima, seu cabelo estava vermelho (embora, ao vivo, a gente chamasse de cor de canela) e as sardas leves no nariz pareciam vivas como espinhas. Ela não estava mostrando seu sorriso de costume por causa do aparelho nos dentes, de que reclamava, dizendo que a fazia parecer um esquilo com prisão de ventre.

Ainda assim, qualquer um que visse Malley Spence poderia reconhecê-la a partir dos outdoors.

Várias ligações foram feitas por pessoas que pensavam tê-la visto, mas os lugares estavam espalhados de uma ponta a outra da Flórida. Investigadores seguiam todas as pistas que não fossem muito esquisitas, mas voltavam de mãos abanando. Uma pessoa alegou ter testemunhado uma discussão da minha prima com um homem tatuado e fortão em certo cinema de Sarasota. Ela disse que Malley estava lutando contra o cara e tentando se desvencilhar dele.

Um pequeno problema: o cinema tinha sido demolido havia seis meses para dar lugar a uma filial de uma cadeia de supermercados. Os policiais jogaram o pilantra na prisão depois que ele admitiu ter inventado toda a história só para conseguir uma fatia da recompensa. Patético, mas é verdade.

A espera fazia eu me sentir impotente e vazio. Às vezes eu ligava para o número da Malley, esperando que ela estivesse com o celular ligado, mas nunca chamava nem uma vez sequer. Caía direto na caixa postal, na gravação de Malley com aquele pobre sotaque britânico. Pelo que eu sabia, seu telefone podia estar no fundo de um canal.

Eu estava gastando muito tempo na internet – tempo demais, para falar a verdade. Salvei como favoritos todos os sites de jornais importantes da Flórida, e todas as manhãs eu percorria um monte deles para verificar as reportagens criminais.

Meu estômago dava uma cambalhota cada vez que eu via a manchete:

ENCONTRADO CORPO NÃO IDENTIFICADO

Até o momento, havia três corpos diferentes, mas todos pertenciam a homens de meia-idade. Um fora atropelado por um trem sobre os trilhos da Ferrovia da Costa Leste da Flórida, em Jacksonville. Outro, eles encontraram flutuando no lago Okeechobee – provavelmente um pescador afogado que deixou a identidade na caminhonete. O terceiro era apenas uma velha pilha de ossos que um cão de caça desenterrou nos pântanos de Everglades. Minha mãe disse que os traficantes de drogas de Miami costumavam enterrar muitos corpos por lá.

– Não fique lendo essas coisas – disse ela. – Você vai ter pesadelos.

– Não sei por que ela não ligou.

– Sua prima adora um drama, Richard. Sempre adorou.

– Verdade.

– Aposto que ela vai aparecer a qualquer momento toda bronzeada ou com uma tatuagem.

– Não há dúvida sobre isso – disse Trent.

Ele estava no sofá, comendo uma salada de macarrão. Toda a comoção sobre o desaparecimento de Malley meio que o havia deixado para escanteio, já que ele era um pouco novo na família. Trent realmente gostava de ficar de fora, especialmente durante uma crise. Ele se sentia confortável em não estar na posição de tomar decisões, e minha mãe parecia levar isso numa boa.

– Minha irmã Kay fugiu uma vez – Trent observou. – Foi para San Diego.

Minha mãe suspirou.

– Malley tem catorze anos. Kay tinha o quê? Uns vinte? O que significa que, para todos os efeitos, não foi uma fuga. Além disso, a Kay acabou se casando com o cara, não foi?

– Ainda assim, a gente estava doente de preocupação.

– Trent, não é a mesma coisa – disse minha mãe. – Nem de longe.

Fechei o laptop e fui para o meu quarto. O detetive Trujillo tinha me dado seu cartão de visita, então eu liguei para ele e perguntei se a polícia tinha encontrado alguma pista nova. Alguns alarmes falsos, disse ele, mas nada sólido. Os depoimentos em Fort Walton Beach não tinham levado a lugar nenhum. Nenhum dos amigos ou familiares de Talbo Chock podia imaginar por que um estranho estaria usando o nome dele. Os pais estavam muito aborrecidos com isso, disse Trujillo.

Muitas pessoas estavam visualizando a página do Facebook que tio Dan e tia Sandy tinham criado, mas, até o momento, as pistas eram totalmente aleatórias, becos sem saída, assim como os telefonemas em resposta aos outdoors.

– Não perca a esperança, Richard – disse o detetive. – Esse caso ainda é uma prioridade para nós.

– Eles encontraram o carro, pelo menos?

– Nove Camrys brancos foram roubados este mês no estado da Flórida, mas nenhum deles na região de Orlando. Mesmo assim estamos verificando todos os casos.

– Então basicamente nós não sabemos nada mais do que já sabíamos no início.

– De certa forma, não ter notícias novas é uma boa notícia – disse Trujillo. – Na maioria dos casos de fuga, as crianças voltam para casa depois que a euforia desaparece.

– E se ela não *conseguir* voltar para casa? E se ele não deixar que ela volte?

– Você disse que Malley estava ciente de que "Talbo Chock" não é o verdadeiro nome desse sujeito, não disse?

– Foi o que ela me contou – respondi.

– Então, é possível que ela o conheça melhor do que a gente pensa. Talvez por isso ela não esteja com medo.

Era definitivamente algo a se esperar.

– Talvez essa coisa toda tenha sido ideia *dela* – acrescentou Trujillo –, não dele.

– O nome falso? Ou fugir?

– Talvez as duas coisas. Se estivéssemos com o computador dela, poderíamos descobrir com quem ela andava trocando e-mails e rastrear o nome de usuário.

Infelizmente, Malley havia levado o laptop com ela.

Desde o desaparecimento, eu olhava meus e-mails uma dúzia de vezes por dia. O fato de ela não enviar mensagens nem ligar, isso eu podia entender, caso ela não quisesse que rastreassem o celular. No entanto, poderia ter me mandado um e-mail com segurança (ou, melhor ainda, para os pais dela) a partir de qualquer lugar do planeta.

Então, por que não tinha mandado? Não era algo sobre o que eu escolhesse pensar muito.

– Aguenta firme – pediu o detetive Trujillo. – Pode me ligar a qualquer hora.

Quando saí do quarto, minha mãe fez um gesto me chamando para a cozinha, onde ela estava sentada com Trent. Ela me disse que ia passar alguns dias em Gainesville para ver Kyle e Robbie, meus irmãos. Os dois estavam fazendo aulas durante o verão na faculdade para que pudessem zarpar no semestre de inverno, quando era a melhor época de surfe. Kyle ia se formar em Administração, e Robbie em Publicidade.

– Não vejo os meninos desde maio – disse minha mãe.

Ela andava ansiosa para a visita havia algum tempo, e eu não esperava que fosse cancelar por causa da situação da Malley. Não havia nada mais a ser feito; o resto estava nas mãos da polícia. Ou nas de Malley.

– Quer vir junto? – perguntou. – Uma viagem de carro, só você e eu.

Normalmente eu teria dito sim. Eu me preocupava quando ela fazia viagens longas sozinha e, além disso, é divertido viajar com ela. A cada oitenta quilômetros, a gente troca nossos iPods no rádio do carro; assim, nós dois podemos ouvir a música que cada um gosta. Sem contar que é a única vez em que ela me deixa comprar o almoço no drive-thru: quando estamos na estrada e ela está com pressa. Em casa não entra nada além de comida saudável, *tudo* orgânico, exceto os refrigerantes e o sorvete do Trent.

Dessa vez, porém, eu não poderia ir com ela para Gainesville. Minhas entranhas se agitariam durante toda a viagem. E se Malley ligasse precisando de alguma coisa, e eu fosse a única pessoa em quem ela confiasse para ajudar?

– Acho que vou ficar em casa, só por precaução – disse à minha mãe. – Tudo bem?

– É claro. Trent vai estar aqui.

Ele ergueu os olhos e sorriu.

– Vamos ter algum tempo juntos, cara, você e eu.

– Desculpa, mãe.

– Entendo perfeitamente, Richard. Não tem do que se desculpar.

– Ideia número um – Trent começou. – Amanhã de manhã vamos para o clube bater um balde ou dois de bolas. Depois almoçamos na varanda e assistimos a todos os velhotes fazerem *bogey* triplo no buraco 18!

A parte triste: essa era a ideia de Trent de pura diversão.

Mamãe tinha me comprado um conjunto de tacos de segunda mão, porque ela queria que eu e Trent criássemos um vínculo, mas o golfe é um esporte impossível, e eu não gostava muito, exceto por observar os jacarés cruzando os lagos. Um dia eu contei cinco.

Por um tempo eu embarquei no grande projeto de golfe e dei crédito ao meu padrasto – ele tinha uma paciência incrível. O homem realmente tentou. Mas eu era inútil com um ferro 7 nas mãos. Uma ameaça, se você quiser a verdade.

Eu esperava que Trent fosse desistir de mim, mas ainda não tinha acontecido.

– Ou a gente poderia pescar um pouco – sugeri, observando a expressão de Trent ficar vazia.

Ele não era um pescador: inquieto, barulhento, descoordenado. Eu sabia que ele preferia estar amarrado a uma cadeira de dentista a estar preso num barco, tentando prender um camarão no anzol.

Quando meu pai morreu, eu herdei seu barquinho de catorze pés. Estava quase novo porque meu pai quase nunca usava. Agora, não passava uma semana sem que eu não estivesse no rio, às vezes com Malley ou com meus amigos, mas era mais frequente que estivesse sozinho. O barco do meu pai tinha casco de fibra de vidro pesada e um pequeno motor de popa de vinte cavalos; portanto, nunca fui muito rápido nem muito longe. Normalmente eu trazia para casa umas trutas do mar ou um cantarilho, que minha mãe fazia para o jantar. Trent gostava de comer frutos do mar, mas não tinha interesse na busca.

– Legal. Tanto faz – disse ele mais para minha mãe ouvir do que para outra coisa. – Richard e eu vamos encontrar alguma coisa para nos manter longe dos problemas.

Minha mãe foi fazer as malas e eu saí para caminhar, mais por distração. Meu celular, que havia dias era como um tijolo no meu bolso, começou a fazer ruídos de baleias quando eu estava a meio caminho da marina. Quase abri um buraco nas calças tentando tirá-lo.

A chamada vinha de um número bloqueado.

– Fala, Richard.

– Fala, Mal.

– E aí?

A mão que segurava o telefone estava tremendo. Patético. Minha outra mão estava atrapalhada em outro bolso à procura do caderno e da caneta que o detetive Trujillo havia me dado.

– Você está bem? – perguntei.

– Muito melhor do que bem. Feliz da vida. – Ela riu, mas soou um pouco nervoso. Presumi que o falso Talbo Chock estivesse sentado ao seu lado, ouvindo cada palavra.

Eu disse:

– Onde você está? Você sabe que eu tenho que perguntar.

– E você sabe que eu tenho que dizer que não é da sua conta, senhor.

– Por que você não está ligando do seu próprio celular?

— A bateria acabou, Richard. Não seja tão paranoico.

No fundo, ouvi uma voz masculina dizer algo sobre uma ponte levadiça. A buzina de algum tipo de barco soou duas vezes. Também captei os gritos de andorinhas e gaivotas. Aves marinhas, mas isso não significava automaticamente que Malley estivesse perto do oceano. Gaivotas são como ratos voadores. Amam lixões e aterros sanitários.

— Só para você não pensar que eu sou uma bruxa insensível — disse minha prima —, falei com a mãe e o pai e disse que eu estava bem.

— Quando? Está falando sério?

— Alguns minutos atrás, logo antes de eu te ligar. Eles andavam surtando, o que eu compreendo totalmente. Mas só fiz o que tinha de fazer, Richard. Não podia fazer contato oficial até TC e eu chegarmos ao nosso destino.

— E você está aí agora.

— Estamos aqui sem a menor sombra de dúvida. Ai, meu Deus, parece um cartão-postal.

— Isso é bom?

— Pô, eu não sei. O paraíso é bom? É maravilhoso, cara.

Malley não parecia nem mesmo com um pouco de raiva de mim. Eu deveria ficar aliviado; mas em vez disso estava preocupado. Ela agia como se não soubesse que a polícia estava procurando por ela. Seria possível ela não ter ouvido falar sobre o alerta Amber? Só se ela e seu amigo misterioso tivessem viajado para algum lugar remoto, onde seu rosto não estaria em outdoors nas estradas nem no noticiário da TV.

— O que seus pais disseram? — Eu tentava fazê-la continuar falando.

— O que você acha que eles disseram? "Volte para casa, querida. Estamos sentindo muita saudade." Só fiquei na linha por um minuto. Minha mãe começou a chorar. Meu pai só ficava perguntando sem parar onde eu estava.

— Você tem dinheiro? – perguntei.

— Ah, pare de se preocupar.

Eu estava com o caderno aberto, e tentava anotar tudo o que ela dizia. Eu estava segurando o telefone com meu ombro.

— Malley, esse assunto não é coisa boba.

— A Academia Twigg não ia rolar *nunca*. Você me conhece melhor do que isso.

— Pelo menos me diga quantos anos ele tem.

— Que diferença faz se ele tem dezesseis ou sessenta? – ela perguntou. – Você deveria estar feliz por mim.

— Vou estar feliz, contanto que você esteja em segurança. Quando você volta pra casa?

— Ei, estou seguindo em frente, tá? Não estou pensando em casa, na escola, nas vidas passadas nem nada.

Eu não conseguia escrever nem com a metade da velocidade com que minha prima estava falando.

— Malley, de onde ele tirou o nome "Talbo Chock"?

— Isso é pessoal.

Eu não pressionei, porque o detetive Trujillo tinha me dito para não dizer nada que pudesse perturbá-la e fazê-la desligar. Quanto mais tempo ela ficasse na linha, disse ele, mais informações eu poderia conseguir.

— Você ainda está na Flórida?

Malley começou a responder, mas a voz masculina no carro disse algo ríspido que eu não entendi. Ela disse para ele pegar leve.

— Ô, Richard? – ela disse.

— Estou aqui.

— Obrigada por não contar a ninguém quando você descobriu que eu tinha ido embora. Você é o cara mais legal dos legais.

Minha boca ficou seca como serragem. Não dizer nada era o mesmo que mentir, e eu não podia fazer isso.

— Mal, na verdade eu *contei* para alguém. Minha mãe. E ela contou pra sua mãe e pro seu pai.

Outra risada dura.

— Eu já sei, mané. Isso foi apenas um teste. De nada, por sinal.

— Pelo quê?

— Por eu não ter dado com a língua nos dentes para *su madre* sobre seu rastro independente de crimes em Saint Augustine.

— Valeu. Quer dizer que você não está zangada?

— Não, amigo, estou numa ilha. Ninguém por aqui fica zangado com nada.

— Legal. Que ilha?

— Ei, para! — Ela se virou para a outra pessoa no carro. — *Nunca* mais faça isso.

— Parar o quê? — perguntei. — Malley, você está bem?

Sem resposta.

— Malley?

— Está tudo ótimo. Preciso desligar.

— Espera — falei.

Mas a ligação foi cortada.

5

Liguei na hora para o detetive Trujillo a fim de compartilhar minhas anotações. Malley mencionar uma ponte levadiça era importante, disse ele, embora a Flórida tivesse muitas pontes levadiças que levavam a muitas ilhas.

– Ela parecia bem?

– No começo.

– Então o quê? Ela pareceu assustada?

Quase respondi que sim, porque eu estava com medo de que a polícia relaxasse na busca se eles achassem que Malley não estava em perigo sério, se decidissem que ela era apenas mais uma fugitiva confusa. Mas a verdade era que minha prima não pareceu assustada no telefone. Irritada com alguma coisa, com certeza, no final da ligação. Talvez um pouco nervosa.

– Ela falou para a pessoa que estava com ela parar de fazer alguma coisa. Depois disso ela desligou. Ou, talvez, *a pessoa* desligou.

– Nada de "adeus, Richard"? – perguntou Trujillo.

– Ela só disse "preciso desligar". Como se estivesse incomodada.

– Mas não com medo.

– Não sei dizer. – Era possível que o falso Talbo Chock tivesse beliscado ou até mesmo batido em Malley por me dizer muito. Também era possível que ele tivesse acabado de roubar um pouco da batata frita dela ou mudado a estação de rádio no carro, e fosse por isso que ela havia dito para ele parar e não fazer aquilo nunca mais. Malley dominava o rádio e não gostava que ninguém mexesse com a música dela.

– Você vai ter notícias dela de novo – previu o detetive. – Enquanto isso, vou ligar para os pais dela e dizer que ela também entrou em contato com você.

Quando cheguei em casa, minha mãe estava esperando ao lado do carro na garagem. Ela disse que só ficaria fora por alguns dias. Eu mandei lembranças para os surfistas de Gainesville.

– Por favor, avise o Trent se você for sair com o barco – ela orientou.

– Ele desliga o celular no campo de golfe.

– Ele não vai estar jogando golfe, Richard; ele vai estar trabalhando. Ele tem algumas visitas.

– Jura? Isso é incrível.

Eu estava tentando soar entusiasmado, porque Trent não vendia uma casa havia onze meses. Minha mãe teve que pagar todas as contas, embora nunca reclamasse muito a respeito.

– Aqui – ela me deu quarenta dólares. – Apenas por precaução.

– Não, mãe, eu tenho algum dinheiro.

– Agora você tem mais. Eu te ligo hoje à noite.

Depois que ela foi embora, segui para a marina, coloquei vinte dólares de gasolina no barco e segui para Cutter Island. Peguei um bom cantarilho com uma isca tipo mosca, mas não fiquei com ele. Um cardume de pampos veio da enseada, misturando-se às tainhas, e eu fisguei cinco ou seis em sequência. São briguentos e durões, prontos para qualquer uma. Persegui o cardume até ficar escuro demais.

Depois de atracar o barco, liguei para Trent, que estava assistindo a um programa que ele tinha gravado na TV: uma luta de MMA com seu lutador favorito, Lucifer Rex. O nome verdadeiro do homem era Maurice DePew, um factoide que desenterrei da Wikipédia e imediatamente contei ao Trent, só para ver sua reação. Ele se recusou a acreditar, claro.

– Chego em casa em meia hora – eu disse.

– Se importa de se virar com seu jantar? Acabei de comer e eu estou meio que gostando desta luta.

À qual ele estava assistindo, tipo, pela quarta vez. Um fã dedicado.

– Não tem problema – respondi.
– Amanhã à noite a gente sai para comer hambúrgueres.
– Com certeza.

Eu não ia esperar até amanhã. No caminho da marina para casa, passei no McDonald's e pedi um Quarterão, o que minha mãe chama de "bomba de colesterol". Peguei leve nas batatas fritas, mas, ainda assim, ela não teria aprovado.

Eu repetia na cabeça minha conversa com Malley sem parar, especialmente as palavras que tinha trocado com a pessoa ao seu lado: *Ei, para! Nunca mais faça isso.*

Era razoável supor que a pessoa com quem Malley estava falando fosse seu companheiro de viagem, o Talbo falso. Fosse lá o que ele tivesse feito naquele momento, enquanto estava no telefone, ela não quis compartilhar os detalhes comigo.

"Então lide com isso", Richard, eu disse a mim mesmo. "Apenas fique feliz por ela ter ligado."

Sem vontade de ir para casa e vegetar junto com Trent, fiquei no Mc por mais uma hora. Isso sim era ser patético: quem perdia sessenta minutos num fast-food? Eu sabia que Trent estava tão absorto na reprise da luta que nem notaria meu atraso. Acho que ele nem notaria se a cozinha pegasse fogo.

Deixei o celular virado para cima sobre a mesa, em caso da minha prima ligar de novo. Minha mãe mandou uma mensagem dizendo que tinha chegado bem a Gainesville e que ia levar meus irmãos para jantar em algum novo restaurante tailandês. Eu estava no meio da resposta, contando sobre minha pescaria, quando três carros da polícia de Loggerhead passaram voando. Estavam indo em direção à praia norte. Um minuto depois, veio uma ambulância com a sirene gritando.

Mesmo assim, só guardei meu telefone no bolso e saí correndo para ver o que estava acontecendo quando vi o holofote do helicóptero da polícia.

≈

Parece coisa do destino a forma como algumas pessoas acabam se tornando quem elas se tornam.

Certas crianças na escola a gente simplesmente sabe que vão se tornar cirurgiãs, engenheiras ou zilionárias da internet. Outras são mais propensas a acabar vendendo carros, materiais hospitalares ou imóveis (esperamos que com mais sucesso do que meu padrasto).

Mas alguns dos meus colegas definitivamente estão indo à toda velocidade para Perdedorlândia. Essa é uma dura realidade em todas as escolas e em todas as cidades. Nem todo mundo quer trabalhar duro, e nem todo mundo tem uma vida maravilhosa pela frente. Tem gente que vai dar errado no mundo dos adultos: fracassar grandiosamente à moda antiga e preguiçosa. Triste, mas é verdade.

Um cara que se formou com meu irmão Kyle está cumprindo dezoito meses na prisão estadual por arrombar uma loja de computadores e roubar uma impressora a laser e uma caixa cheia de pen drives do Homer Simpson. Minha mãe conhece os pais dele e diz que são pessoas respeitáveis, então o que aconteceu? Uma pergunta perfeitamente sensata. (Meu próprio passado não é exatamente impecável, mas nada que minha mãe possa ter dito ou feito alguma vez pode ser responsabilizado por Saint Augustine. Isso foi tudo culpa minha.)

Outro cara, que costumava surfar com meu irmão Robbie, foi preso por vender analgésicos a um policial disfarçado. O pai do rapaz é ministro e a mãe ensina violino. Talvez eles tenham cometido erros na criação; talvez ele só estivesse determinado a ir pelo caminho errado, independentemente de qualquer coisa. Acontece.

Não faço ideia se Dodge Olney teve uma infância difícil ou se veio de uma família boa e amorosa e apenas acabou por ser um imbecil ladrão. Mas, sério, que pessoa com um cérebro maior do que uma bola de gude teria roubar ovos de tartaruga como profissão?

Cap. 5

Verdadeiramente uma forma de vida primitiva, esse cara.

Quando cheguei à praia, paramédicos o estavam amarrando a uma maca. Seu pulso direito frouxo foi preso às alças da maca com uma algema de plástico – na realidade um lacre de plástico. Seu outro braço estava num imobilizador. Ele estava inconsciente e todo enfaixado. Eu sabia que só podia ser Olney quando vi a fronha cheia de pequenas esferas de couro, que agora estavam sendo contadas com muita cautela por um policial de cara pétrea, membro da comissão de vida selvagem.

– Noventa e sete – disse ele a ninguém em particular quando terminou.

Eu me aproximei e perguntei o que ia acontecer com os ovos. O oficial disse que seriam enterrados em um lugar seguro em outra praia.

– Então, eles vão eclodir normalmente? – perguntei.

– Às vezes acontece. Às vezes não. Veremos.

Uma multidão se reuniu; em sua maioria, os moradores locais. Entre eles estavam alguns poucos turistas esturricados de sol. Um policial estava interrogando uma atleta que tinha testemunhado o acontecido, por isso eu me aproximei mais para ouvir. Ela fez um gesto em direção ao imóvel Olney e disse que tinha visto ele cavando um ninho de tartaruga. Além disso, disse que de repente um grande homem barbudo pulou uivando para fora da areia, e o ladrão de ovo começou a golpeá-lo com uma estaca que arrancou do local do ninho.

– Descreva a pessoa que saiu do chão – disse o policial.

– Alto e de aparência assustadora. Largo assim. – A mulher abriu os braços.

– Algo mais?

– Ele tinha coisas penduradas no rosto. Como ossos ou algo do tipo.

– Ele disse alguma coisa?

– Não, mas estava cantando.

– Enquanto o caçador o atacava?

— "*You can't always get what you want*"[4] — disse a atleta. — Essa era a letra que ele estava cantando. Ele agarrou a estaca do ladrão de ovos e jogou nas dunas.

— Então ele acertou o caçador com os punhos?

— Sim, senhor — disse a mulher. — Forte.

— Quantas vezes?

— Não contei. Ele estava usando, tipo, roupas de soldado.

— Você viu por onde ele correu?

— Ah, ele não correu. Ele andou. — A atleta apontou para o sul. — Por ali.

O cenário era fácil de imaginar. Dodge Olney estava saqueando ovos de um ninho verdadeiro de cabeçudas antes de andar sorrateiramente pela praia e desenterrar o ninho de mentira, construído pelo ex-governador Clinton Tyree, agora conhecido como Skink.

Um erro muito doloroso e ganancioso por parte do Sr. Olney.

A ambulância o levou embora em alta velocidade. Se minha mãe estivesse em casa, meu telefone estaria tocando como um louco. Toda vez que ela ouvia uma sirene, ligava para se certificar de que eu estava bem. Isso começou logo após o acidente do meu pai.

Acima, o helicóptero da polícia continuava a circundar, e seus holofotes iam de um lado para o outro, por toda a orla. Um jovem policial carregando uma câmera caminhou até o ninho de tartaruga falso e começou tirar fotografias. Segui para o sul em busca de pegadas na areia, usando a lanterna do meu celular.

A praia estava quase vazia, porque todo mundo tinha corrido para o local da luta — se é que a gente podia chamar aquilo de luta. Trent teria chamado de nocaute. Dodge Olney

---

4   Verso da canção homônima dos Rolling Stones. Em português, seria algo como "Você nem sempre recebe o que quer". (N. da T.)

não poderia ter mais de trinta e cinco anos, no entanto, levou uma surra de um velhote com o dobro de sua idade. Isso não me incomodava em nada, para ser sincero. Qualquer um que rouba ovos de tartaruga para ganhar dinheiro merece todos os infortúnios que cruzem seu caminho. Eu tinha a sensação de que o Sr. Olney evitaria nossa praia pelo resto de seus dias, mesmo se desistisse da caça a ovos e virasse a vida do avesso.

Skink devia ter ficado perto da beira da água pelos primeiros cem metros, porque suas pegadas tinham sido lavadas completamente pelo mar. Até que encontrei um conjunto de pegadas frescas na areia seca e mais fofa – definitivamente botas, definitivamente tamanho gigante – e as segui através das dunas, apagando-as atrás de mim com um galho de palmeira, de modo que ninguém mais pudesse ver que caminho ele seguiu.

As pegadas terminavam em um calçadão que levava a um pequeno bairro fechado de casas enormes com frente para o mar. Não havia luzes no interior das casas, porque os donos ricos viviam no Norte e só vinham para a Flórida no inverno. Era como uma cidadezinha fantasma de mentira, com ruas vazias que meio que davam arrepios.

– Governador! – gritei. – Sou eu, Richard!

Nada. Nenhum som exceto pela brisa farfalhando as uvas-da-praia.

– Ô! – gritei. Ainda nenhuma resposta.

Ouvi o barulho do helicóptero da polícia e me enfiei numa cerca viva enquanto o facho de luz varria por ali, iluminando as ruas como um estádio de futebol americano. Assim que o helicóptero foi embora, eu me arrastei para fora do esconderijo e corri de volta para a praia.

De que forma o homem me alcançou, eu não tenho uma pista sequer. Não o ouvi se aproximar, nem sabia que ele estava atrás de mim até que a mão de gorila agarrou as costas da minha camisa e me puxou. Quase fiz xixi nas calças.

— Fique frio, menino — ele sussurrou.

— Tá. Tá. — Meu coração estava palpitando como um alto-falante.

— Eu preciso de um favorzinho.

— Claro — respondi com a voz áspera. — Qualquer coisa.

Havia apenas uma fatia de lua, mas era brilhante o suficiente para eu ver que Skink não estava usando a touca de banho. Seu cabelo comprido e úmido estava emaranhado. Ele estava sem camisa, só de botas e bermuda de surfe. Sua jaqueta do exército e suas calças camufladas deviam estar enfiadas dentro da mochila.

— Preciso que você seja meu querido e dedicado neto por um instante — disse ele —, caso alguém pergunte.

— Sem problemas.

— Um amigo vai me deixar um carro na esquina da Askew com a A1A.

Eu sabia exatamente onde ficava. Teríamos de voltar pelo mesmo caminho que percorremos e era possível que encontrássemos policiais à procura da pessoa que tinha surrado Dodge Olney.

— Você precisa se livrar dessas coisas retorcidas na sua barba — sugeri.

— Verdade — ele soltou cada um dos bicos de urubu com cuidado, como se fossem enfeites de Natal delicados.

— Eis a nossa história — disse ele. — Você e eu saímos juntos para fazer uma caminhada noturna na praia, tá? Não vimos nada de anormal nem suspeito. Se pedirem minha identidade, você diz que a família não me deixa andar com ela porque eu perco toda hora, já que estou muito velho e sou esquecido. Conta que tem dia que eu nem me lembro de tomar banho.

— Mas a gente te ama mesmo assim, vovô — disse eu.

Ele começou a rir, um estrondo de trovão. Enquanto seguíamos para o norte, ele pegou um pedaço de madeira flutuante e disse:

— Minha confiável bengala! — Ele começou a fingir que mancava à medida que nos aproximávamos das luzes amareladas das casas de frente para o mar. Peguei sua mochila, que era pesada. Se alguém nos questionasse, eu diria que meu avô maluco havia tirado a roupa e ido nadar um pouco na arrebentação, com tubarões e tudo.

Felizmente, ninguém nos parou. Uma única viatura da polícia permaneceu no local do infortúnio do ladrão de ovos. O policial ao volante estava escrevendo seu relatório e nem chegou a olhar para cima quando passamos do outro lado da rua.

O carro deixado pelo amigo de Skink era um de tamanho médio, um Chevrolet Malibu cinza que precisava de uma boa camada de cera. Era o carro de aparência mais comum que se podia imaginar, o que suponho ter sido o objetivo desde o princípio. Nós o encontramos no estacionamento de uma loja de biquínis, onde meu irmão Kyle tinha tentado várias vezes (sem sucesso) conseguir um emprego de vendedor durante o verão.

Skink sentou-se do lado do motorista do Chevy e tateou debaixo do tapete até encontrar a chave. Abri uma das portas traseiras e soltei a mochila sobre o banco.

— Você é um bom cidadão, Richard.

— Ei, o senhor está ferido! — falei.

As luzes do interior do carro tinham iluminado um corte em forma de vírgula em um dos lados da cabeça dele. Embora o ferimento não fosse longo, parecia profundo.

— Está vendo, o Sr. Olney não quis ter uma conversa adulta. Ele queria dar uma de durão — o governador deu de ombros. — Tem um kit de primeiros socorros no porta-malas. Agulhas, suturas, iodo, um monte de aspirina.

— Suturas?

Skink sorriu.

— O Sr. Tile é um sujeito prevenido.

Um canto de baleias foi ficando mais alto no bolso da minha bermuda. Era minha mãe ligando de Gainesville. Deixei cair na caixa postal.

Skink balançou a cabeça em aprovação depois de dar partida no Malibu. O medidor de gasolina mostrava tanque cheio, e o motor começou a fazer um ruído suave. Com o olho bom, ele se observou no espelho retrovisor, arrumando a cabeleira emaranhada cor de prata para esconder o ferimento. Agora eu podia ver que ele não estava vestindo bermudas comuns de surfe, mas uma samba-canção velha bem cafona.

— Não se preocupe — ele me disse. — Pretendo dar uma melhorada no visual mais adiante na estrada.

— O senhor tem onde se esconder?

— Esconder? — Outra risada de terremoto. — Na minha idade, filho, o truque é não parar nunca. Sempre ter um novo projeto em vista. Isso é o que mantém a gente vivo.

— Então, qual é seu novo projeto? — perguntei. — O senhor não precisa me dizer se não quiser.

— Claro que eu vou dizer — respondeu o governador. — Pretendo encontrar sua prima. Quer vir junto?

6

Trent não é uma má pessoa, de forma alguma. Ele faria qualquer coisa pela minha mãe, e eu quero dizer inclusive se jogar na frente de um trem em alta velocidade. Já ela diz que é melhor estar com um homem simples, que realmente se preocupe com ela, do que ficar com algum Einstein que a trate como capacho.

Ainda assim, não posso negar que ocasionalmente eu tire proveito das – como posso dizer? – limitações intelectuais do meu padrasto.

Quando eu entrei às pressas em casa depois do incidente com Dodge Olney, Trent estava na beira do sofá, vidrado em um documentário chamado *Pé-Grande sem censuras*.

– E aí, Richard, senta aqui e vem assistir isso! É incrível.

– Desculpe o atraso.

– Você está atrasado? – Ele olhou no relógio. – Nossa, uau.

– O motor do barco não estava funcionando bem, por isso eu troquei as velas.

– Bom trabalho. Você comeu alguma coisa? – Trent tinha voltado a grudar o olhar na tela da TV, onde um vendedor de carros de estilo excêntrico do estado de Oregon estava contando sobre o dia em que ele pegou um *sasquatch* pedindo carona na interestadual.

– Isso – disse meu padrasto – seria *muito* radical.

– Com certeza eu pararia para um pé-grande.

– Pode crer!

– Eu o levaria direto para o Cracker Barrel – continuei. – Deixaria ele pedir o que quisesse do cardápio.

– Você está me enganando de novo?

– Qual o problema com o Cracker Barrel?

Ele disse:

— Psiu. Quero ouvir essa parte.

— Ei, o Blake e o pai dele vão acampar em Ocala durante alguns dias. Eles me convidaram para ir junto. Minha mãe disse que tudo bem, contanto que você falasse com os pais do Blake.

— *Eu* falar com eles?

— Ela está presa na loja de material de construção com Kyle e Robbie, escolhendo pintura nova para o apartamento deles.

De modo prestativo, disquei um número e entreguei o celular para Trent. A essa altura, eu estava perdendo o controle de todas as mentiras que eu estava contando; a coisa mais importante na minha mente era encontrar Malley o mais rápido possível.

— Oi, aqui é o padrasto do Richard – disse Trent no telefone.

A voz do outro lado pertencia à Beth, amiga da Malley. Ela estava fingindo ser a mãe do Blake. Beth já atuou em algumas peças no teatro do bairro e sabe fazer todos os tipos de vozes. Interpretar uma mãe foi fácil.

Eu a preparei sobre o que dizer: o quanto Blake e o pai dele estavam ansiosos para que eu fosse junto na viagem.

Desculpa por avisar tão em cima da hora, Beth diria.

— Ei, não tem problema – disse Trent. – Foi superlegal da parte de vocês.

Agora eu tinha que sair de casa rapidamente, para o caso da minha mãe ligar. Arrumei minhas coisas, tipo, em três minutos cravados. Escova de dentes, boné, bermuda de surfe, camisetas, cuecas, meu laptop e um canivete: tudo entrou na minha mochila.

Então eu peguei uma caixa de barrinhas de granola da despensa e disse adeus ao Trent. Ele inclusive se distanciou do documentário sobre o Pé-Grande por tempo suficiente para se levantar e trocar uma saudação de punhos fechados.

— Divirta-se, cara, mas se cuida.

— Sempre – respondi.

Cap. 6

O Malibu cinza-fosco estava estacionado na garagem de uma casa vazia no final do quarteirão, e Skink tamborilava os dedos no volante. Ele havia posto a touca de banho, o que me fazia temer que aquilo chamasse mais atenção do que o corte no couro cabeludo. Além disso, ele estava usando óculos de sol com lentes espelhadas cor de violeta. Me parecia que tinha passado um pente na barba (um bom começo), porém, pendurado num cordão em volta do pescoço, que parecia de couro, estava um grande chocalho de cascavel.

Em outras palavras, o homem não era o que a gente chamaria de discreto.

No caminho para sair da cidade, relatei minha última conversa por telefone com Malley.

– Então ela tem que estar em alguma ilha com ponte levadiça – disse eu.

– Talvez.

– Ei, é a melhor pista que temos.

– Conta sobre a buzina de barco que você ouviu no telefone. Talvez um rebocador? Ou um pesqueiro de camarões?

– Não faço ideia.

Skink parecia irritado.

– Bom, o apito era agudo ou grave?

– Bem grave.

– Quanto mais grave a buzina, maior o barco – ele murmurou. – Quanto maior o barco, maior a ponte.

– Faz sentido.

– Pode dar uma olhada no porta-luvas, por favor? Deve ter um CD.

O Sr. Tile tinha pensado em tudo. Skink me pediu para colocar o disco no rádio do carro. Começou a tocar uma música que eu reconheci. Se chamava *Run Through the Jungle*, de uma espécie de roqueiro bem sulista. Meu pai sabia toda a letra.

– Então isso é, tipo, uma coletânea que você gravou? – perguntei ao governador.

— Música para pegar estrada, filho.

Estávamos seguindo para oeste, atravessando o estado, porque o último lugar onde Malley havia usado o celular — a cidade de Clearwater — ficava na costa do Golfo do México. Talvez o falso Talbo Chock tivesse amigos em uma ilha daquela área.

Perguntei a Skink como ele havia perdido o olho esquerdo.

— Muito tempo atrás, uns imbecis me chutaram na cara.

— Sério, por quê?

— Eles espancavam moradores de rua para se divertir, um cara e o amigo.

Sinceramente eu não sabia o que dizer.

— Mas foi a última vez que fizeram isso — acrescentou o governador.

— Por quê? Eles foram para a cadeia?

— História antiga.

A música seguinte na coletânea de Skink se chamava *Heartbreaker*, do Led Zeppelin, outra banda de que meu pai gostava. Abri o laptop para fazer um pouco de pesquisa.

— Isso está certo? O senhor nasceu em...

— Tenho setenta e um anos.

— Não, setenta e dois — corrigi. — O senhor fez aniversário há duas semanas.

— Humm. Acho que perdi a festa.

Perguntei se ele realmente tinha sido mordido no nariz por uma cobra coral, como Jim Tile disse àquele repórter.

— Foi num dedo do pé, não no nariz. Meu amigo estava dando uma de comediante.

— Então por que o senhor não está morto por causa do veneno?

— Por três longos dias eu desejei que estivesse. Jim me manteve em pé e caminhando para que meu coração não parasse.

Apontei para o chocalho de cascavel no cordão do pescoço dele.

– Qual é a história por trás disso aí?

– Foi atropelada por um caminhão de tomate na Rodovia 41. É uma homenagem à sua memória.

O governador dirigia bem, uma agradável surpresa. Eu tinha imaginado que devia ser difícil conduzir um carro em linha reta se a pessoa tivesse um olho só. Algumas horas depois de sairmos da cidade, no meio do nada, ele diminuiu a velocidade, abriu a porta e pegou um corvo morto da estrada. Em seguida foi um gambá (também falecido), que ele agarrou pelo rabo cor-de-rosa sem pelos e arremessou no banco traseiro ao lado da mochila e do pássaro.

– Estou morrendo de fome – disse ele. – Você?

Neguei com a cabeça, educadamente.

– Que história você plantou pra cima da sua mãe?

– Nada ainda – falei. – Só mandei uma mensagem dizendo boa-noite. Ela foi visitar meus irmãos na faculdade.

– E quanto ao Troy?

– O nome dele é Trent.

– Ela vai te estrangular – disse Skink.

– Não, eu vou dizer a ela que não foi culpa dele. A ideia foi toda minha.

– Certo, sua vez.

– O quê? – perguntei. O Malibu estava parando de novo.

– Está vendo o tatu lá na frente, nos faróis?

– Tô. O que sobrou dele.

– Quem poupa seu mouro, poupa seu ouro.

– Fala sério.

– Ângulo perfeito para um destro – disse o governador. – É só se inclinar para fora da porta e pegar a droga da coisa. E não solte o cinto de segurança!

– Tá bom.

Enquanto estávamos passando ao lado, estiquei o braço para a criatura desafortunada... e senti o fedor.

O carro não poderia estar a mais do que quinze quilômetros por hora, no máximo. Skink riu, deu marcha à ré e recolheu o resto do jantar. Vinte minutos depois, ele virou numa estrada de terra velha, usada para gado. Eu o ajudei a fazer uma pequena fogueira, mas não ia comer nem um pouco do seu guisado de animais atropelados. No entanto, tinha cheiro bom. Ele disse que estar fresco era fundamental, assim como o estado dos cadáveres.

— Obviamente, achatado não é bom — disse ele.

— A menos que você esteja a fim de panquecas.

— Mostre um pouco de respeito, filho.

— Vamos acampar aqui?

— Não, esta noite vamos seguir viagem. Se você estiver cansado, durma no carro.

Eu não via problema. Cada quilômetro percorrido era um quilômetro mais perto de Malley.

≈

Ela havia fugido outras cinco vezes. Uma vez aconteceu depois de ela ficar brava com o tio Dan por ele ter confiscado seu laptop, mas nas outras quatro vezes ela simplesmente correu de casa por tédio. E quando eu digo "correu", significa que minha prima literalmente fugiu *correndo*. Sua especialidade é *cross-country*, e boa sorte tentando acompanhar aquela garota.

Duas noites foram o maior tempo que ela já passou fora, e não havia namorados envolvidos — apenas Malley correndo sozinha. Após cada incidente, Sandy a levava ao psicólogo, e, naturalmente, Malley gostava de inventar todo tipo de histórias para zombar do cara. Uma vez, alegou que numa vida passada ela foi Cleópatra, a Rainha do Nilo. Em outra ocasião, disse que seus pais eram tão maus, que a faziam dormir pendurada de cabeça para baixo no teto, como um morcego.

Sua pior desculpa de todos os tempos: depois que voltou para casa pela última vez, Malley disse ao psicólogo que tinha fugido porque Justin Bieber a estava perseguindo. Ela jurou que ele não parava de escalar o grande carvalho ao lado da casa dela, acenando com adoração sempre que ela espiava pela janela do quarto.

A história era especialmente escandalosa, já que minha prima não suportava o Justin Bieber, mas aqui está a parte surpreendente: o psicólogo realmente acreditou que Malley achava estar sendo perseguida e escreveu no relatório que ela "sofria de alucinações, sem sombra de dúvida". Ela mal podia esperar para me contar.

Minha prima é superinteligente. Ela tira dez em qualquer aula em que queira e toma bomba naquelas que não prendem sua atenção. Mas, mesmo se ela fosse muito mais inteligente do que o Talbo Chock impostor, o fato não a ajudaria muito se ele tivesse decidido dar uma de difícil. Apesar de Malley ser quase oito centímetros mais alta do que eu (graças a um grande "estirão"), ela é magra, por causa de toda a corrida de longa distância. Seus braços são como macarrões, e eu duvidava de que ela conseguisse perfurar uma bolha de sabão nem que fosse para escapar de dentro dela.

— Reze para não chegar a esse ponto — disse Skink.

Eu estava muito ligado para tirar uma soneca no carro, então fiquei contando a ele mais coisas sobre a Malley.

— Ela já teve algum namorado? — perguntou.

— Não um namorado *namorado*. O cara com quem ela fugiu, ela o conheceu em uma sala de bate-papo.

— Mas você disse que eles se encontraram nos computadores. Essa "sala de bate-papo" é tipo numa biblioteca?

— As salas de bate-papo ficam *dentro* no computador – disse eu. – Olha, cara, são virtuais.

— Para de me chamar de "cara" ou você vai se arrepender virtualmente.

— Por quê? Não tem nada de ruim em "cara". O senhor não viu *O grande Lebowski*?

O olho bom de Skink se desviou da estrada e olhou para mim.

— O grande o quê?

— É um filme clássico.

— Não vou ao cinema desde 1974 – disse ele.

De certa forma, era como viajar com um extraterrestre.

Um extraterrestre do espaço que falava muito palavrão. Fui deixando os xingamentos passarem, embora não me incomodassem na hora. Afinal, o homem foi para a guerra lutar pelo país e levou tiros; podia falar do jeito que quisesse, na minha opinião.

Além disso, ele estava totalmente empenhado em encontrar minha prima e levá-la para casa. Talvez seu amigo, Jim Tile, tivesse falado sobre a recompensa de 10 mil dólares, mas o governador nunca mencionou aquilo para mim. Parecia improvável que uma pessoa que perdia o verão atrás de ladrões de ovos de tartaruga estivesse interessada em dinheiro.

— Agora o senhor é um fugitivo? – perguntei. – Por causa do que fez com Dodge Olney?

— Ninguém que viu o que aconteceu sabe quem eu sou.

— Ainda assim, a polícia vai procurar quem fez aquilo.

— Não com muito afinco – disse Skink –, depois de puxarem a ficha do Olney.

Ele provavelmente estava certo. Algumas pessoas lhe dariam uma placa de ouro por tirar aquele canalha das praias.

Pluguei meu carregador de carro e conectei ao iPod.

— Ei, podemos ouvir um pouco da minha música?

— Sob nenhuma circunstância – disse Skink.

Uma fila de caminhões vinha no sentido contrário, e os faróis eram ofuscantes. Fechei os olhos e pensei na minha prima. Ela estava num hotel de beira de estrada esta noite? Uma barraca? Talvez no banco de trás daquele Toyota.

Fiquei me perguntando se tinha levado algum dinheiro, ou se o falso Talbo Chock estava pagando por toda a gasolina e pela comida. Qualquer pessoa que roubasse placas de carros não teria escrúpulo algum em roubar um cartão de crédito. Talvez ele realmente fosse um DJ de boate com um talento fabuloso, assim como disse Malley, ou talvez ela também tivesse inventado essa parte.

Evidentemente, eu adormeci. Assim que dei por mim, o sol estava alto e eu sozinho no Malibu, estacionado às margens de uma pequena baía salobra. O que tinha me despertado era o canto das baleias no meu telefone.

– Oi, mãe – disse eu.

– Onde você *está*?

– Indo encontrar a Malley.

– Richard, você enlouqueceu, droga?

Ela já havia falado com o pai de Blake, que ficou intrigado ao ouvir sobre a viagem de acampamento inexistente.

– Não fique com raiva do Trent – eu disse. – É cem por cento minha culpa.

– Volte para casa imediatamente!

– Não posso, mãe.

– Deixe a polícia lidar com isso!

– Não, já esperamos tempo suficiente.

– Richard, eu juro…

– Está tudo bem, tá? Totalmente sob controle.

– Mas você está no carro de quem? Quem você conhece que tenha idade suficiente para dirigir?

– Mãe, é…

Aquela mão parecida como uma garra entrou pela janela e agarrou o telefone. O Sr. Clinton Tyree estava agora falando calmamente com minha mãe.

Inacreditável.

– Senhora, eu quero garantir que Richard está em segurança e está sendo bem supervisionado. Ele e eu partimos para encontrar sua sobrinha, se Deus quiser. Aprecio de verdade as suas preocupações. A senhora tem uma caneta ou um lápis à mão? Vou passar um número de telefone. O cavalheiro do outro lado da linha vai lhe falar tanto sobre mim quanto seja prudente. Ele tem um passado excepcional em aplicação da lei, por isso, preste total atenção nele. Richard vai entrar em contato com a senhora mais tarde. Ele é um jovem promissor, como a senhora tem plena ciência, e lamenta profundamente ter enganado o padrasto, embora fosse necessário. Agora vou passar o número de telefone...

Foi quando eu entendi como Skink tinha chegado a ser eleito governador: era suave como seda quando escolhia ser. Ele se despediu da minha mãe e me passou o celular.

– Onde estamos? – perguntei.

– No maldito lugar errado. Lamento.

Dirigimos ao longo da orla por, talvez, uns oitocentos metros. Então ele parou na sombra de uma extensão de concreto, a quatro pistas de distância. Era alta o suficiente para qualquer rebocador ou barco pesqueiro de águas profundas passar por baixo; mesmo um veleiro conseguiria atravessar.

– Isso costumava ser uma ponte levadiça – disse ele, desanimado. – Há muito tempo.

A nova ponte arqueava a partir do continente e chegava a uma ilha-barreira, onde a costa estava repleta com docas particulares. Um dia aquilo tudo havia sido um manguezal. Do lado da ilha que dava para o Golfo, havia uma praia turística. Eu só sabia disso por causa de um pequeno avião que voava de um lado para o outro puxando um banner que anunciava a *Hula Happy Hour* em algum bar havaiano.

— Aqui é onde eu pensei que sua prima poderia estar — disse Skink. — Mas da última vez que estive aqui, não havia nenhum arranha-céu. Era um lugar tranquilo.

Na minha cabeça, contei seis torres de apartamentos alinhadas como chaminés.

— Gostaria de saber quando eles tiraram a ponte velha — disse Skink. Ele estava seriamente chateado.

— Ei, vamos continuar procurando — falei. — Tem um monte de outras ilhas.

— Aquelas velhas aves marinhas donas daqueles condomínios, elas é que não gostam de ficar esperando pela ponte levadiça. Por isso foi demolida. Não queriam perder as promoções para quem chega cedo no Macaroni Grill. Rá!

Ele continuou resmungando coisas até que eu aumentei o som da seleção de músicas para estrada. Então ele se acalmou. Eu até mesmo o fiz sorrir por adivinhar o título de uma música hipervelha do Bob Dylan chamada de *Subterranean Homesick Blues*. Skink perguntou como, entre todas as coisas do mundo, eu conhecia aquela canção. Expliquei que meu pai amava Dylan e muitas bandas antigas, e que um dia depois que meu pai morreu, eu baixei todas as músicas dele no meu iPod.

— Ah é? Então vamos ouvir — disse Skink.

Então, lá estávamos nós, seguindo pela interestadual, atravessando o centro de Tampa, ouvindo a música do meu pai. Às vezes, quando olhava para o governador, não acreditava que tivesse setenta e dois anos. Outras vezes, ele parecia ter uns cento e dez. Agora era como um adolescente, sacudindo o punho e uivando os versos de uma música do Pearl Jam. Ele estava com o volume tão alto que não ouvi meu celular tocar.

Mais tarde, paramos para almoçar em uma cafeteria à beira-mar em Clearwater, onde tive a oportunidade de ver Skink comer uma refeição que não precisava ser esfolada nem depenada. Foi então que notei as mensagens de voz no meu celular. A primeira era de Beth, perguntando onde eu estava e se eu já tinha encontrado Malley.

A segunda chamada era de um número bloqueado.

"E aí, Ricardo? Euzinha mesma, só pra ver como estão as coisas. Tudo aqui no paraíso é simplesmente incrível e impressionante. Adivinha o que eu vi lá em cima de uma árvore, hoje de manhã? Um pica-pau-bico-de-marfim! Parecia tão solitário, ele me deixou triste."

Na mensagem, Malley estava tossindo e sua voz soou áspera. Quando repeti a mensagem para Skink, ele levantou uma sobrancelha.

– Ela te chama de Ricardo?

– Primeira vez. Estranho.

– Ela quer que você preste atenção.

– Além do mais, esse tipo de pica-pau foi extinto. Eu fiz um trabalho sobre eles na feira de ciências do sexto ano, e a Malley me ajudou com os gráficos.

– Eu sei onde esses pássaros vivem – disse Skink.

– O senhor quer dizer onde eles *viveram*.

– Apenas em um lugar na Flórida, *Ricardo*, e não é uma ilha.

– Eu sei disso.

– A menina está tentando te dizer onde ela está.

– E a parte do "solitário" significa que ela quer voltar para casa.

– Correto – disse ele.

– Talvez o falso Talbo não queira deixá-la sair.

– Sempre pense no pior. Esse é o meu lema – com isso, o governador se levantou e caminhou rapidamente em direção ao carro.

Enfiei o cachorro-quente apimentado na boca e saí às pressas atrás dele.

7

O cabo fuzileiro naval Talbo Chock poderia ter sido enterrado com todas as honras no cemitério nacional em Arlington, Virgínia, mas sua mãe o queria mais perto de casa. O funeral tinha sido realizado em uma tarde úmida de julho, em Fort Walton Beach, Flórida, um mês antes da minha prima fugir.

Durante a cerimônia na igreja, alguém entrou de fininho na propriedade e fez ligação direta num Toyota Camry branco, ano 2007, pertencente ao pastor. No banco da frente estava uma cópia impressa do sermão do pastor, recordando a curta vida e a morte corajosa de Earl Talbo Chock. O pastor tinha a intenção de presentear os pais de Talbo com uma cópia de suas palavras comoventes, mas, em vez disso, elas acabaram nas mãos de um ladrão de carros, que decidiu também roubar o nome do soldado morto.

Esse fato foi retransmitido a mim por telefone pelo detetive Trujillo.

– Provavelmente não é o que você queria ouvir – disse ele –, mas é um progresso. O Toyota do pastor tem um pequeno furo no para-brisa traseiro, que corresponde ao do carro que aparece no vídeo da câmera de segurança do aeroporto de Orlando.

– Onde exatamente na janela traseira? – perguntei.

– Bem no meio. O pastor deu uma espingardinha de chumbo para o filho quando ele fez oito anos. Não foi uma atitude de gênio.

Eu não disse ao detetive que estava na estrada com um ex-governador caolho indo atrás da minha prima. Nós já tínhamos contado vinte e três Toyotas Camry brancos, nenhum deles levando um casal que se parecesse com Malley e seu Talbo Online.

Quando informei Trujillo sobre a última mensagem de telefone da minha prima, mantive o relato breve. Seria difícil convencer o detetive de que o fato de ela mencionar uma espécie de pica-pau desaparecida era um grito de socorro codificado.

Além disso, o lugar remoto onde Skink e eu acreditávamos que ela estava sendo mantida – *se* estivesse sendo mantida – pedia por uma aproximação furtiva. Um comboio de carros da polícia em alta velocidade poderia assustar o falso Talbo Chock e levá-lo a fazer alguma coisa drástica.

Por enquanto, pelo menos, ele não sabia que alguém estava no seu rastro.

A partir de Clearwater, Skink pegou a Rodovia 19, que acompanha a costa da Flórida subindo para o Golfo do México, por todo o caminho até a cidade de Perry, onde a gente pegava a esquerda e entrava na região da Panhandle. Essa era a rota que eu tinha traçado no meu smartphone. Era a maneira mais rápida de chegar onde nós precisávamos estar; porém, muito depressa, fomos levados a um desvio.

Uma SUV azul passou rasgando por nós a cento e trinta quilômetros por hora e o motorista jogou uma lata vazia de Budweiser pela janela. Uma maldita lata, ouviu?

O governador disse que o cara era um idiota, o que, sem dúvida, ele era, e depois pediu para eu não pensar nisso. Com certeza não olhei para o velocímetro, o que teria me dado uma pista do porquê de Skink estar acelerando para acompanhar a SUV azul. Eu estava concentrado em meu laptop, relendo um e-mail preocupado da minha mãe.

Quando a SUV diminuiu a velocidade e fez uma curva para oeste, em direção a Homosassa, nós também viramos.

– Aonde o senhor vai? – perguntei.

O olhar em seu rosto era algo diferente, não parecia com raiva nem agitação, era apenas frio como granito. Provavelmente a mesma expressão que usou quando ouviu o raspar da espátula de Dodge Olney na areia.

Tentei mais uma vez:

– Governador, o que o senhor vai fazer?

Sem resposta.

– Foi só uma lata de cerveja. Fala sério.

Ele balançou a cabeça, como se estivesse desapontado comigo.

– Mesmo porque não temos tempo – acrescentei. – Precisamos nos apressar para encontrar a Malley.

– Filho, vai ser rapidinho.

Era isso, como se nenhuma explicação fosse necessária. Ele esperava apenas que eu entendesse.

O céu estava escurecendo e havia nuvens baixas de tempestade quando a SUV parou num restaurante chamado Bucky's Deluxe Dining. Parecia mais um bar. Skink continuou dirigindo até encontrar uma loja de conveniência. Quinze minutos mais tarde, estávamos de volta ao Bucky's, numa chuva torrencial.

Não vou defender o que o governador fez, mas poderia ter sido muito pior para o idiota da SUV. Ele poderia ter terminado em um hospital como Dodge Olney. Em vez disso, seu carro foi a única coisa que se machucou.

Não é preciso ser um mecânico treinado para saber que motores a gasolina não funcionam à base de água, malte de cevada, lúpulo, arroz e levedura, que são os ingredientes básicos da *Budweiser*. Procurei no Google enquanto estava abaixado no Malibu.

Skink se ajoelhou ao lado da SUV azul e calmamente derramou uma caixa inteira de cerveja no tanque de combustível. Então, só para ter certeza de que a mensagem seria recebida, enfiou as latas vazias no escapamento. Eu rezava para que ninguém no restaurante pudesse ver o que estava acontecendo em meio ao aguaceiro.

Quando voltamos à Rodovia 19, me arrumei no assento e disse ao governador que ele estava louco.

– O que o senhor estava pensando? Estou falando sério!

— As piores pessoas são as que jogam lixo no chão. — Suas roupas estavam encharcadas, sua touca de banho estava salpicada de pingos de chuva.

— O que acontece se te jogarem na cadeia? — eu estava muito aborrecido. — Vou ter que ir salvar a Malley sozinho?

— Existem lindas paisagens rurais nessa parte do estado. Se eu vejo algum mané jogando lixo, não posso dar as costas.

O olho de vidro do governador tinha embaçado, mas era claro que ele não sabia disso. Mais cedo eu havia perguntado por que ele não tinha arranjado um verde para combinar com o olho real. Ele disse que o castanho vinha de um urso empalhado (era por isso que não se encaixava direito em seu crânio semi-humano). Ele nunca, nunca machucaria um urso, ele disse. Ursos são donos de uma grande força vital. O espécime empalhado pertencia a algum tolo que gostava de caçar animais grandes. Skink foi até o caçador em uma "visita não social". Palavras dele.

Depois de me acalmar, eu disse:

— O que o senhor fez lá atrás foi um crime. Deu P.T. no motor do carro daquele cara.

— Ele pode conseguir rodar por uns dois ou três quilômetros.

— E se tivesse câmeras de segurança no estacionamento?

— Em Homosassa, Flórida? Rá!

Tentar argumentar com ele era impossível.

— Um amigo meu — disse ele — uma vez esvaziou um contêiner de lixo lotado em uma BMW conversível. Mesmo cenário básico: motorista tinha jogado todas as embalagens do Burger King na rodovia.

— Eu entendo porque o senhor está zangado. Isso também me deixa bravo, mas...

— A gente é quem a gente é.

— Tá bom, tanto faz — falei.

Beth ligou de novo. Ela recebeu uma mensagem de texto da Malley e foi algo como "blá-blá-blá, o TC é tão incrível" etc. Eu disse à Beth que a gente estava indo para o Norte, atrás de uma pista, e que eu voltaria em alguns dias. Ela continuou falando. Sinceramente, não queria ouvir de jeito nenhum sobre os problemas dela com o namorado, Taylor. Ele só se importava com beisebol, disse ela. Além do mais, dançava mal pra caramba. Eu mal conhecia Taylor, mas não tinha interesse em me meter na história dele com a Beth. Quando ela terminasse com ele, a história seria outra.

Skink estava fingindo não ouvir enquanto eu tentava dar um jeito de sair da conversa. Desliguei, dei de ombros e disse:

– Ei, ela é só uma amiga.

– Eu tive umas dessas – ele coçou a barba. – Como sua mãe está lidando com isso?

Abri o laptop e li o e-mail dela em voz alta. Era parte mãe, parte advogada:

Caro Richard,

Eu pretendia dizer tudo isso em um telefonema, mas às vezes é mais fácil organizar meus pensamentos quando coloco por escrito.

Você entende por que não estou entusiasmada com essa viagem impulsiva de vocês. Estamos todos preocupados com sua prima, mas meu trabalho é me preocupar com você. Conversei bastante com o misterioso "Sr. Tile" e, como um voto de confiança, ele me contou a história do cavalheiro com quem você está viajando. Ele disse que essa pessoa, apesar da idade, é fisicamente capaz de te proteger de qualquer perigo, e que ele não hesitaria em dar a própria vida em sua defesa, se necessário.

Não seria verdade dizer que eu não fiquei confortada pelas garantias do Sr. Tile. Fiz uma pequena pesquisa por conta própria, que confirmou os detalhes biográficos básicos sobre esse tal de "Skink". No entanto, eu também me deparei com relatos de determinados incidentes que só posso rezar para terem sido exagerados pelo mito. Se ao menos metade das histórias forem verdadeiras, ele claramente não é o mais estável dos companheiros. Por favor, por favor, tenha cuidado.

O Sr. Tile prometeu manter contato, mas ainda estou muito apreensiva sobre essa viagem em que você embarcou. Pessoalmente, não acredito que Malley possa ser encontrada se ela não quiser, nem que ela precise, necessariamente, ser "resgatada". Os telefonemas que ela deu para casa foram bastante animados e alegres, de acordo com Dan e Sandy. Com base em experiências passadas, aposto que ela vai estar de volta em Loggerhead Beach assim que ficar entediada com essa nova fuga.

É óbvio que você acredita que ela possa estar em perigo, e se isso for verdade, então você também pode estar. Mais uma vez, peço para você recuar e deixar que as autoridades lidem com isso. Não tem nada que você e "Skink" possam fazer que não poderia ser feito com mais segurança por experientes policiais defensores da lei. Sinceramente, é só por causa do Sr. Tile que eu também não liguei para a polícia e coloquei um alerta Amber atrás de você!

Em momentos como este eu me pergunto o que seu pai faria se estivesse aqui. Como você sabe, ele sempre foi o "espírito livre" da nossa família. Costumava me dizer que era saudável deixar os

> *meninos um pouco soltos para arriscarem algumas coisas, mas eu suspeito que mesmo ele se assustaria com o que você está fazendo.*
>
> *Por favor, volte para casa, querido.*
>
> *Com amor sempre,*
> *Mamãe.*

Fechei o computador e olhei para o governador para ver se ele estava ofendido por minha mãe ter sugerido que ele talvez fosse um psicopata.

Tudo o que ele disse foi:

— Você é um jovem de sorte.

— Eu sei.

— Se você quiser ir para casa, não tem problema.

— Não é que eu queira, mas…

— Se alguma coisa acontecer com você, ela vai ficar arrasada.

— É por isso que eu parei de surfar depois que meu pai morreu – eu disse. – Meus irmãos, eles são simplesmente insanos na água. Destemidos. Minha mãe não consegue nem olhar.

— É com você que ela conta para estar sempre presente. O filho estável, não é?

— Algo assim.

Lá fora, a chuva tinha aliviado. O limpador de para-brisa do Malibu rangia sobre o vidro. Uma das canções de Skink estava tocando no rádio. *Me ajuda, Rhonda. Me ajuda, me ajuda, Rhonda.*

Ele disse:

— Tem um aeroporto em Bay County. Faça-a ligar e marcar uma passagem para Orlando. Eu poderia te colocar num ônibus da Greyhound, mas você pode acabar sentado ao lado de alguém com aparência pior do que a minha.

— Por que eu não posso simplesmente voltar com o senhor no carro?

— Porque eu não vou voltar.

— Ah. — Na hora, a ficha não caiu.

— Vou encontrar sua prima — disse ele.

E foi isso. Com ou sem minha ajuda, o velho tinha o objetivo de encontrar o rastro da Malley e levá-la para longe do Talbo Chock impostor.

Algumas horas mais tarde, quando o sol desapareceu atrás de um babado de nuvens fofas cor-de-rosa, estávamos em Massalina Bayou, no centro de Panama City. A ponte levadiça de Tarpon Dock estava subindo para dar passagem a um barco de camarão vindo do Golfo. Acima da popa, rodopiava uma série de gaivotas e andorinhas-do-mar, gritando famintas. O capitão do barco soou a buzina.

Meus ombros estavam trêmulos, tamanha minha empolgação.

— Deve ser essa! A ponte de onde ela me ligou!

O capitão nos espiava da cabine conforme seu barco passava, retumbante, por nós. Skink tirou a touca de banho e a enfiou dentro de um bolso. O corte no couro cabeludo estava roxo por causa do iodo, e eu pude ver uma risca de pontos pretos. Ele devia ter parado o carro e suturado a si mesmo enquanto eu estava dormindo.

— Então, o que você disse à sua mãe? — perguntou.

— Eu disse a ela que confiava no senhor.

O governador sorriu.

— Isso significa que você não quer uma carona para o aeroporto?

— Nada de aeroporto — respondi.

— Digno de nota — ele desfez o nó do colar com chocalho de serpente e o deu de presente para mim.

Queria ainda tê-lo.

8

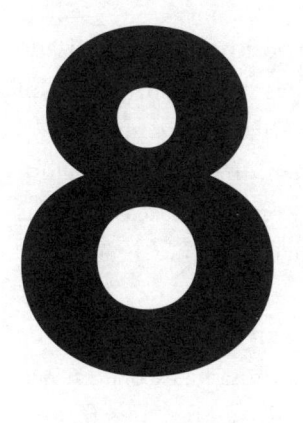

Os cientistas procuram pelo pica-pau-bico-de-marfim com a mesma determinação fanática com que algumas pessoas caçam pés-grandes.

A diferença é que esses pica-paus eram reais. Eles viviam em velhas florestas de madeira de lei em todo o sudeste dos Estados Unidos até a Guerra Civil, quando chegou a indústria madeireira e começou a derrubar milhões de árvores. Chegou um momento em que os pássaros não tinham mais besouros para comer, não tinham mais troncos caídos para bicar e fazerem ninhos. Quando se soube que os bicos-de-marfim estavam desaparecendo, eles foram perseguidos e abatidos por caçadores que venderam os corpos a museus, de modo que pudessem ser empalhados e colocados em exposição como os dinossauros. Lamentável, mas é verdade.

O pica-pau era lindo, lindo – alto, de bico longo, com os olhos amarelos pálidos e penas preto-azuladas.

Listras brancas brilhantes percorriam cada lateral de seu pescoço, abrindo-se para as asas. A característica mais marcante da ave era uma crista aguda na parte de trás da cabeça: preta nas fêmeas, vermelho-vivo nos machos. A aparência do bico-de-marfim era tão dramática que ele foi apelidado de pássaro Senhor Deus, porque "Senhor Deus!" era o que as pessoas supostamente exclamavam quando viam esse pica-pau pela primeira vez.

Não havia um encontro cem por cento documentado com a espécie em mais de oitenta anos. Avistamentos aleatórios eram relatados, mas, assim como o Pé-Grande, nem mesmo um único bico-de-marfim havia sido positivamente localizado e identificado. O que as pessoas muitas vezes viam (e ficavam animadas quando acontecia) era na verdade uma espécie mais comum de pica-pau, que também tem uma crista vermelho-vívida. Essa ave, porém, é menor, com penas acastanhadas e um bico mais curto. Ela também tem menos branco nas listras da asa.

Sei de tudo isso por causa do meu trabalho na feira de ciências, que ganhou uma menção honrosa na escola. Eu não me chamaria de especialista em bicos-de-marfim, mas fiz uma tonelada de pesquisa. Pelo fato de os bicos-de-marfim terem desaparecido há muito tempo, não existem fotos coloridas deles. Malley me ajudou a desenhar uma imagem para o cartaz. Para ser exato, estudamos ilustrações centenárias e também uma pintura de três bicos-de-marfim feitas por John James Audubon, o famoso artista de natureza que passou muito tempo na Flórida.

Infelizmente, Audubon costumava atirar nas espécies que ele queria pintar, a fim de examiná-las de perto. Isso foi na década de 1820, quando ainda havia bicos-de-marfim em abundância por aí, mas aposto que hoje ele trocaria aquela pintura por um vislumbre de um espécime vivo. A última população conhecida foi eliminada na década de 1930, quando uma madeireira de Chicago derrubou uma antiga floresta inteira da Louisiana. Muita gente, até mesmo alguns políticos, imploraram para os madeireiros não derrubarem aquelas árvores, mas a empresa se recusou a parar.

E com isso, o pica-pau-bico-de-marfim se tornou um fantasma. Na Flórida, a lenda vive na mata fechada ao longo do rio Choctawhatchee, que serpenteia até a Panhandle, desde o sul do Alabama. Malley também trabalhou comigo no meu mapa de habitat. Foi assim que ela pôde pegar o telefone e me contar onde ela estava sem alertar o falso Talbo Chock. Tudo o que ela precisava dizer era que tinha ouvido um bico-de-marfim. Apenas um *geek* de aves como eu somaria dois mais dois.

Não muito tempo atrás, pesquisadores de duas universidades muito importantes publicaram um estudo listando catorze avistamentos de confiança do bico-de-marfim na bacia do Choctawhatchee, bem como trezentas gravações de cantos distintos e som de bater em casca de árvore, conhecidos por pertencerem ao furtivo pica-pau. No entanto, depois de vários anos de tentativas, nenhum cientista ou civil conseguiu provas fotográficas claras de um espécime que viva ao longo desse rio, nem em qualquer outro lugar nos Estados Unidos.

Um vídeo famoso que supostamente mostra um bico-de-marfim voando num pântano do Arkansas foi rejeitado pelos maiores ornitólogos, que disseram que o pássaro era mais provavelmente um pica-pau comum. Incluí um vídeo do YouTube daquela filmagem no meu projeto da feira de ciências, que era interativo. As pessoas podiam apertar um botão e ouvir uma gravação que comparava os diferentes padrões de martelar dos dois tipos de pica-paus. Eu mesmo recriei os sons, batendo com uma vara oca de bambu numa palmeira morta.

Seria fantástico se alguém realmente descobrisse um bico-de-marfim vivo, mas isso não aconteceu. O pássaro está oficialmente classificado como extinto, e foi o que eu concluí no meu trabalho. Todos se foram.

– Não tenha tanta certeza – disse o governador.

– Agora o senhor parece meu padrasto falando. Ele acredita piamente em *sasquatches*.

– Eu vi um desses pica-paus com meu próprio olho.

— Certo — respondi.

— Em 17 de abril de 2009. Amanhã eu te mostro onde.

A baía de Choctawhatchee, onde o rio deságua, fica a uma pequena distância de carro de Panama City, mas Skink decidiu esperar até de manhã para começar nossa busca por Malley. Ele disse que fazer busca depois do anoitecer era muito arriscado. Nas horas do dia poderíamos posar de avô e neto em uma viagem preguiçosa de verão.

— Você não tem, tipo, um chapéu comum? — perguntei.

Ele alisou as rugas da touca de banho e amargamente espetou um graveto nas brasas da fogueira. Fomos acampar em meio a um conjunto de pinheiros perto de um lugar chamado Ebro. O governador estava fritando duas dúzias de ostras que ele comprou numa peixaria e abrindo as conchas com uma faca de combate. Eu nunca tinha sido corajoso o suficiente para comer uma ostra, mas concordei em experimentar, porque minha outra opção era fazer ensopado de animais atropelados. Skink tinha arranjado um guaxinim morto na Rodovia 98. Tinha sido atingido por um veículo com pneus extremamente grandes, e a cauda peluda listrada era a única forma de a gente saber que tipo de mamífero era.

Na verdade, as ostras eram gostosas, e eu acabei comendo mais do que o governador. Depois de terminarmos, ele juntou as conchas vazias e saiu para enterrá-las. Foi quando minha mãe ligou.

— Onde você está? — ela perguntou. — Tenho um mapa de estradas da Flórida na minha frente.

— Não posso te dizer, mas definitivamente estamos chegando perto da Malley.

— Espera aí. Você realmente acabou de me dizer que não pode me contar?

— Prometi a ele que eu não daria muita informação.

— Por "ele" você quer dizer o Sr. Tyree. Será que ele te adotou legalmente agora? Porque, se não, eu é que sou responsável pela sua saúde e bem-estar!

— Tá, mãe. Tá. — Contei que a gente estava acampado na região da Panhandle. Ela pediu o nome da cidade mais próxima, e eu disse que estávamos em algum lugar a oeste de Tallahassee.

— Ah, isso é uma tremenda ajuda, Richard. Você poderia muito bem ter dito a leste de Mobile.

— Mãe, está tudo bem. Comemos ostras frescas no jantar, tá? Também não é como se eu estivesse sofrendo. Ele tem repelente de insetos, cobertores, sabonete, até mesmo um kit para picada de cobra.

Erro estúpido da minha parte mencionar o kit para picada de cobra.

— Ah, que ótimo. Então você está em um pântano selvagem — minha mãe suspirou —, com mocassins e cascavéis.

— Nós *não* estamos num pântano. Você tem que ficar fria, tá, mãe? Por favor?

— Ele já fez alguma coisa maluca? Fala a verdade.

— Ele xingou um cara que jogou lixo na estrada — respondi.

— Isso não é maluco, você faz a mesma coisa — só que minha mãe nunca derramou cerveja no tanque de combustível de outro motorista, não importava que coisa imbecil ele tivesse feito.

Trent ficou na linha para dizer como ele estava desapontado comigo por eu mentir sobre ir acampar com o Blake. Pedi desculpas por tê-lo colocado em apuros com minha mãe.

Ele disse:

— A melhor coisa que você poderia fazer, cara, é se mandar para casa o mais rápido possível.

— Ainda não.

– Deixe os policiais encontrarem Malley. Você é o quê? Tipo o senhor agente secreto caçador de recompensa?

A diferença era que caçadores de recompensas perseguiam as pessoas para conseguir o dinheiro da recompensa; eu estava procurando minha prima porque estava preocupado com ela.

– Trent, posso, por favor, falar com minha mãe de novo?

Houve uma conversa abafada no telefone, então a voz tensa da minha mãe:

– Richard, se você encontrar a Malley, quero sua palavra de honra de que você e o Sr. Tyree não vão fazer nada imprudente. Só recuem e chamem a polícia, certo? Não tentem ser heróis.

– Claro – eu disse, sabendo que o governador estava fora do meu controle. Ele mal podia esperar para "bater um papo" com o falso Talbo.

– Além disso – minha mãe acrescentou –, você tem exatamente setenta e duas horas.

– Por quê? E depois o que vai acontecer?

– Então eu vou notificar as autoridades.

– Mas e quanto ao Sr. Tile...

– Vou falar para ele a mesma coisa – disse ela. – Daqui a três dias eu espero ver sua cara sorridente e ilesa nesta casa. Se você não estiver de volta, eu vou chamar a cavalaria.

– Mãe, fala sério!

– Esse é o trato, Richard. Agora, posso falar com o governador Tyree, ou Skink, ou seja lá como ele esteja chamando a si mesmo?

– Hum, ele saiu de perto.

– Saiu de perto? Foi para onde? Não me diga que ele te deixou sozinho aí...

– Até mais tarde, mãe.

A razão por eu desligar com tanta pressa foi que eu ouvi um caminhão buzinando, e o ruído estridente dos freios na estrada, não muito longe da nossa fogueira. Usando a lanterna do celular, fui andando entre o mato, nem mesmo tentando fazer silêncio.

Quando alcancei a estrada, o caminhão estava fora de vista. Fragmentos de conchas de ostras cobriam o asfalto. Gritei para o governador, varrendo com minha pequena lanterna de um lado para o outro. O brilho recaiu em cima de uma bota, uma bota excepcionalmente grande, em pé e vazia no acostamento de cascalho. Vi que o bico da bota tinha sido esmagado, praticamente virado pizza. Uma meia rasgada e encardida estava amontoada por perto.

Quando gritei de novo, minha voz falhou.

Uma resposta que parecia um coaxar veio da escuridão:

— Por aqui, filho —, seguida por um jorro de palavrões.

Apontei a luz em direção a uma vala, e era ali que ele estava esparramado. Seu pé direito descalço parecia torto e inchado.

— O que aconteceu? — gritei.

— Não sou tão rápido como costumava ser, foi o que aconteceu. Aqui, segure isso.

— De jeito nenhum! — Era um bebê gambá, e eu não precisei olhar duas vezes para ter certeza. Um gambá do tamanho de um porquinho-da-índia, mas ainda um gambá, com listras e tudo.

— Faça o que eu digo — Skink rosnou. — Fique calmo e ela não vai soltar o odor. E desligue essa maldita luz.

Aninhei o fedidinho na curva do meu braço enquanto o governador mancava para fora da vala e recuperava a bota, que já não cabia sobre os dedos do pé deformado. A gambá não fez nenhum som, mas eu sentia que ela estava tremendo.

— A gente *não* vai te comer no jantar — falei.

— Não seja tolo, Richard. Se eu quisesse comer, a gente não estaria tendo essa discussão.

Descobri que a gambá bebê estava atravessando a estrada atrás da mãe, quando um caminhão de dezoito rodas em alta velocidade veio descendo a colina. Gambás enxergam mal, por isso nunca veem o que acontece. A mamãe chegou em segurança ao outro lado, mas a pequena era muita lenta. O governador tinha largado as conchas de ostras, corrido para a estrada, pegado a pequena e depois tentado saltar para fugir do caminhão. O veículo não pegou nada, exceto seu pé direito.

Agora ele estava mancando na minha frente, por entre as árvores. Eu não precisava de uma lanterna de celular para saber aonde ele estava indo. Apenas segui o cheiro fresco das ostras. Ele estava procurando a gambá mãe e, de alguma forma, a encontrou. Foi impressionante. Ele disse que ela não iria nos lançar um spray de almíscar se a gente falasse baixo, e ela não o fez. Ele pegou a gambazinha de mim e a colocou no chão. O bichinho era tão cego que precisou girar em torno dele mesmo até ficar de frente para a mãe. Elas foram embora, duas caudas pretas saltitando em fila única através do matagal.

O governador estava num mundo de dor, gemendo e xingando enquanto seguia pulando. Achei uma vara resistente para ele usar como bengala, mas ele ainda estava respirando com dificuldade e brilhando de suor quando chegou à estrada.

– Malditas doninhas – ele resmungou. – Richard, existe um ditado bem conhecido: "Nenhuma boa ação fica impune".

– Você não acredita em carma? Eu sim.

– Não é você quem está andando com ossos quebrados.

Um par de faróis baixos apareceu no topo da colina. Era definitivamente um carro, não um caminhão, e estava se aproximando em alta velocidade. Skink me disse para entrar na vala e ficar abaixado. Eu perguntei por quê.

– Caso seja o xerife ou um guarda-caça – disse ele, impaciente. – Não estou a fim de tentar explicar o que estamos fazendo aqui no meio do mato, na calada da noite. Quando eles me virem mancando, vão chamar uma ambulância e me enviar direto para o hospital.

– Bem, é onde o senhor precisava estar.

Ele me deu um empurrão em direção à vala.

– Sem desvios, filho. Temos trabalho a fazer. – Ele deslizou para baixo ao meu lado, tirando a touca de banho para que as luzes que se aproximavam não fizessem o plástico brilhar.

O carro estava facilmente a cem quilômetros por hora quando passou por nós, mas espiamos bem a tempo de um vislumbre. Não era um carro de polícia. Era um Toyota de cor clara.

– Aquilo é um Camry? – perguntou Skink. – Ou um Corolla?

– Não sei. Estava indo rápido demais.

– Não consegui ver o para-brisa traseiro. Você viu um furo?

– Não, estava indo rápido demais – falei de novo. A única coisa que vi claramente foi o logotipo cromado no porta-malas: um círculo com dois ovais pequenos entrelaçados na transversal. Reconheci porque meu pai já teve uma minivan Toyota.

Skink disse que aquele modelo sem dúvida era de duas portas.

– É isso que estamos procurando, não é?

– É. – Eu estava pronto para pular fora da minha própria pele, de tão ansioso.

O governador se levantou com dificuldade e voltou para a estrada.

– Para o norte – ele murmurou, olhando para as lanternas traseiras que sumiam no horizonte. – Talvez você esteja certo sobre aquela bebê gambá. Talvez ela tenha nos trazido um pouco de sorte.

Fiquei ao lado dele na faixa central, me perguntando se eu estava assistindo à minha prima desaparecer de vista e sair do alcance.

– Então se apresse, vamos! – praticamente gritei. – Vamos! O senhor faz uma tala enquanto eu apago o fogo e guardo nossas coisas.

Ele riu com tristeza.

– Parece um ótimo plano, Richard, exceto por um probleminha.

– Que foi agora?

– Você sabe dirigir?

– Claro que não. Não tenho idade pra isso.

– Lição número um. – Skink balançou a bota despedaçada no ar. – É o pé direito que vai e volta entre o pedal do acelerador e o do freio.

– Ai, Deus. – Senti vontade de vomitar. – Não dá para fazer isso com o esquerdo?

– Muito complicado – explicou. – Além do mais, estou numa quantidade enorme de desconforto. O Sr. Tile sempre guarda remédio adequado no kit de primeiros socorros, mas vai me deixar incapacitado para operar máquinas pesadas.

– Como um Chevy Malibu.

– Correto. – O governador mancou de volta pela floresta em direção à nossa fogueira. Dei um passo à frente dele, iluminando o caminho com meu LED.

– E se a Malley estiver naquele carro? – perguntei em sofrimento. – A gente não pode simplesmente ficar sentado aqui, assando biscoito até seu pé idiota ficar melhor.

– Não, filho. A gente continua a busca. – Cada passo o fazia estremecer.

– Mas não podemos ir a lugar algum se o senhor estiver aleijado demais para dirigir.

– De agora em diante você vai ser nosso motorista, Richard. Eu vou te ensinar como.

– Esta noite? De jeito nenhum. No escuro? Duvido que eu possa dar conta.

– Relaxa – disse ele. – As estradas deste estado estão cheias de doentes mentais.

– Puxa, obrigado.

— Só estou dizendo que qualquer um consegue.

— Eu poderia ser preso, menor de idade e sem carteira de motorista! Minha mãe ia dar um chilique terrível se eu ligasse para ela da cadeia.

— Ninguém neste veículo vai ser preso — Skink afirmou como se fosse um fato concreto.

Eu não estava com medo de tentar dirigir um carro, mas estava nervoso. Supernervoso, para ser sincero. As circunstâncias não eram exatamente as ideais.

Plena luz do dia no estacionamento vazio de um estádio de futebol? Sem problemas. Noite de breu em uma estrada sinuosa? Outros quinhentos.

De trás, senti um cutucão amigável da bengala do governador.

— Você vai se sair bem — disse ele. — Deixo até você colocar sua própria música.

9

Minha altura é um problema.

Meu pai tinha 1,80 metro. Kyle tem 1,78 e Robbie tem 1,83. Tio Dan tem 1,85 e minha mãe tem 1,75.

Eu tenho só 1,56 metro, ainda à espera do meu estirão de crescimento, hormônios, seja lá o que for. Minhas pernas são longas, mas o resto do meu corpo está esperando para alcançar.

Resumindo: da poltrona do carro, faltava um tanto para eu enxergar acima do volante. Para minha primeira aula de direção, eu queria visão perfeita de 360 graus. O que eu precisava era de algo para me sentar em cima.

Skink me disse para olhar no porta-malas. Estava lotado de livros, o que não era o que eu esperava. Havia outras coisas também: panelas, frigideiras, roupas, pilhas, sacos de dormir, uma vara de pesca, um coldre de arma; mas os livros tomavam a maior parte do espaço. Peguei dois de capa dura mais grossos. O primeiro era *A leste do Éden*, um romance de John Steinbeck. O segundo era o *Dicionário Oxford de Inglês*, volume um.

Eu os empilhei no banco do motorista e me coloquei bem no centro, em cima. Era como me sentar num trono com bordas afiadas.

– Não peide no meu Steinbeck – o governador alertou –, ou você está frito.

– Agora estou muito alto para alcançar o freio.

– Então tira o dicionário. – Ele o puxou de baixo de mim. – Está pronto, rei Ricardo?

– Na verdade, não.

– Ponha o cinto.

Cap. 9

O único veículo motorizado que eu já tinha conduzido era um carrinho de golfe, cortesia do meu padrasto. Ele me deixa assumir o volante sempre que vamos ao campo de golfe, porque gosta de andar no banco do carona. Assim suas mãos ficam livres para mandar mensagens e mamar o refrigerante. Os carrinhos no clube de Trent têm aparência de carros: o volante é do lado esquerdo, e o pedal de freio é no mesmo lugar em relação ao acelerador. A grande diferença entre um carrinho de golfe e um automóvel é que o carrinho não chega a cento e quarenta quilômetros por hora a menos que você o dirija descendo um penhasco.

Skink estava sentado ao meu lado, enrolando o pé detonado com uma atadura. Ele estendeu a mão e girou a chave na ignição. O painel se iluminou como uma cabine de um piloto de jato. Senti a vibração suave do motor do Malibu através das solas dos meus tênis.

– Ligue os faróis – disse ele.

– Para onde devo ir?

– Vamos começar indo para frente.

Eu estava tão tenso que basicamente estrangulava o volante.

– Engata a primeira – o governador aconselhou.

Quando meu pé tocou no acelerador, o carro deu uma guinada para frente e eu gritei uma palavra que minha mãe não teria apreciado.

Skink apenas riu.

– Calma aí, garoto. Finja que tem um ovo debaixo do pedal.

Ficamos na estrada de terra perto do nosso acampamento. Foi uma viagem empoeirada aos trancos e barrancos, mas pelo menos não havia curvas fechadas com que lidar. De um lado para o outro eu fui – minha velocidade máxima era de quarenta, talvez quarenta e cinco quilômetros por hora. De vez em quando o governador me dizia para pisar no freio com força. Bem rápido eu tive uma boa ideia de como o Chevy respondia.

Dar marcha à ré para fazer retornos foi um desafio. Nas primeiras vezes, acabamos com as lanternas traseiras nos arbustos.

– Tenta de novo – Skink dizia.

Ele nunca gritou comigo, e eu agradecia. O tempo todo atrás do volante eu fiquei pensando sobre o que minha mãe diria se ela pudesse me ver. Meu pai também. Ele era o que se poderia chamar de um motorista casual. Totalmente descontraído, o que funcionava em ruas de praia, mas não tanto na Interestadual 95. Uma vez ele quase matou toda a família porque estava olhando para uma nuvem em forma de dragão, em vez do trailer quebrado na pista bem à nossa frente. Depois desse episódio de emoção, minha mãe se tornou a motorista em serviço em todas as nossas férias.

Era meia-noite quando estacionei o Chevy e voltamos para o acampamento. Skink me jogou um saco de dormir, mas se estendeu no campo aberto, ao lado da fogueira. Em poucos minutos, ele estava roncando. Verifiquei meu telefone em busca de e-mails novos, mas não havia nada da Malley. Ela ainda estava se comunicando estritamente por ligações telefônicas, e não com muita frequência.

Deitei e repassei na minha cabeça a visão fugaz do Toyota branco. Às vezes, nossa mente absorve mais detalhes do que a gente imagina. No entanto, por mais que eu tentasse – por mais que eu *quisesse* que fosse o carro certo –, não conseguia recriar a imagem do furinho de bala no para-brisa traseiro. Talvez o maldito estrago feito pela arma estivesse ali, talvez não. Talvez o carro fosse um Camry, talvez fosse um Corolla.

E talvez o motorista estivesse voltando para um esconderijo secreto na terra do pica-pau, ou talvez estivesse apenas a caminho de uma reunião de negócios no Alabama.

Tentar dormir era impossível. Em algum lugar nas profundezas das árvores, duas corujas piavam uma para a outra, como dois cavalos apaixonados relinchando. Uma mariposa tamanho gigante esvoaçava para dentro e fora da luz da fogueira. A primeira vez em que a vi, pensei que fosse um morcego e cobri a cabeça.

Depois de um tempo, as brasas se transformaram em cinzas e pararam de crepitar. O único som era o ronco de Skink, que gradualmente se transformou em gemidos, depois em rosnados. Gostaria de saber se a dor do pé quebrado estava lhe dando pesadelos ou se era algum resquício do Vietnã. Na escola, eu tinha lido sobre o que experiências de combate terríveis podem fazer com um soldado: transtorno de estresse pós-traumático, era como chamavam.

Parte de mim queria acordá-lo e dizer que estava tudo bem, e parte de mim estava com medo de tocá-lo, caso ele ficasse irado. Com cuidado, cutuquei-o com a bengala, e com certeza ele começou a se debater descontroladamente como se estivesse sofrendo algum tipo de convulsão. Peguei o telefone da minha mochila, querendo discar para a emergência quando, do mesmo jeito repentino, ele ficou imóvel.

Ofegante, abriu o olho bom.

– O senhor está bem? – perguntei.

Ele tossiu muito e confirmou com a cabeça.

– Com que o senhor estava sonhando?

– Pirulitos – ele resmungou. – Pirulitos e borboletas.

– Era a guerra? – Entreguei-lhe uma garrafa de água.

– "Um sonho tem poder para envenenar o sono." Isso é de um poeta chamado Shelley. Vale a pena ler. – Skink se levantou devagar e sacudiu a poeira. – Que horas são, Richard?

– Tarde.

Ficamos sentados, conversando. Ele me contou sobre dois amigos que morreram lutando com ele no Vietnã, e eu falei sobre meu pai. Concordamos que era uma droga perder alguém que a gente ama em uma idade jovem.

— Como o senhor foi apelidado de Skink?[5] — perguntei.
Ele riu.

— Tudo culpa do Jim Tile. Uma vez ele ficou com raiva de mim e disse que eu era liso como um lagarto. Pelo visto, pegou.

Eu disse que uma vez eu peguei um lagarto de cinco listras numa pilha de lenha, embora não tenha sido fácil. Eles têm pele escorregadia e brilhante e fazem movimentos furtivos.

— Além do mais, eles mordem — acrescentei.

— Como todos os sobreviventes. — Ele desenrolou a atadura do pé e fez uma careta quando o olhou. — Lá se vai minha carreira no futebol.

— Qual é o plano para amanhã? — perguntei.

— Dirigir para o norte e explorar o rio. Se eles estiverem acampados, vão estar perto da água.

— A gente não vai precisar de um barco?

— Só precisamos de pura sorte — disse Skink.

Ele arrancou dois galhos robustos e formou uma tala para a perna. Eu o ajudei a arrumar a atadura até que estivesse bem apertada. Ele usou a faca para cortar a bota amassada e transformá-la numa sandália tosca, que ele encaixou no pé ferido.

O ar da noite estava quente o bastante para não precisarmos da fogueira. Nenhum de nós poderia cair no sono. Acho que Skink estava com medo de cair de volta no mesmo pesadelo, e eu queria ficar bem acordado caso isso acontecesse.

Usando a bengala, ele foi para o carro e pegou dois livros do porta-malas. O que ele me entregou se chamava *Primavera silenciosa*, de Rachel Carson. Era uma dissertação sobre um pesticida horrível chamado DDT e outros produtos químicos sintéticos que mataram águias e muitos outros animais selvagens. Eu tinha visto o livro antes. Minha mãe tinha um

---

5 "Skink", em inglês, denomina uma das famílias de lagartos mais comuns (*Scincidae*), com cerca de 1.500 espécies descritas. (N. da T.)

exemplar exposto numa prateleira atrás da escrivaninha no seu escritório. Skink disse que era um clássico.

— Não te mandaram ler na escola? Isso é uma vergonha! — ele retumbou.

Liguei minha caneta de LED e abri no primeiro capítulo. Ele se acomodou ao lado das brasas fumegantes e pegou uma lanterna comum. O livro que ele tinha escolhido era *Grizzly Years*, de um cara chamado Doug Peacock, que o governador disse ser um médico que ele conheceu no Vietnã. A guerra foi tão dura com o Sr. Peacock que ele voltou e desapareceu nas montanhas de Wyoming e Montana, onde viveu por muitos anos entre ursos pardos selvagens. Ele também não levava armas. História real. Tive vontade de perguntar a Skink se podíamos trocar de livro, mas eu não queria deixá-lo exaltado.

E, para ser sincero, *Primavera silenciosa* era uma boa leitura. Foi publicado em 1962, antes do meu pai nascer, mas mesmo que a gente leia meio século depois, fica irritado. Skink me disse que o DDT foi proibido depois da publicação do livro, o que foi uma vitória épica. Ele também disse que existem muitos outros produtos químicos tão ruins quanto esse e totalmente legais.

Ninguém falou novamente até uma hora antes do nascer do sol, quando um cervo apareceu no acampamento.

— Olá pra você — eu disse, e ele saiu correndo.

A escuridão deu lugar a um suave brilho dourado no leste. Para o café da manhã, o governador colocou, numa panela, uma mistura de granola, que nós comemos seca.

Meu telefone tocou, o primeiro canto de baleia que aquela floresta já conheceu.

— Malley?

— Ei, sou eu — ela estava meio que resmungando.

— Você acordou cedo. Pode falar?

— De forma alguma.

— Me fala qualquer coisa que você puder.

— Nada, mãe — disse ela. — Está tudo incrível.

Eu podia ouvir uma voz masculina ao fundo. Obviamente, ela havia dito ao Talbo Online que ia ligar para a mãe.

— Se você precisar de ajuda — eu disse —, me pergunta sobre o seu pai.

— Claro. Como vai o papai?

Olhei para o governador, que moveu os dedos como se estivesse puxando um caramelo.

— Prolongue a conversa — ele dizia. — Consiga mais informações.

— Se você ainda está na Flórida — eu disse à Malley —, fala alguma coisa sobre o tempo.

— O céu está claro e ensolarado, simplesmente fantástico. Vocês tiveram chuva por aí?

A essa altura, eu estava segurando o telefone com as duas mãos.

— Isto é importante, Mal: você ainda está naquele lugar com bicos-de-marfim?

— Sim, eu vi um em cima da árvore esta manhã! — ela disse em tom leve.

— O rio Choctawhatchee, né? Como no mapa que fizemos para o meu trabalho?

— Sem dúvida, mãe. Também estou com saudades, mas essa é, tipo, a melhor viagem de todas. Incrível, sem tirar nem pôr!

— Escuta — sussurrei. — Estou indo te buscar.

— Ah, que fofo.

Skink fez sinal para eu cobrir o telefone.

— Pergunte se ela está ao norte ou ao sul da ponte sobre a Estadual 20. Depois descubra a que distância.

— Mal, há uma ponte na Estadual 20 — eu disse a ela.

— Eu sei, mãe.

— Diga "sardinha" se você estiver ao norte de lá. Diga "mariscos" se você estiver ao sul.

– Mariscos. E pareciam deliciosos.

– A que distância? Diga alguma coisa que não seja quilômetros. Arco-íris, soluços, não sei...

– Lontras – disse ela. – Ontem eu vi três lontras.

– Entendi, Mal. Três quilômetros ao sul da ponte.

Então a voz no fundo disse:

– Desliga, porra!

E ela desligou.

≈

Seguimos viagem de madrugada. O tráfego era zero. Dirigir no asfalto era mais tranquilo do que na estrada de terra, e muito mais silencioso.

– Mais rápido, Richard – disse Skink.

Eu estava empoleirado com a bunda no romance de Steinbeck, meus olhos saltando de um lado para o outro entre a estrada e os medidores no painel. Quando o velocímetro atingiu oitenta quilômetros por hora, o governador levantou a mão.

– Tudo bem assim? – perguntei.

– Fabuloso. – Ele parecia grogue, o que me preocupou.

– O senhor tomou uma daquelas pílulas de dor?

– Estou afiado como navalha, colega.

– Que bom, porque eu não posso fazer isso sozinho.

– Qual é o limite de velocidade aqui? – ele perguntou.

– A placa disse noventa quilômetros por hora.

– Muito sensato.

– Eu realmente gostaria de ficar nos oitenta.

– Você é um cidadão modelo, Richard. Ficamos, então, nos oitenta.

Fiel à sua promessa, Skink ligou meu iPod no sistema de som do carro. Eu esperava algum comentário áspero, mas ele gostava mesmo de vários cantores e bandas da minha lista. Seus favoritos eram Black Keys e Jack Johnson. Quando começou a tocar Adele, ele deu de ombros e disse que nenhuma mulher no planeta já cantou melhor do que Linda Ronstadt. Soletrou o sobrenome para mim, e eu prometi procurar. Quando coloquei uma seleção do Skrillex, ele tapou os ouvidos e começou a gemer como um babuíno doente.

Estávamos indo na mesma direção que o misterioso Toyota, e meu ritmo de direção era suave e constante. Em seguida, entramos atrás de um caminhão, e foi aí que eu comecei a tremer. Era um caminhão de entrega alto e marrom da UPS, o mesmo tipo em que meu pai havia colidido com o skate. Um pensamento terrível se infiltrou na minha cabeça:

Esta foi a última visão que meu pai teve.

Devo ter ficado pálido, porque Skink perguntou qual era o problema. Minhas mãos estavam grudadas no volante, e os olhos estavam cravados no logo da UPS. Eu não estava colado na traseira nem nada, mas estava definitivamente imerso em uma certa hipnose estranha.

O governador me disse para ultrapassar o caminhão. A estrada tinha quatro pistas, duas em cada sentido. Muito espaço à esquerda.

– Não consigo fazer isso – falei.

– Então encoste e faça uma pausa.

– Não, estou bem. – Mentira.

O acidente foi totalmente culpa do meu pai. O caminhão da UPS estava estacionado na beira da calçada, com o pisca-alerta ligado. O motorista, que sentiu o impacto, saltou da cabine e deu a volta no caminhão para ajudar. Nada poderia ser feito pelo meu pai, é claro. Um policial ligou para minha mãe, e ela chegou lá dez minutos depois. Eu estava na escola, graças a Deus. Ela nunca contou para mim e para meus irmãos como foi aquela cena, mas deve ter sido brutal. Ainda tenho um sonho em que estou lá também, tentando subir na parte traseira da ambulância para poder acompanhar meu pai até o hospital. Só que as portas da ambulância não abrem, não importa o quanto eu puxe forte. Sempre acordo encharcado de suor e com falta de ar.

Até por volta de um ano depois que ele morreu, minha mãe não encomendava nada na Amazon, porque, na nossa região, todas as encomendas de lá são entregues pela UPS. Toda vez que ela via um daqueles caminhões marrons, começava a chorar. Agora ela já superou isso e voltou a comprar que nem uma louca, por isso, a UPS vem à nossa casa o tempo todo. Nunca me incomodou – pelo menos eu acho que não.

– Me fala qual é o problema – disse Skink.

– Nada.

– O chocalho de serpente que você está usando ao redor do pescoço? Tem dezoito anéis.

– Sim, e daí?

– Esse foi um baita de um réptil, filho. Um anel para cada ano de vida. Você quer chegar aos dezoito anos ou quer partir o coração da sua mamãe?

Eu estava num nevoeiro quente e zonzo. Parecia que o carro estava me dirigindo, não o contrário.

– Olhe atrás de nós – disse ele.

– Ah, maravilha.

Um sedan escuro estava na nossa traseira, uma luz azul brilhante piscando no painel.

– E agora? – perguntei, sem entender.

– Tire calmamente o pé do acelerador e coloque no pedal do freio.

Não foi a parada mais suave na história das viagens automotivas, mas eu consegui guiar o Malibu com segurança para o acostamento da estrada. Assim que o caminhão da UPS desapareceu de vista, saí do torpor do meu cérebro num estalo. No espelho, vi o policial sair da viatura sem identificação.

– Polícia Rodoviária – disse o governador.

Ansioso, me virei para ele.

– Desculpa, mas não posso mentir sobre isso. Não para um policial.

– Entendo.

Agora, o policial estava ao lado da minha janela. Ele era alto e corpulento. Como o detetive Trujillo, usava roupas comuns: calça cáqui e uma camisa polo da Nike, a mesma marca que Trent compra. Um distintivo dourado estava afixado em seu cinto e um revólver de cano curto no coldre, na cintura.

Eu estava nervoso demais para fazer contato visual, então fiquei com o olhar estúpido fixo nos nós dos meus dedos que seguravam o volante.

– Senhor policial, eu estava em alta velocidade?

– De modo nenhum.

– Esse carro não é meu.

Skink suspirou.

– Ele sabe disso.

– Olha, eu realmente sinto muito – soltei –, mas não tenho carteira de motorista.

– Agora você tem – disse o oficial.

Ele me entregou um cartão plastificado carimbado com hologramas oficiais do estado da Flórida. Era uma permissão para dirigir verdadeira, com meu nome verdadeiro e foto; a mesma do meu anuário do ensino médio. Meu endereço residencial estava no documento, juntamente com a minha altura e peso. Cada detalhe estava correto, exceto a data do meu nascimento, que estava errada em exatamente um ano.

Não era um erro aleatório. Isso me dava idade legal para operar um veículo automotor acompanhado por um adulto no banco do passageiro.

– Alguém a encontrou perto da ponte em Panama City – disse o policial.

Fiquei sem palavras, estudando o cartão brilhante.

Skink estava sorrindo.

– Deve ter caído da sua mochila. Obrigado, policial.

O homem inclinou-se e olhou para dentro do carro. Ele era negro, e com idade suficiente para ser aposentado da polícia estadual. Seu cabelo era branco como uma geleira, embora os braços fossem como cabos de navios.

– Boa viagem, cavalheiros – disse ele.

O governador piscou para ele e trovejou:

– Irmão, você restaura minha fé na humanidade.

– Duvido disso. – O homem colocou seus óculos de sol. – Richard, fique de olho nesse velhote.

Um minuto depois, o sedan tinha ido embora, apenas uma mancha escura desaparecendo ao longe. Enfiei a nova carteira de motorista num bolso de trás e girei a chave no Malibu.

– Era ele, não era?

– Quem? – disse Skink.

– Seu amigo, o Sr. Tile.

– Você acredita que ele me chamou de velhote?

10

O rio Choctawhatchee era largo e de aparência sonolenta. Ficamos parados na ponte da Estrada 20, olhando as águas marrons lá embaixo, inchadas pelas duras chuvas de verão. Árvores exuberantes ladeavam as margens, e um par de águias-pescadoras voava de um lado para o outro em busca de tainhas.

– Minha mãe diz que temos três dias e depois ela vai chamar a polícia.

– Rá! Tempo de sobra – disse o governador.

Um peixe grande jogou água perto das estacas da ponte, e Skink declarou que era um esturjão.

– Eles pulam como loucos durante a época de acasalamento. Um deles demoliu um jet ski há alguns anos. *Isso* eu pagaria para ver.

– Tem certeza de que este é o lugar certo?

– Tenho. – Ele estava olhando para algo lá embaixo, protegendo o olho bom do sol. – Fique aqui – me disse.

– Aonde o senhor vai?

– Dar um mergulho.

Com uma agilidade surpreendente, ele cruzou até o fim da ponte e desceu uma encosta gramada íngreme em direção à base. Por alguns instantes, eu o perdi de vista entre os pilares de concreto. Quando ele surgiu, notei que havia tirado a tala da perna e arrancado as duas botas.

Ele entrou no rio, e então vi o que ele tinha avistado: uma forma longa e esbranquiçada no fundo. A luz oblíqua deixava meio embaçado, dava um brilho assustador.

Corri até a margem, mas estava muito assustado para saltar atrás dele. "Inútil" era a palavra. Na verdade, eu me virei e vomitei.

O governador mergulhou três, quatro, cinco vezes. Sempre que sua cabeça rompia a superfície da água, ele parecia um velho peixe-boi sugando o ar ruidosamente. Dobrei o corpo num amontoado no chão e esperei o céu parar de rodar. Era mais do que medo o que me paralisava; era puro pânico.

Skink saiu do rio espirrando água, ofegante. Seu cabelo estava grudado para trás e sua barba prateada reluzia.

Eu praticamente engasguei com a pergunta:

— Pronto?

— Pronto.

— O senhor viu a placa?

— A placa foi arrancada.

— Ela... ela...?

— Não tem ninguém dentro, filho. Nem uma alma.

— O senhor tem cem por cento de certeza que é o mesmo? Olhou no para-brisa traseiro?

— Há um buraco. Tem também uma grande pedra no acelerador.

Ele localizou as marcas de pneu por onde o falso Talbo Chock tinha feito o Toyota roubado disparar para dentro do Choctawhatchee.

Agora o carro submerso estava obscurecido por uma névoa leitosa de lama, agitada pelas explorações de Skink.

— Mas o senhor não viu a Malley? — perguntei com a voz pastosa. — O senhor ia me dizer se ela estivesse lá em baixo, não ia?

— Eu estaria com ela nos meus braços agora.

— E no porta-malas? O senhor olhou lá? — Me deixava enjoado só de pensar, mas eu tinha que saber.

– Abri o porta-malas – disse Skink pacientemente. – Nada além de um pneu sobressalente e algumas Bíblias encharcadas. Coisas do pastor, sem dúvida.

– Então, a Malley ainda está viva!

– Meu palpite é que eles têm um barco.

O que significava que provavelmente estavam seguindo rio abaixo. Se fossem três quilômetros a partir da ponte, ao amanhecer, quando Malley ligou, agora eles poderiam estar muito mais longe. Tudo dependia de onde o falso Talbo pretendia ir, e com que velocidade. Talvez ele estivesse só procurando um lugar para se esconder no rio.

– Também precisamos de um barco – falei –, tipo, *imediatamente*.

O governador sorriu e estendeu um braço que pingava água em direção à rampa de acesso ao lado da ponte, rio abaixo. Lá, um homem e uma mulher de meia-idade estavam tirando cuidadosamente uma canoa de alumínio de cima de sua minivan.

– Isso – Skink disse – é o que a gente chama de destino.

– Então, essas pessoas vão simplesmente nos emprestar a canoa delas? Dois completos estranhos.

– Claro que não.

– Por favor, não me diga que vamos roubá-la.

– Isso aqui não é cinema, Richard. Tem uma caixa de sapato na parte de trás do carro. Por favor, vá buscá-la, enquanto eu tiro água do joelho, longa e gloriosamente.

O casal era formado pelo Sr. e pela Sra. Capps, de Thomasville, Geórgia. De início eles ficaram abalados com a estranha visão do governador sacudindo pelo caminho, mas em pouco tempo ele os fez acreditar que era meu avô. Ele disse que a gente estava em uma viagem para acampar, mas que algum idiota tinha roubado nosso caiaque lá em Apalachicola.

– Richard ficou devastado – disse Skink. – Não foi, amigão? Tentei meu melhor para parecer devastado.

A Sra. Capps bateu no meu ombro e disse que vivíamos num mundo podre e frio, em que as pessoas iam por aí afanando embarcações das crianças.

– Uma grande verdade – Skink concordou com o cenho franzido. – Tentei deter o bandido, mas ele me bateu na cabeça com um pé-de-cabra e, depois, passou por cima do meu pé com a perua.

Ele mostrou os ferimentos impressionantes para o Sr. Capps e a esposa, que ficaram indignados. Perguntaram se tínhamos chamado a polícia e eu disse que sim, é claro, mas o bandido fugiu mesmo assim. Essa foi minha única contribuição para a história inventada do governador.

– Gente, a situação é essa – continuou ele. – Este é provavelmente nosso último passeio de rio juntos, eu e o Richard. Minha idade agora só aumenta e, da última vez que fui ao hospital, a ressonância magnética não parecia nada boa. São meus pulmões.

Naturalmente, o Sr. e a Sra. Capps interpretaram tudo aquilo como se o velho caolho estivesse mortalmente enfermo.

– Lamento – disse o Sr. Capps.

Acontece que, na verdade, ele calhava de ser o *doutor* Capps, e começou a apalpar Skink para obter detalhes sobre seu quadro clínico. Dos resmungos do governador, era óbvio que ele não tinha inventado uma doença real para si mesmo, então eu entrei na conversa e disse:

– Vovô tem enfisema.

Que é um negócio difícil, eu sei. Uma das minhas tias-avós teve. Ela fumou quatro maços de cigarros por dia durante trinta anos, e, por dentro, ficou parecendo um poço de piche. Essa é uma descrição da Malley, não minha.

– Meu Deus – disse a Sra. Capps.

Skink fabricou uma tosse triste, doentia.

– Resumindo, eu queria saber se vocês fariam a amabilidade de nos vender sua canoa.

O Dr. Capps parecia relutante.

– Meu Deus, eu não sei – disse ele. – Ela está na família há anos.

O governador exibiu um rolo de dinheiro que ele havia pegado da caixa de sapato. As notas estavam úmidas e sujas, e, se me perguntassem, eu diria que estavam enterradas em um cemitério.

Ele estendeu o dinheiro.

– Aqui estão mil dólares. Isso é o quanto essa viagem com meu neto significa para mim.

Não sei o queixo de quem caiu mais: o meu ou o do médico.

– Por favor, aceite – disse Skink.

– Bem...

Uma das mãos do Dr. Capps fez menção de pegar o maço, mas sua esposa deu um tapa, dizendo:

– John, isso é uma quantia alta *demais*! Nós compramos aquela canoa velha do seu irmão por apenas...

– Grace, eu cuido disso.

– Pelo amor de Deus, onde está seu coração?

Não dei um pio. Ainda estava tentando me conformar com a ideia de que tínhamos cruzado a Flórida com uma caixa de sapatos cheia de dinheiro como dois traficantes.

– Que tal quinhentos? – disse o médico.

– Feito. – O governador puxou lentamente as notas: eram vinte e cinco de vinte dólares cada.

As objeções da Sra. Capps pareceram desaparecer com a visão de todo aquele dinheiro, embora ela se esforçasse muito para manter uma atitude compassiva.

– Ah, querido, o que aconteceu com seu olho? – ela perguntou a Skink.

A órbita esquerda estava vazando algum tipo de líquido nojento que escorria em sua barba.

– Conheço alguns excelentes oftalmologistas – ofereceu o Dr. Capps –, se o senhor precisar de referência.

– É o menor dos meus problemas – disse Skink.

Ele arrancou o olho falso e o jogou no rio, onde desapareceu com um *plop*. De uma bolsinha suja ele escolheu um substituto. Este tinha uma íris azul-celeste, que tinha mais o formato de uma ostra do que de uma bola de gude. Com dificuldade (e alguns palavrões) o governador inseriu a peça de vidro na cratera polposa sob a testa.

– É uma antiguidade – ele explicou com naturalidade, piscando para afastar o líquido.

Mortificados, o médico e a esposa entraram na minivan e saíram em disparada com uma chuva de cascalho. Levei a canoa para a água e comecei a carregar nossas coisas. Skink riu quando perguntei se a gente deveria trazer o estojo da arma. Ele abriu as travas e tirou um antigo taco de golfe com um cabo de couro que descascava.

– Um ferro 9 – disse, jogando-o a bordo da canoa. – Piada interna. O Sr. Tile não confia em mim com armas de fogo.

Enterramos a caixa de sapatos cheia de dinheiro sob uma árvore tupelo. Em seguida, empurramos a canoa e remamos rio abaixo.

≈

Meu pai costumava dizer que a gente vivia a maior parte da vida dentro da própria cabeça, por isso era preciso se certificar de que fosse um bom local. Mais fácil falar do que fazer.

Não havia como desligar minha imaginação, e eu não conseguia parar de me preocupar com o que o falso Talbo Chock poderia estar fazendo com Malley. A gente vê tantas histórias horríveis nos noticiários, que é difícil não pensar no pior. Talvez ele fosse apenas um cara inofensivo, confuso, ou talvez fosse um criminoso insensível como pedra. Os fatos não eram animadores: ele tinha roubado um carro, tinha afundado o veículo num rio e desaparecido com a minha prima.

O que eu faria se o pegasse machucando a Malley? Todas as cenas que eu imaginava tinham o mesmo desfecho violento: eu iria machucá-lo muito mais.

Em toda a minha vida eu nunca tinha socado ninguém, mas agora eu me visualizava totalmente psicótico, batendo no sequestrador da Malley até ele virar um negócio sangrento. Era raiva pura e enlouquecida, mas era o que fervia sempre que eu pensava nele colocando a mão na Malley. Na realidade, é claro, não era eu que Talbo Online tinha de temer se chegássemos lá antes da polícia. Era o governador.

Depois do último telefonema, quando Malley deixou claro que queria escapar daquela situação, eu continuei me perguntando por que ela não podia. Ela era astuta – mais inteligente do que quase todo mundo que eu conhecia. Talvez o cara fosse capaz de mantê-la prisioneira porque ele tinha uma arma ou uma faca. Possivelmente, ele a havia amarrado, embora durante nossa conversa parecesse que ela estava andando por aí.

Na minha cabeça, imaginei uma situação básica de acampamento. Tudo o que ela precisava fazer era esperar por um momento em que ele não estivesse prestando atenção e sair correndo. Malley era super-rápida e conseguia percorrer quilômetros sem parar.

Literalmente *quilômetros*.

Mas agora, conforme o governador e eu descíamos o Choctawhatchee de canoa, o problema com meu cenário de fuga imaginária era óbvio. Dos dois lados do rio, a cobertura florestal era espessa, e o solo era acidentado e enlameado. De vez em quando, passávamos por uma clareira plana e seca ou um ancoradouro, mas a maior parte do terreno era densa, emaranhada e desnivelada. Uma pessoa tentando passar ali tropeçaria constantemente em videiras e nas raízes dos ciprestes. Malley não conseguiria correr a metade de sua velocidade no *cross-country* sem torcer o tornozelo. As chances de um caminho de fuga limpa eram pequenas. Ela também teria a desvantagem de não saber qual caminho a faria sair dos bosques.

Eu estava ajoelhado na frente da canoa; Skink estava na parte de trás. No começo, remei tão forte quanto conseguia, fazendo-nos deslizar e ziguezaguear. Não pude evitar; estava com a ideia muito fixa de encontrar minha prima. Canoas, obviamente, não podiam ir tão rápido quanto barcos a motor, e eu estava preocupado que o sequestrador de Malley estivesse viajando num ritmo maior do que o nosso.

Skink finalmente me cutucou com o remo e me falou para economizar energia. Ele disse que o Talbo impostor devia estar à procura de um lugar tranquilo para ficar na moita, ao longo do Choctawhatchee. Para um criminoso, o rio era um lugar mais seguro do que a rodovia, explicou. Menos pessoas, e muito menos policiais.

Então, diminuí as remadas para coincidir com o ritmo de Skink. Quando um barco grande passou em velocidade, fizemos questão de apontar nossa proa diretamente no rastro, de modo que a canoa não virasse.

À medida que o sol subia mais, a brisa diminuía. Embora tivéssemos nos mantido no lado sombreado do rio, o ar começou a parecer uma estufa. Sempre que a gente fazia uma pausa, eu me limitava a tomar um gole de água, porque tínhamos trazido apenas quatro garrafas pequenas. Os mosquitos eram absurdos e, assim que o governador localizou um arbusto-de-sebo, pegou dois punhados de folhas quando passamos ao lado. Esmagamos as folhas e besuntamos a pasta nos braços, pescoço e rosto. Depois disso, os insetos ficaram longe.

O olho de vidro de Skink embaçou de novo na umidade, enquanto o olho bom vasculhava as margens em busca de qualquer movimentação aleatória, qualquer sinal de vida. Toda vez que nos aproximávamos de uma curva no curso d'água, ficávamos muito silenciosos, para o caso de Talbo Online e minha prima estarem do outro lado da curva.

As horas passavam devagar. Enfim, paramos na boca de um riacho, onde Skink tirou a vara de pesca e amarrou uma isca tipo *spinner* na linha. Imediatamente ele pegou um robalo legal, que depois prendeu numa corda atrás da canoa.

– Jantar – disse ele, mas eu não conseguia pensar em comer. Estava preparado para remar até que meus braços ficassem dormentes.

Ele conseguiu mais dois peixes, e nós continuamos descendo o rio. Um pouco mais tarde, ele parou novamente, embora não para fisgar peixe.

– Olhe para cima, Richard. Ali está.

– O quê? – Não vi nada incomum. – Olhar para onde?

– Quieto.

Estávamos navegando tranquilamente por um cipreste morto enorme, com formato de um mastro de navio pirata. A árvore estava ligeiramente inclinada, e barbas-de-velho se dependuravam de seus galhos cor de osso.

– Essa foi a árvore onde eu vi o pássaro Senhor Deus – Skink sussurrou. – Em 17 de abril de 2009.

– Maneiro – falei, tentando ser educado.

Honestamente? Eu não acreditava que ele tivesse visto um bico-de-marfim real ao vivo. Buracos de pica-pau eram visíveis de cima a baixo pelo tronco daquele velho cipreste, mas provavelmente tinham sido perfurados por outras espécies. O mais provável era que o governador tivesse visto um pica-pau comum naquela manhã de primavera.

Como tantos observadores de pássaros, ele era culpado de enxergar aquilo que ansiava por ver. O bico-de-marfim estava extinto, para sempre. Triste, mas é verdade.

– Ele estava empoleirado lá em cima, no topo, bem ali. – Skink apontava. – Vimos um ao outro por um minuto, em seguida, ele piou três vezes e voou para longe.

– O senhor conseguiu ver as asas?

– Claras como o dia.

– E as beiradas eram brancas?

– O que é isso, um questionário? – disse ele, irritado. – Eu sei muito bem o que eu vi, e o que eu vi era um bico-de-marfim.

Eu não ia discutir com o homem. A única coisa que importava naquele momento era Malley. Qualquer outro assunto era uma distração.

Um barco de fundo chato veio fazendo barulho na curva à nossa frente. Tinha um pequeno motor de popa e uma pessoa a bordo, manejando um leme. Usava um chapéu mole de palha e um lenço que cobria a boca e o nariz até debaixo dos olhos, como um ladrão de bancos em tempos de Velho Oeste.

À medida que o barco a motor se aproximava, o piloto fez um breve aceno.

Skink gritou:

– Como anda a pescaria?

O piloto desligou o motor e grasnou:

– O quê?

– Eu disse: Como anda a pescaria?

– Péssima. – Era uma mulher, não um homem. Ela puxou o lenço para baixo e acendeu um cigarro. Eu imaginava que ela estivesse na casa dos cinquenta e tantos, sessenta e poucos, não uma grande fã de dentistas.

Ela apontou atrás da canoa, onde os peixes estavam amarrados rodopiando.

– Vejo que cês aí tiveram um pouco de sorte.

O governador deu de ombros modestamente.

– A senhora quer um? Tem três peixes, mas nós só estamos em dois.

– Não, mas obrigada mesmo assim.

– Meu nome é Clint. Este é o meu neto, Richard.

– Eu sou Etta. Prazer em conhecê.

– Trouxe água suficiente, Etta?

– Trouxe. – Ela se virou para soprar um pouco de fumaça.

Nesse ponto, eu comecei a ficar bastante irritado. Skink não estava só perdendo um tempo precioso para socializar com aquela pessoa, ele estava tentando dar nossa comida e nossa água.

Então eu falei:

– Vovô, a gente precisava mesmo ir.

Ele me ignorou completamente.

– Etta, você foi longe rio abaixo?

– Só alguns quilômetros.

– Tô perguntando porque a gente ia se encontrar com um pessoal pro jantar: a prima do Richard e o namorado dela. Só que a gente não sabe bem onde eles estão.

Etta tirou o chapéu. Seu cabelo era curto e tingido da cor de moedas de cobre. Ela coçou um ponto calvo no couro cabeludo.

– Passei por um casal de jovens um pouco mais pra baixo – disse ela. – Mas não muito amigáveis.

– De que lado do rio? – perguntou o governador.

– No mesmo lado em que a gente tá agora. Ancoraram numa casa-barco velha.

– Devem ser eles. A que distância?

– Pertinho, pertinho – ela respondeu.

– E eles ancoraram, a senhora disse?

– Isso aí. Cês devem conseguir chegar lá no pôr do sol, mas eu não apostaria nisso.

– Bem, muito agradecido.

— Como eu falei, não são nada amigáveis. Aquele rapaz, ele me olhou feio quando eu cumprimentei. A menina, ela só meio que me encarou.

Skink franziu a testa.

— Não existe desculpa para falta de educação, existe, Richard?

— Não, senhor — respondi. Em seguida, para Etta: — A senhora me desculpe por isso. Vou ter uma conversa com ela.

Ela estava espiando o guizo de serpente pendurado no meu pescoço.

— Essa é uma cascavel adulta das grandes.

— Sim, senhora. Dezoito anéis.

Ela assobiou através de uma das muitas lacunas em seus dentes.

— Que que cê fez com a pele?

O governador disse que a cascavel estava atropelada.

— A pele ficou toda rasgada.

— Uma pena. — Etta puxou a corda de arranque, e o motor de popa fraquinho sacudiu para a vida. — Então, onde cês pegaram esses peixes?

Skink contou a ela sobre o riacho bom. Ela agradeceu e continuou rio acima.

Assim que peguei meu celular, ele perguntou:

— O que você está fazendo, filho?

— Ligando para o detetive Trujillo para dizer onde a Malley está.

Só que eu não ia ligar para ninguém. Minha bateria tinha acabado e, obviamente, não havia nenhuma fonte de energia elétrica na canoa, ou seja, nenhum lugar para conectar o carregador. Pedi o celular do governador emprestado, e ele o tirou do bolso da calça.

A mesma calça que estava vestindo quando pulou no rio para explorar o Toyota afundado.

— O senhor afogou seu telefone! — eu disse.

A verdade é que ele não deu a mínima.

Eu não estava muito feliz.

– Isso foi péssimo, cara. Eu prometi à minha mãe que ligaria para a polícia assim que a gente encontrasse a Malley.

– Não a encontramos ainda.

– Mas se ela está nessa casa-barco e nenhum de nós tem um telefone que funciona...

– Bem, a gente poderia remar rio acima por todo o caminho até a ponte – disse Skink –, o que daria a esse imbecil mais tempo com a sua prima, ou...

– Ou podemos salvá-la nós mesmos. Esse é o Plano B?

– Você sempre soube que era uma possibilidade, Richard. Você sabia disso naquela noite, quando entrou no carro.

Ele estava certo. Sinceramente, eu não estava muito surpreso que a caça por Malley estivesse se desenrolando desse jeito, que seu resgate dependesse só de nós dois, um eremita de um olho só e pé mutilado e eu.

Um time de estrelas.

– Tá, então como é que vamos fazer isso? – perguntei.

– De estômago cheio e quando não estivermos cansados até os ossos. – O governador pegou o remo e seguiu para a margem. – Vai escurecer em uma hora. Vamos baixar acampamento.

– Agora? Mas estamos tão perto!

– Eles ainda vão estar lá de manhã. Precisamos comer e descansar – disse ele. – Também precisamos de algumas regras.

– Sério? Depois de tudo isso ainda existem regras?

– Bem, apenas uma.

– Qual?

– Faça o que eu disser, sempre o que eu disser. Sem perguntas.

– Mas...

– Começando agora, Richard.

1

Dizer que meu padrasto não é um cara que sabe se virar ao ar livre é um eufemismo gentil. Se Trent bate uma bola de golfe e cai no mato, ele não vai procurar porque morre de medo da natureza. Cobras, aranhas, formigas, lagartos, borboletas, morcegos, esquilos, gambás – se o bicho não usar sapato, Trent tem medo. Uma vez, no buraco 16 do campo de golfe, lá longe, o homem chegou a sair correndo de um corvo. Isso eu testemunhei com meus próprios olhos.

Mas também não podemos chamá-lo de um completo covarde. Eu me lembro da tarde em que ele deu um nocaute num turista bêbado que falou uma coisa feia para minha mãe. Trent é uma pessoa da cidade, só isso. Ele cresceu no centro de Chicago, um lugar onde não há muita vida selvagem, exceto pombos. A mudança para uma pequena cidade litorânea da Flórida rural foi uma transformação enorme, e ele ainda está se ajustando. Eu entendo.

Sua fixação com o Pé-Grande foi o que me fez pensar nele quando o governador e eu nos reunimos para acender uma fogueira. A floresta fechada ao longo do Choctawhatchee seria um local perfeito para os caçadores de *sasquatches* da TV fazerem um episódio de seu reality show. Um vislumbre de Skink, e aqueles patetas molhariam as calças. Seria um clássico do YouTube.

Quando perguntei a Skink se ele já tinha sido confundido com um pé-grande, ele disse:

– Só me confundem com lunático.

Nenhum comentário da minha parte.

Logo depois de fazermos as chamas pegarem, ele caiu num sono profundo e súbito. Curvado em forma de vírgula, ele não se parecia muito com um *sasquatch*. Depois que o sol se pôs, eu senti fome, mas não tentei acordá-lo até que ele começasse a ter um daqueles pesadelos raivosos. Os sons vindos de sua garganta fizeram os pelinhos dos meus braços se arrepiarem. Se Talbo Online estivesse perto o suficiente para ouvir os grunhidos, ele acharia que havia uma pantera raivosa vagando pela floresta. Provavelmente içaria âncora naquele barco e se mandaria com Malley a toda velocidade.

Eu estava com medo de ficar muito perto, por isso usei o ferro 9 para cutucar Skink. Aos poucos, seus sons diminuíram para gritinhos, como se ele fosse um gatinho perdido. Me ajoelhei, falei seu nome com firmeza e o sacudi pelos ombros. Seu olho vivo abriu tão lentamente como uma ostra.

– Está tudo bem – falei. – O senhor está tendo outro pesadelo.

– Você está nele?

– Não. Eu sou real.

– Tem certeza disso?

– Absoluta. Sou eu: Richard. Lembra?

Ele se sentou, pegou a frente da minha camisa e me puxou mais perto para fazer uma inspeção.

– Bem, tudo bem – disse ele, me soltando.

Seu rosto e pescoço estavam pingando de suor. Havia dois besourinhos pendurados em sua barba, os quais ele jogou nas sombras.

– Vamos fazer o jantar – sugeri.

– Antes de seguirmos em frente, um assunto sério.

– Qual?

– Quero ouvir seu segredo terrível – disse ele. – Esse crime hediondo que você diz ter cometido, e sobre o qual sua prima te faz ameaças de chantagem.

Do nada! O homem passa de mal me reconhecer ao modo completo de interrogatório.

— Chama-se revelação integral dos fatos — disse ele.

— Mas tem um monte dos *seus* segredos que eu não sei.

— Você sabe o mais importante — disse Skink. — Você sabe quem eu sou.

— Estou falando de coisas ruins.

— Você vai se sentir melhor depois de me dizer.

— Não, tenho certeza de que vou me sentir um lixo.

— Escuta. Você precisa clarear a cabeça antes de dar nosso grande passo heroico amanhã.

— Minha cabeça *está* clara. Totalmente. — Falar sobre Saint Augustine era a última coisa que eu queria fazer. — Me deixa tirar aqueles peixes da água.

Ele agarrou meu tornozelo.

— Você não vai.

A força de seu aperto era inacreditável. Quero dizer, para um cara velho. Ele poderia ter quebrado minha perna como um gravetinho se quisesse. Não é mentira.

— Me fala a coisa mais pesada que o senhor já fez na sua vida — disse eu —, e eu vou te dizer o que eu fiz.

— Combinado.

— Primeiro o senhor.

— Tudo bem, Richard. — Ele soltou meu tornozelo. Usando o ferro 9, fez uma alavanca para se levantar.

— Você está pronto? — perguntou.

— A qualquer momento.

Mas eu não estava *nem um pouco* pronto. Fiquei boquiaberto quando Skink contou sua história. Os mais loucos rumores sobre ele na Wikipédia não chegavam nem perto do que ele me contou naquela noite. Eu escreveria nestas páginas, só que prometi a ele nunca contar nem para uma alma.

E eu devo muito àquele homem. Demais. Sempre vou dever.

— Uma vida como a minha é um caminho muito traiçoeiro. Aquelas eram pessoas más, filho. — Esse foi o resumo de sua explicação. Ele exibia uma expressão calma quando enfiou a lâmina do taco de golfe na fogueira, reacendendo as brasas.

— Sua vez — me disse.

— Certo.

— Chega de drama. Vamos ouvir o que você fez.

— Eu roubei uma coisa.

— Foi dinheiro vivo?

— De jeito nenhum. Mas entrei numa loja, levei uma coisa pela qual não paguei.

O governador resmungou.

— Roubar? É por isso que você está se atormentando?

— Não foi como roubar um pacote de chiclete!

— Então, o que você faturou? Diamante? Um relógio Rolex?

— Foi um skate — eu disse. — Só a tábua, não as rodas e nem os eixos.

Ele esfregou a testa.

— Basicamente, um pedaço de madeira.

— De bordo. E o preço era quase duzentos dólares.

— Por que você pegou? — perguntou.

— Porque eu estava sendo um idiota. Minha mãe não queria me comprar, mesmo que ela soubesse que eu ia pagar de volta.

Na época, eu estava trabalhando três tardes por semana para um cara que era dono de um serviço ambulante de lavagem de carros. Ele ficava ocupado na estrada da praia mais baixa. Alguns turistas não gostam muito que a maresia toque a pintura do carro deles e ficam felizes em desembolsar vinte e cinco dólares por uma lavagem. Minha fatia era de oito dólares por veículo, nove para SUVs, além das gorjetas.

— Filho, por que você queria tanto aquele skate em especial?

— Porque era exatamente igual ao que o meu pai tinha.
— O que ele estava usando no dia em morreu.
— Isso – eu disse.
— Um lembrete terrivelmente doloroso para sua mãe.
— Acho que sim.

Skink estava certo. Era por isso que ela não queria me comprar a tábua: vê-la a deixava triste.

— Malley estava comigo naquele dia na loja de surfe. Ela fingiu que estava morrendo asfixiada com uma bala de goma, e todos os caras que trabalham lá correram para ajudar. Eu peguei a tábua e saí. Ninguém notou.

Minha prima tinha ido junto com a gente na viagem para Saint Augustine, onde íamos nos encontrar com meus irmãos. Ela me deixou colocar a tábua roubada na bolsa de praia dela, para que minha mãe não visse no caminho para casa.

À medida que contava essa história, eu mordia o lábio inferior. Não senti nada. Eu disse ao governador que o skate ainda estava no meu quarto, escondido em um lugar que minha mãe nunca pensaria em olhar.

— Me deixa adivinhar – disse ele. – Está nas molas da sua cama.
— Como o senhor sabe?
— Um dia eu já tive sua idade, na época em que os dinossauros vagavam pela Terra.
— Depois de algumas semanas, eu tinha dinheiro suficiente para pagar a loja, mas nunca paguei. Acho que eu estava muito envergonhado. Veja, o dono era amigo do meu pai, ele foi ao funeral e tudo mais.
— Ele provavelmente teria te dado a tábua de graça.
— É. Eu era um idiota, como eu disse.

É uma tábua Birdhouse vintage, com uns desenhos rastafári legais. Não fazem mais naquele modelo, e até mesmo na internet é difícil de encontrar. O skate em que meu pai estava andando quando colidiu no caminhão da UPS foi atropelado e dividido em pedaços por uma ambulância. Eu recuperei as rodas e os eixos, que mais tarde coloquei na tábua que roubei da loja.

– Alguma vez você andou com ele? – perguntou Skink.

– Nunquinha.

– Compreensível.

– Então... agora o senhor sabe. – Eu esperava que ele desse de ombros e dissesse que o que eu tinha feito não era grande coisa no ramo dos crimes, mas essa não foi a reação.

– Da próxima vez que você estiver em Saint Augustine, faça o que é certo – falou ele. – Volte à loja e pague ao cavalheiro pela mercadoria. Isso não é apenas um conselho de avô, Richard. É uma instrução moral.

– Tá, eu prometo.

– A culpa é um fardo. Você vai se sentir livre depois – ele me assegurou. – Agora, vamos comer enquanto ainda temos uma fogueira para cozinhar. Vá buscar o peixe.

Tinha começado uma garoa leve, e uma tempestade vinha trovejando em nossa direção desde o Golfo. Corri até o rio onde tínhamos atracado a canoa, apenas para descobrir que ela tinha se mexido.

Ainda estava em movimento, na verdade, indo embora da margem, embicada de forma estável, seguindo com a corrente. Uma embarcação vazia partindo num curso certinho, como se pilotada por um fantasma.

Coisa na qual eu não acreditava. Ainda não.

A explicação mais provável era uma rajada traiçoeira de vento ou uma corrente malandra. Depois de tirar meus tênis e esvaziar os bolsos, eu estava pronto para saltar dentro da água e buscar a canoa em fuga.

Foi quando Skink apareceu ao meu lado. Tudo o que ele disse foi:

— A culpa é minha, filho.

Bem, isso é um palavrão.

Resumindo: não deixe seus peixes presos ao barco por muito tempo num rio, especialmente se ele abrigar uma população faminta de jacarés. O que estava nadando com nosso jantar — e rebocando nossa canoa junto — se revelou brevemente com um movimento borbulhante da cauda grossa e encouraçada.

Sem dúvida, não era um jacaré preguiçoso de campo de golfe. Imediatamente, eu risquei meu plano de mergulhar na água.

Observar a canoa desaparecer na curva me fez sentir inútil e totalmente frustrado. Foi o pior tipo de azar no pior momento possível. Se o jacaré mergulhasse depressa com os peixes nas mandíbulas, ou arrebentaria a corda ou faria virar a canoa — possivelmente os dois.

— O que fazemos agora? — perguntei com tristeza. — Como é que vamos chegar até Malley?

— Deixa comigo. — Ele passou por mim. — Fique aqui e cuide do acampamento.

Perna com tala e tudo, ele foi mancando para dentro do Choctawhatchee.

— O senhor está louco? Tem um jacaré enorme aí dentro! — gritei.

— "A natureza nunca nos engana. Somos sempre nós que enganamos a nós mesmos."

— O que, no mundo, o senhor está falando?

— Está num romance de Rousseau — Skink gritou de volta, dentro d'água até o pescoço. — Ele era o filho de um relojoeiro suíço, juro por Deus. Você deveria procurar sobre ele no *Gógle*, no seu computador.

— É "Gúgol". Agora, saia da água antes que o senhor leve uma mordida! — Eu duvidava seriamente que Rousseau, quem quer que fosse ele, tivesse escrito sobre répteis carnívoros de rio.

— Eu volto já — declarou o governador, e com um respingar de água, ele imergiu. Um monte de bolhas enormes surgiu, criando um rastro corrente abaixo.

A qualquer momento eu esperava que seu rosto muito peludo surgisse na superfície para tomar fôlego entre os pingos de chuva, mas isso não aconteceu. Uma lança serrilhada de relâmpago rasgou a escuridão, e naquele momento ultravioleta eu pude ver como estava completamente sozinho.

O vento começou a rodopiar conforme a chuva ia ficando mais forte. Nossa pequena fogueira ardia e assobiava.

Calcei os sapatos. Envolvi um saco de dormir ao redor do corpo, tentando ficar seco. No chão jazia a touca de banho patética do governador, que parecia algo que minha tia-avó de oitenta e seis anos usaria. Peguei-a e coloquei na cabeça.

A chuva torrencial continuou por um tempo longo e deprimente. Eu não estava mais com fome.

Os trovões estremeciam as copas das árvores. Nosso acampamento se tornou uma série de poças e lama vermelha.

Esperei e esperei. Nem uma vez eu fechei os olhos durante toda a noite. Ao raiar do dia ainda não havia nada de Skink, e ainda nada de canoa.

Só eu e o rio escuro, enchendo.

1 2

Eu não queria desistir do homem, mas a terrível realidade da situação era tão clara como o tique-taque do relógio.

Para me distrair, peguei o livro de Rachel Carson que ele me emprestou. No começo não gostei muito, mas depois entrei num relato assustador do que aconteceu em certas cidades quando produtos químicos poderosos foram pulverizados para matar insetos como besouros e formigas-lava-pés. Imediatamente, os animais silvestres começaram a morrer: esquilos, gambás, coelhos, até mesmo os gatos da vizinhança. Crianças acordavam em manhãs de silêncio mortal, porque todos os pássaros que cantavam haviam sido mortos pelo veneno. Falcões, corujas e águias também adoeceram, e aqueles que sobreviveram pararam de ter filhotes.

Tudo isso aconteceu alguns anos antes de minha mãe e meu pai nascerem, no meio de um lugar qualquer do país. Terrível, mas é verdade.

Como cresci à beira-mar, sempre achei que os pássaros nunca iam acabar. Não seria uma droga crescer em um lugar onde a vida tivesse sumido dos céus e das árvores? Fechei o livro e prestei atenção no que era visível nos galhos: mariquitas, pardais, sabiás, um corvo solitário, tordos, um par de cardeais. Da beira da água, eu podia ouvir martins-pescadores, águias-pescadoras e uma garça azul rouca. Em outro lugar, um pequeno pica-pau estava martelando num tronco de cipreste, o que me fez pensar em como uma espécie que bicava madeira poderia sobreviver aos erros imbecis da humanidade, enquanto outras – como os pobres bicos-de-marfim – não sobreviveram.

Fechei o livro pensando sobre as minhas próprias questões de sobrevivência. Se fosse para Skink voltar, ele já teria voltado a essa altura. Ou o jacaré o havia abocanhado ou ele tinha se afogado por exaustão enquanto perseguia a canoa à deriva. Era hora de eu encarar os fatos, o homem era velho, meio aleijado, e o rio caudaloso era forte. A ideia de ele morrer me fez sentir vazio e com dor no coração, mas eu não podia ficar esperando por mais tempo.

Ele não ia voltar. Eu estava sozinho.

E Malley ainda estava por aí, em apuros.

A ideia de que eu poderia salvá-la sozinho era insana, mas eu não tinha escolha senão tentar. Não havia tempo para encontrar ajuda – eu não sabia para onde correr, e poderia levar um dia ou mais para sair daquela floresta.

Portanto, a única opção real foi a mais imprudente e perigosa. Mesmo que as chances fossem ridículas, eu não me permitiria pensar no fracasso. Só pensei em fazer, ponto.

Como se eu pudesse simplesmente bater palmas e me tornar um oficial da Marinha, certo?

Para o café da manhã: uma barra de granola com manteiga de amendoim e um gole de água da minha única garrafa. As outras tinham ido embora na canoa, junto com a vara de pesca de Skink, uma frigideira, uma machadinha e outras coisas que teriam sido muito úteis.

Me esgueirando pela floresta, tentei permanecer perto o suficiente da margem do rio para poder visualizar a casa-barco onde o Talbo Online estava mantendo Malley. Infelizmente, o nível da água tinha subido tanto que em alguns lugares eu tinha de me embrenhar mais para poder ficar em terra seca.

Que não era *muito* seca, graças ao dilúvio durante a noite. Várias vezes eu afundei até os tornozelos na lama. O cadarço do tênis enganchava em raízes cheias de musgos de árvores velhas – era um milagre que eu não tivesse caído e quebrado a bunda.

Para me equilibrar, eu usei o ferro 9 do governador, que eu percebi que também seria bom para autodefesa. O taco de golfe parecia mais pesado que o taco de beisebol de alumínio que minha mãe me fazia levar quando caminhava para ver as tartarugas.

Tentei rastejar silenciosamente, mas esse negócio de ninja não estava funcionando. Quando eu não estava chapinhando ou tropeçando, mesmo o passo mais leve era suficiente para quebrar alguns galhos. Como não havia nenhuma pista para seguir, eu precisava fazer as minhas próprias.

Um barco de pesca vermelho-cereja subiu em velocidade pelo Choctawhatchee, e seu rastro ia derrubando tartarugas sonolentas de cima dos troncos. Os pescadores a bordo não conseguiam ouvir meus gritos sobre o ruído do motor e nem chegaram a olhar em minha direção. Eles provavelmente tinham um celular, mas eu nem tive chance de tomar emprestado. O barco desapareceu de vista em questão de segundos.

Embora os insetos fossem ferozes, a garrafa de repelente continuou fechada dentro da minha mochila. Depois de ler aquelas histórias repugnantes em *Primavera silenciosa*, eu me sentia culpado por borrifar produtos químicos em qualquer coisa viva, mesmo um mosquito bebendo meu sangue às goladas.

À medida que o sol subia, a floresta se aqueceu e o ar ficou pegajoso. Não havia um fiapo de uma brisa. Parei para tomar outro gole d'água. Tá, dois goles. Em meio aos pinheiros, eu podia ver que tinha conseguido atravessar a curva do rio, mas nenhum barco estava à vista. Muito menos canoa.

O que eu não queria ver era um cadáver flutuando – o corpo do governador –, mas me preparei para essa visão triste. Ao meio-dia, eu estava quebrado da caminhada dura. Minhas pernas estavam doloridas, o rosto estava marcado de picadas de insetos e eu tinha rasgado um buraco no joelho da minha calça. Ficou tão quente que, finalmente, coloquei a mochila em uma raiz de cipreste e entrei na água até a cintura, o que foi incrível.

Eu poderia ter ficado lá por horas, a corrente fresca em torno das minhas pernas, mas outro barco apareceu, subindo o rio. Fiquei gritando para o motorista até que ele finalmente me viu, e fez uma grande virada em direção à costa. Seu barco era lento, de casco profundo, cerca de vinte pés de comprimento com a proa quadrada. Uma pequena barca, na verdade. Estava lotada de bocas-de-jacaré, o que era estranho, porque esse tipo de peixe não presta para comer. São feios, de pele áspera e de formato tubular, com um bico liso e uma boca repleta de dentes afiados como agulhas.

– E aí? – disse o homem quando chegou perto.

– Senhor, o senhor tem um telefone?

– Tenho não.

O homem estava com barba por fazer e não usava camisa. Sem querer ser maldoso, mas ele poderia usar sutiã. Seu couro cabeludo careca parecia queimado de sol, o rosto rechonchudo estava vermelho por causa do calor e do trabalho pesado. Ele usava óculos escuros pretos com o logotipo da Nascar na armação.

O barco fedia por causa dos peixes. Não vi nenhuma lança, mas os peixes definitivamente tinham buracos. Sangue seco riscava os braços carnudos do homem, e escamas verde-lodo estavam presas aos pelos do peito. Um enxame de moscas-varejeiras orbitava sua cabeça, do tamanho de um melão.

– O senhor passou por alguém no caminho rio acima? – perguntei.

O caçador de bocas-de-jacaré apenas deu de ombros. Não era o cara mais amigável. Expliquei que eu estava procurando minha prima.

– Claro que está – disse ele.

– Não, é sério. Ela está numa casa-barco com um amigo que ela tem. Minha canoa desceu pelo rio ontem à noite, então agora eu não tenho mais como chegar até ela.

– Como diabos você perde uma canoa?

– Aconteceu durante a tempestade – falei, ignorando os detalhes. – Meu nome é Richard. Richard Sloan.

Quando minha mãe se casou com Trent ela assumiu o sobrenome dele, McKenna. Eu mantive o nome do meu pai, e Trent concordou numa boa.

O homem dos bocas-de-jacaré não ofereceu uma identidade.

– Não vi canoa nenhuma, mas tem uma casa-barco não muito longe.

– Você pode me mostrar onde? – Eu tinha uns sete dólares de sobra no meu bolso, encharcados, e ofereci a ele. – Para ajudar a pagar pela gasolina – eu disse.

– Tá certo.

Subi a bordo carregando minha mochila e o ferro 9 de Skink. Eu praticamente podia ouvir a voz frenética da minha mãe no meu ouvido: *Richard, você perdeu o juízo? O cara pode ser um serial killer!*

Em situações normais eu nunca teria posto os pés num barco de um sujeito desconhecido, mas essa não era uma situação normal. Na minha cabeça, era vida ou morte. O homem dos bocas-de-jacaré não me assustava, mas não parecia muito confiável. Meu plano: um movimento errado e eu arrancava o cérebro dele com o taco de golfe, depois pulava na água.

No convés não havia lugar para ficar, exceto entre os peixes mortos, e ainda por cima estava escorregadio. O homem pegou rapidamente os sete dólares da minha mão. Eu estava determinado a ganhar o sujeito, porque não queria enfrentar Talbo Online homem a homem.

– Qual é seu nome? – perguntei.

– Nickel.

– Prazer em conhecê-lo, Sr. Nickel.

– Não é meu sobrenome. É meu primeiro nome.

Ele fedia absurdamente, e quero dizer que ele tinha cheiro de banheiro público. Misture isso a vapores de gasolina e a fedor de peixe, e era difícil respirar a bordo daquele barco sem sufocar.

— Segura firme — disse ele, e bateu no acelerador com o punho nu.

— Ei, você está indo na direção errada.

— Sete dólares levam você até o outro lado do rio, não mais longe que isso. Caminhe um pouco e depois você vai ver a casa-barco ancorada ao lado de uns carvalhos cheios de musgo.

— Sério? Você vai me largar e ir embora?

— Isso aqui parece um táxi, garoto?

— Não, senhor — murmurei.

— Estes bocas-de-jacaré não vão ficar nem um pouco mais frescos.

— Que seja. — Eu estava aborrecido, mas não queria discutir com o homem. Não conseguia imaginar quem compraria um barco cheio de bocas-de-jacaré mortos, nem por quê. Nem mesmo Skink comeria um, e ele comia qualquer coisa.

Quando chegamos à margem oposta, Nickel diminuiu a velocidade do motor e embicou a barca numa enseada de grama.

— Cai fora — disse ele.

— Espera. Como eu sei que você realmente viu a casa-barco? Você pode simplesmente estar me dizendo isso para ficar com meu dinheiro.

— Uau, tá me chamando de mentiroso?

Foi quando notei a arma apoiada por trás do painel. Um rifle calibre 22, com o cabo reluzindo com a gosma de peixe. Nickel não tinha pegado aqueles peixes com lança; tinha atirado neles.

— Desculpe — me apressei em dizer. — Eu acredito em você.

Insultar um estranho nunca é uma ideia brilhante, ainda mais um estranho armado. Felizmente, o homem dos bocas-de-jacaré pareceu aceitar meu pedido de desculpas.

– Acho que é de vinte e quatro pés a casa-barco. Branca com guarnição azul, mas está toda desbotada. Há um motor velho Evinrude na parte de trás, um 115. Não vi ninguém a bordo quando passei, mas havia roupas penduradas para secar.

– Roupas de menina? – perguntei.

– Sim, algumas. – Nickel parecia envergonhado por ter notado. – Vi um maiô.

– Era amarelo?

– Acho que sim.

Poucos dias antes de fugir, Malley havia comprado um maiô amarelo-canário em uma loja de surfe. Me senti bem sobre o que o homem estava dizendo, porque isso significava que o barco não estava se movendo, e que as coisas normais, como lavar roupa, estavam sendo feitas.

Depois de agradecer Nickel, pisei cuidadosamente por entre os cadáveres de peixes e pulei da proa da barca para a margem.

Enxotando as moscas de seu rosto, ele perguntou:

– Você tem uma arma na mochila, menino?

– Não, senhor.

– Hum.

– Pergunta idiota: *Preciso* de uma arma? – Eu não tinha dito ao homem dos bocas-de-jacaré sobre a situação de Malley.

– Você ia gostar de ter se um daqueles porcos selvagens corresse atrás de você.

Ah, maravilha, pensei. Um novo monstro feroz para me preocupar.

– Os javalis são os mais cruéis. As presas deles arrancam suas tripas – disse Nickel. – Que tal você me dar um empurrão no barco pra eu zarpar?

– Ei, eu tenho uma ideia.

– Não, apenas me empurra.

– Se eu tivesse mais do que sete dólares para pagar, você consideraria me dar uma carona rio abaixo? – O pensamento tinha acabado de surgir no meu cérebro. Com o ritmo lento com que eu vinha caminhando, o barco transportando minha prima poderia estar muito longe quando eu chegasse lá.

Além disso, eu não estava animado com a ideia de ser chifrado por um porco enlouquecido.

– Você tem mais dinheiro? – Nickel perguntou com um tique.

– Muito mais. Mas não comigo.

– Acha que sou idiota?

– Rio acima, perto da ponte da Rodovia 20?

– Continua.

– Tem uma caixa de sapato enterrada num local secreto – falei.

Não era minha para oferecer, mas o governador tinha ido embora e o tempo estava se esgotando para Malley. Eu não conseguia pensar em maneira melhor de manter Nickel interessado.

– Que tipo de lugar secreto? – perguntou.

– Eu vou te dizer onde se você me der uma carona até o barco.

Skink nunca me disse quanto dinheiro havia de sobra, e eu não perguntei. No entanto, quando ele abriu a caixa para pegar o dinheiro da canoa, eu vi maços grossos de notas presos com elásticos de borracha.

– Tem bastante lá – informei Nickel. – Pegue o que você achar que é justo.

Imaginei que ele ficaria com tudo. "Sempre pense no pior", era a filosofia de Skink.

– Você roubou um banco, menino, ou o quê?

– O dinheiro pertencia ao meu avô. Ele era um homem honesto. Assim que eu chegar à casa-barco, eu te conto exatamente onde cavar.

O homem dos bocas-de-jacaré cuspiu para o lado.

– Não gosto que me façam de bobo. Se não tiver caixa de sapato nenhuma enterrada lá em cima, você vai me ver de novo logo, logo. Cedo demais.

— Cara, estou dizendo a verdade.

— Tá certo – ele falou. – Entra de novo no barco.

Por ser pesada, a barca não ia muito rápido, mas eu não me importava. Era melhor do que ir a pé pelo pântano e pelos arbustos.

— Eu mesmo tenho dezesseis primos conhecidos – o homem estava dizendo – e não daria 1,50 dólar por todos eles juntos.

— Eu só tenho uma prima. Ela é tipo minha melhor amiga.

— Mesmo assim. – Ele estava me olhando por trás de seus óculos escuros Nascar. – Você não está me dando a história toda.

— Eu não sei a história toda, mas tenho certeza de que ela está em apuros.

Nickel acelerou ao máximo. O motor soava terrível, como bolas de gude em uma máquina de lavar. Eu estava com medo que pudesse explodir.

O homem ergueu a voz.

— Esta baleia velha não faz mais do que dez nós.

"Bom o suficiente", pensei.

Ele estava se mantendo no meio do rio. O mau cheiro nos seguia, assim como as moscas-varejeiras. Adiante havia outra curva.

E além daquela curva estava um barco branco com guarnição azul.

13

Um rádio tocava música. Country, que não era a favorita de Malley.

Ninguém era visível no convés. À medida que nos aproximávamos, eu chamei seu nome. Pelo canto do olho, vi o homem dos bocas-de-jacaré pegar o rifle.

A casa-barco estava maltratada e encardida; a pintura havia sido branqueada pelo sol e não tinha brilho. Um dia, em algum momento, o barco teve nome, mas as letras no gio haviam desaparecido. O casco parecia desgastado e amassado. Aparafusado à popa, estava um grande motor provavelmente mais velho que eu. Parte do decalque "Evinrude" havia descascado, de forma que sobrava apenas o "rude".

Sobre a amurada estava o maiô amarelo da minha prima, junto com algumas camisetas, quatro meias brancas, uma calça jeans masculina e o moletom cinzento de capuz que Malley estava vestindo na noite em que sua mãe a deixou no aeroporto de Orlando. Me lembrei do moletom pelo vídeo das câmeras de segurança que o detetive Trujillo me mostrou.

As vigias da casa-barco estavam abertas, mas haviam sido cobertas com lençóis do lado de dentro. Talvez os lençóis fossem para impedir a entrada de mosquitos ou tivessem sido colocados ali para impedir que alguém visse do lado de dentro.

Nickel diminuiu a velocidade da barca de bocas-de-jacaré ao lado da casa-barco. Amarrou uma corda de aparência oleosa. Equilibrando-se sobre a amurada, enfiou o cano do rifle calibre 22 por uma das vigias e puxou o lençol. Ele deu uma longa olhada antes de anunciar:

– Não tem ninguém em casa.

De certa forma, eu estava aliviado. Meu medo era encontrar Malley amarrada e amordaçada.

– Em que tipo de problema você acha que sua prima está metida? – perguntou o homem.

– Ainda não sei muito bem.

Meu palpite era que Talbo Online tivesse levado Malley para terra para encontrar algo para comer. Era apenas uma curta distância a nado. Talvez tivesse deixado a música tocando para fazer as pessoas pensarem que o barco estava ocupado, para que não tentassem se esgueirar a bordo e não roubassem nada.

– Aquelas roupas penduradas para secar são dela? – perguntou Nickel.

– Algumas, sim.

– Então ela não está morta, é o que eu acho. Eles vão voltar.

– Vou esperar. – Nervoso, eu subi a bordo.

Deve ter sido uma visão lamentável, eu e meu ferro 9, porque Nickel disse:

– Tem certeza disso, menino?

– Definitivamente. – Eu não ia voltar sem a Malley, de jeito nenhum. Mexi no guizo de dezoito anéis pendurado no pescoço e disse:

– É o meu amuleto da sorte.

– Não ajudou muito a cobra, não é?

"Obrigado pelo voto de confiança", pensei.

– Olha, não posso ficar e cuidar de você.

– Não tem problema – respondi. – Fizemos um acordo. Você fez a sua parte.

– Tem um cara em Bonifay que vai me pagar duzentos dólares por estes peixes. Talvez duzendos e dez. Ele mói para usar de fertilizante na plantação de melancia, oitenta acres no total. Mas não gosta de esperar.

Ele olhou para o calibre 22, e por um segundo pensei que ele poderia me oferecer. Se tivesse oferecido, eu teria dito não, obrigado. A única coisa para qual eu já tinha apontado um rifle era uma lata de refrigerante, e precisei de cinco tentativas para acertar. Eu estava fazendo tiro ao alvo perto do aterro com o Mitch, um amigo meu que está no primeiro ano do ensino médio. Ele é um ótimo caçador. Meus irmãos e eu nunca tivemos arma nenhuma. Meus pais não gostavam disso.

– O dinheiro – disse o homem dos bocas-de-jacaré. Parecia estar com pressa.

– Pouco antes de chegar à ponte, tem uma rampa para barcos.

– Eu sei qual.

– A dez passos da rampa tem uma árvore tupelo antiga. É onde está enterrada a caixa de sapato do meu avô.

– Agradecido. E você, tome cuidado. – Nickel desamarrou a barca e, lentamente, se afastou da margem. Deu um leve aceno de cabeça antes seguir rio acima com o estampido do motor. As moscas foram com ele, mas o fedor permaneceu como uma névoa.

Saí de vista muito rápido. O interior da cabine era quente e tinha cheiro de mofo. A primeira coisa que fiz foi pendurar de novo os lençóis que Nickel havia arrancado. Pequenos furos ao longo da borda se alinhavam com uma fileira de pregos que alguém tinha batido nos batentes da janela.

Em um canto da cabine havia um fogão portátil de acampamento. Em outro, estava uma mala cinzenta surrada que devia pertencer ao Talbo Chock falsificado. A mala estava trancada, então deixei ela ali. No chão, havia uma pilha de cobertores amontoados, juntamente com a mochila vermelha de viagem da Malley. Encontrei seu laptop, quebrado. Pior do que quebrado, na verdade, parecia que alguém tinha pisado nele. Não me admirava que minha prima não andasse enviando e-mails.

Meu plano era me esconder assim que avistasse Malley e o Talbo Chock fictício retornando pela floresta. Havia uma escotilha no chão da cabine, com uma âncora sobressalente, um extintor de incêndio oxidado e alguns coletes salva-vidas cobertos de mofo. Rastejei para dentro a fim de me certificar de que houvesse espaço suficiente para mim e minha mochila – sem problemas, assim que eu me livrasse das aranhas.

Depois de arrumar minhas coisas, abri a escotilha e deixei escorada para facilitar o acesso. Então me sentei atrás do painel. A maioria dos medidores estava rachada de velhice e por causa do tempo. Apoiado contra uma bússola caolha, estava um rádio-relógio portátil, tocando uma canção sobre tempos difíceis e um romance perdido. Eu queria mudar de estação, mas Talbo Online saberia que algo estava errado se ouvisse rock ou hip-hop ecoando no barco.

Uma coisa que não levei em conta na minha situação foi a exaustão. Na noite anterior, eu não tinha dormido nem por cinco minutos. A chuva era barulhenta demais, parecendo tiros de chumbinho sobre a touca de banho. Além disso, eu não conseguia parar de pensar no governador, perseguindo um jacaré pelas águas turvas do Choctawhatchee. Agora, num marasmo mormacento ao som de acordes tristes de violão, minhas pálpebras ficaram pesadas. Tentei aumentar o volume, o que serviu por um tempo, mas chegou um momento em que acabei no meio de um sonho que não fazia sentido.

Estávamos eu, Trent e meu pai jogando golfe numa praia! Os dois estavam se dando muito bem. Minha mãe não estava lá, então ela não precisava fazer nenhum tipo de escolha. A areia era mais branca do que em Loggerhead Beach, e as dunas eram mais altas. Tínhamos que ter cuidado para onde batíamos a bola porque havia ninhos frescos de tartarugas em todos os lugares, e de cada montinho despontava um único canudo listrado de refrigerante. Trent bateu uma bola curva com um ferro 5 e ela caiu na arrebentação. Nós três entramos na água para procurar a bola. Meus dedos roçaram algo duro e liso, mas, quando mergulhei, vi que o objeto era muito maior do que uma bola de golfe: era um carro afundado, um Toyota Camry branco, com um buraco do tamanho de um projétil na janela traseira. Gritei para meu pai vir ver, mas nada saiu da minha boca exceto bolhas.

Acordei com a testa apoiada no leme do barco. Algumas pessoas estavam falando, e não eram parte do sonho. Espiei para fora da porta da cabine e vi apenas pássaros e borboletas nas árvores ao longo da margem. Me arrastei até uma vigia e afastei um pouco o lençol, para eu poder olhar rio abaixo.

Duas silhuetas estavam se aproximando num barquinho. No começo eu pensei que fosse um caiaque, mas conforme se aproximavam eu vi que era uma canoa.

A canoa.

A que o jacaré tinha levado embora. Não havia dúvida alguma na minha mente.

Malley estava sentada na proa. Talbo falsificado estava remando na parte de trás. Reconheci seu boné azul do Rays e os óculos espelhados da Oakley que tinha visto no vídeo do aeroporto. Ele não parecia ser um cara enorme, embora eu não pudesse afirmar a distância. Malley estava toda desleixada, no típico estilo Malley. Usava um tipo de chapéu de deserto australiano mole e pulseiras rosa em cada pulso – não seu estilo usual, mas eu estava totalmente empolgado só de vê-la viva, a céu aberto.

Mas e quanto à canoa? A visão endureceu minha triste suspeita de que Skink estava morto. Se não estivesse, era ele quem estaria com Malley, e Talbo Online é quem estaria no rio.

Seja lá qual fosse a conversa que minha prima e o sequestrador estavam tendo, foi interrompida abruptamente. Eles vinham em silêncio numa linha reta em direção ao barco.

Cap. 13

Peguei o ferro 9 e me deitei na escotilha. Quando abaixei a tampa pesada, meus braços basicamente ficaram presos ao meu corpo.

A escotilha não era muito maior do que um caixão. A escuridão e o calor abafado eram sufocantes. Cada vez que eu respirava, parecia uma locomotiva fumegando. Cada batida do coração era um trovão. O ar era uma mistura acre de mofo e vapores de gasolina. Nunca fui claustrofóbico, mas eu sabia que não poderia ficar ali. Uma das garras da âncora estava cravando na minha bunda, e o bocal do extintor de incêndio estava me cutucando no pescoço. Algum tipo de inseto, possivelmente uma barata, andou casualmente pelas minhas sobrancelhas, mas eu não conseguia nem levantar o braço para afastá-la.

Em pânico, abri a tampa da escotilha com o joelho, rastejei para fora e me abaixei na proa – basicamente um pequeno armário construído em torno de um minivaso sanitário. Não cheirava como um jardim de primavera, mas eu me sentei e fechei a porta. Não trancava, porque a trava havia sido arrancada.

Houve um baque agudo quando a canoa de alumínio embicou na casa-barco, seguido de batidas suaves quando minha prima e Talbo Online pisaram a bordo. Os dois entraram na cabine e o convés rangeu enquanto caminhavam. Alguém desligou o rádio.

– Acenda o fogão. – Era uma voz masculina.

– Não estou com fome.

– Você nunca está com fome.

– Não vou comer um bagre – disse Malley. – Eles são muito nojentos.

– Me dá sua mão.

– Não.

– Dá aqui.

– Não!

Ouvi uma breve discussão e, em seguida, um clique.

– Você é um idiota – Malley explodiu.

O Talbo falso a chamou da palavra com V.

– Vou limpar o peixe – disse ele –, mas primeiro tenho que mijar.

– Ah, legal.

– Não vá a lugar nenhum. Rá. Rá.

Preso no banheiro, não tive nenhuma ideia brilhante. O cara precisava se aliviar, e o barco tinha apenas um lugar para ele fazer isso. Estendi a mão para a maçaneta da porta e segurei. Com a outra mão, eu comecei a tremer o chocalho no meu pescoço.

Uma cascavel de verdade pode vibrar a cauda mais de cinquenta vezes por segundo, muito mais rápido do que os músculos dos dedos humanos poderiam se mover. Devo ter tremido que nem um louco, porque os dezoito anéis do chocalho começaram a fazer ruído suficiente para assustar o Talbo impostor.

Ele soltou a maçaneta da porta e gritou:

– Uou! Você ouviu isso?

– O que foi? – perguntou Malley.

– Cascavel!

– Até parece. Como foi entrar no barco?

– Elas sabem nadar, sua idiota. Assim como as mocassins.

– Aonde você está indo? Não me deixe aqui assim!

– Vou pegar aquele machado na canoa – declarou Talbo Online.

Eu o ouvi sair pisando duro em direção ao painel de popa. Me levantando só um pouquinho, eu abri a porta apenas o suficiente para que Malley pudesse me ver. Os olhos dela se arregalaram.

Assim como os meus. Seu cabelo estava tingido de preto muito profundo, ainda mais negro do que sua calça jeans. Ela parecia magricela, e ambos os braços estavam cobertos de picadas de mosquito. As pulseiras cor-de-rosa que eu pensei ter visto não eram pulseiras de forma alguma – eram marcas de ferimentos provocadas por algemas.

Um dos punhos agora a deixava presa ao leme do barco. Ela abriu a boca para dizer algo, mas eu fiz um sinal para que ficasse quieta. Então me sentei lentamente no minivaso sanitário e fechei a porta.

Talbo Online estava retornando com a machadinha de Skink, e eu não tinha nada para me defender. O ferro 9 estava lá embaixo, na escotilha do convés, onde eu o deixei, estupidamente.

Ouvi Malley dizer:

– Não entre aí, TC!

– Ei, só há uma maneira de lidar com uma maldita cascavel.

– Mas e se você for picado?

– Só cale a boca. Vou fatiar aquela coisa em milhões de pedaços!

Eu tinha talvez dois segundos para tomar uma decisão, e o que eu decidi foi isto: não estava muito a fim de ter uma lâmina de machado enterrada na minha testa.

Então eu gritei:

– Para! Eu *NÃO* sou uma cobra!

Silêncio do outro lado da porta e, em seguida, murmúrios de confusão.

Por fim, Talbo Online falou:

– Saia daí agora! Quem quer que você seja!

Fiz o que me foi dito. Ele estava pronto para atacar, segurando a machadinha no alto.

– Fica frio, cara! – Levantei as mãos.

Malley disse:

– Ele é apenas um garoto, TC.

Ele abaixou a machadinha, embora não a soltasse.

– Quem é você?

– Carson é meu nome – respondi.

Malley me lançou um olhar, tipo: *De onde você tirou isso?*
— Carson o quê? — perguntou o falso Talbo.
— Apenas Carson. — Isso deve ter surgido na minha cabeça por causa da Rachel Carson, autora de *Primavera silenciosa*.
— Não posso te dizer meu sobrenome — falei —, porque você vai ligar para os meus pais.

Malley imediatamente entrou no meu jogo.
— Então, você é um fugitivo!
— Andarilho é melhor. Vamos apenas dizer que estou viajando.
— Como você subiu neste barco? — Talbo Online exigiu saber.
— Você não nadou, ou então suas roupas estariam molhadas.
— Peguei uma carona com um pescador de bocas-de-jacaré.
— Lorota!

Talbo fictício era vários centímetros mais alto do que eu, tão alto quanto meu irmão Robbie; só não tão musculoso. Ele não era feio e também não tinha cara de estrela de cinema. Comum é o que ele era, não fosse pelo nariz achatado, todo inchado e cor de ameixa. Isso explicava a voz anasalada.

Seu cabelo castanho poeirento era curto, e ele não se barbeava havia dias. Sua camiseta era verde-floresta, as barras da calça jeans estavam desgastadas e a sandália branca estava imunda. Quando tirou os óculos, notei que seus olhos escuros pareciam pequenos e nervosos, como olhos de ratinho numa cara de coelho.

— O que foi aquele barulho atrás da porta? — perguntou.

Mostrei o chocalho de cascavel, e ele arrancou o cordão do meu pescoço e segurou na luz.
— Esse negócio é de verdade?
— Com certeza.
— Que pena — ele zombou e jogou o chocalho pela janela, no rio.
— Sério, cara? Isso foi um presente do meu avô.
— Cai fora do meu barco, cara de pateta.

Cap. 13

Enquanto Malley namorava o falso Talbo pela internet, ela sempre se gabava de que ele era "profundo, como um poeta". Eu nunca conheci nenhum poeta genuíno, mas tinha certeza de que não usavam palavras como "cara de pateta" no dia a dia.

Eu me virei para minha prima.

– Como é que você acabou acorrentada ao leme?

Talbo fictício não gostou da pergunta.

Malley sorriu com força e fez as algemas tilintarem.

– Ah, é só uma brincadeira divertida que a gente faz às vezes. Não é, TC?

– É – ele disse rispidamente.

– Agora me dê a chave, querido.

– O quê?

– Venha. O recreio acabou – disse ela. – Carson pode te ajudar a descarregar a canoa.

Ela estendeu a mão livre e mexeu os dedos.

– Chave?

Talbo ficou dividido. Ele não queria que eu soubesse que estava mantendo Malley presa contra a vontade. Senão seria forçado a me trancar também, para que eu não pudesse contar a ninguém.

Ainda assim, ele não era tolo o bastante para dar a chave à Malley. Ele foi andando até o leme e a soltou.

– Ei, você não pode ficar aqui – ele me disse de novo. A machadinha estava em sua mão esquerda. Ele não estava brandindo a arma nem nada, mas a mensagem era clara.

– Preciso de algo para comer, só isso. Então eu vou embora.

– TC pegou um bagre grande e gordo – disse minha prima.

– Eu vou ajudar vocês a limpar o peixe.

– Ótimo – disse Talbo Online, novamente com zero de entusiasmo.

Saímos da cabine e fomos para a popa do barco.

— Qual é seu nome? — perguntei inocentemente para Malley.

— Louise — ela respondeu com uma cara séria.

Não conseguia parar de olhar para seu cabelo negro como piche. Deixava Malley mais velha e pálida como uma bruxa.

— Legal essa canoa — comentei.

— É, a gente teve sorte. Ela veio flutuando pela curva do rio hoje de manhã.

— Estranho. Não tinha ninguém dentro?

— Não.

— Achado não é roubado — disse o Talbo falso.

Seu nariz detonado me fez pensar se a canoa realmente estava vazia. Talvez o governador tivesse remado até o barco, e o nariz tivesse sido quebrado numa luta. Normalmente eu percebia quando Malley estava escondendo alguma coisa, mas não parecia o caso.

Tudo o que eu queria fazer era levá-la para longe do sequestrador, que é como a gente chama alguém que algema uma garota: um sequestrador, não um namorado. Ele já estava incomodado com o fato de eu estar ali — algum espertinho clandestino interrompendo seu cruzeiro no rio —, mas eu não me importava em deixá-lo meio fora dos eixos. Os criminosos cometem erros quando sentem um pouco de calor. Foi isso que o detetive Trujillo me disse.

Talvez eu devesse ter tentado uma estratégia diferente com o Talbo impostor — como fingir amizade —, mas não podia me forçar a ser legal com o cara; nem mesmo legal de mentira.

Esperei-o colocar a machadinha na cintura antes de perguntar o que significava a sigla TC.

— Talbo Chock — ele respondeu suavemente.

Retruquei na lata:

— Cara, acho que não. De jeito nenhum.

— O quêêêêê? — ele estava olhando feio e tentava soar durão, mas havia uma ponta de alarme em seu tom.

– O único Talbo Chock de quem eu já ouvi falar está morto – disse eu.
– Talvez exista mais de um. O que você acha disso?
Dei de ombros.
– Mais do que um cara chamado *Talbo*? É, vai nessa.
– Deixa isso pra lá – retrucou Malley.
– Não tem problema – falei. – Ou como dizem no sul, não esquenta.
– Não vou deixar nada pra lá, não – rosnou o impostor. – Esse bostinha me chamou de mentiroso.
Levando tudo em consideração, eu estava incrivelmente calmo.
– Talbo Chock foi morto no Afeganistão – falei. – Ele era fuzileiro naval. Fizeram o funeral em Fort Walton Beach e até mesmo o prefeito foi. Sem ofensa, cara, mas se você vai surrupiar o nome alguém, não escolha um herói de guerra.
O rosto do sequestrador ficou roxo.
– Eu devia arrancar seus dentes!
Ele fez um movimento desvairado, mas eu me abaixei.
Minha prima se colocou entre nós.
– Cuida da sua vida, Carson.
– Desculpa, cara – falei para o Talbo falso. – Não precisa surtar.
Mas ele já estava surtado.

14

Malley disse:

— O nome verdadeiro é Tommy Chalmers.

— Cala a boca! — ele gritou. — Neste exato minuto! Cala a boca ou você vai ver.

— E meu nome não é Louise. É Malley.

Eu não consegui entender se ela queria que eu também revelasse minha identidade. Sério, eu estava de bem com a ideia de manter "Carson" por um tempo. Era melhor se Tommy não soubesse que Malley e eu éramos parentes, nem que ela havia me ligado com a pista do pica-pau.

— Eu disse para calar a boca, vocês dois! — Ele rangia os dentes de um lado para o outro, como uma escavadeira a vapor.

— Deus, não dá pra você simplesmente relaxar? — disse minha prima. — O Carson é legal. Fala pra ele o que você me disse, tá? Ele vai entender totalmente.

Tommy levou um minuto para alinhar as palavras antes de dizer:

— Talbo era um amigo meu muito próximo. — Outra mentira. Eu sabia que Tommy tinha pegado o nome do cabo Chock da papelada do funeral que ele encontrou no Toyota que roubou do pastor.

— Quando ele morreu — Tommy continuou —, foi como se eu tivesse sido atropelado por um caminhão. Os pais dele me ligaram em Orlando para me dar a notícia, e foi como se uma parte de mim também morresse. Entende o que eu quero dizer?

— Então ele começou a chamar a si mesmo de Talbo — disse Malley. — Não foi, TC?

— Foi. Ouvir as pessoas dizerem o nome dele me fez sentir melhor. Como, se, de certa forma, ele ainda estivesse vivo.

Uma das piores lorotas de todos os tempos. Ainda assim, eu disse:

– Claro. Eu entendo.

– Não tive a intenção de desrespeitar nem nada. Eu amava o homem.

– Idolatrava – acrescentou Malley. – Esse é o processo de luto do TC.

Eu não podia acreditar que ela estava falando essas palavras com uma cara séria. Foi quando eu percebi o que ela estava tentando fazer: acalmar Tommy, agindo como se estivesse ao lado dele. Os olhos dela diziam a verdade fria. Eu estava morrendo de vontade de descobrir o que exatamente ele tinha feito com ela, mas essa parte teria de esperar até que eu e ela estivéssemos sozinhos.

– Vamos lá, vamos comer – disse Malley.

Tommy Chalmers bufou.

– Achei que você não estava com fome.

– Bom, *eu* estou faminto – falei.

O bagre estava no fundo da canoa, perto da vara de pesca de Skink. Não havia nenhum sinal da corda com os peixes. Tommy descarregou uma caixa de cerveja, uma pequena caixa com gelo e um galão de gasolina de dezoito litros, do mesmo tipo que eu carrego no meu barco lá na minha cidade. Onde ele tinha conseguido a gasolina e o gelo eu não sabia, mas não poderia ter sido muito longe do rio.

Eu me ofereci para limpar o peixe, mas Tommy disse:

– Só fica fora do meu caminho.

Quando ele não estava olhando, Malley mostrou a língua. Sem fazer som, eu perguntei:

– O que aconteceu com o nariz dele?

Ela levantou a mão direita e fechou o punho. Senti outra onda quente de raiva contra Tommy. Talvez minha prima tivesse acertado um soco por ele ter quebrado o laptop, ou talvez ele tivesse feito algo pior.

Considerei dar uma de herói com o ferro 9, mas e depois? A verdade: quando a história era briga, eu não tinha autoconfiança alguma e zero experiência. Meu pai se opunha à violência de qualquer tipo, e era uma das poucas coisas a respeito das quais ele era super-rígido. Meus irmãos ficavam de castigo sempre que um batia no outro, e eles não se atreviam a bater em mim, o menor da família. Em consequência, eu não fazia ideia do quanto eu poderia aguentar se levasse um soco. O que eu sabia era que Tommy Chalmers tinha pelo menos vinte quilos a mais do que eu. Uma emboscada parecia ser minha melhor chance.

A pergunta seguinte era se eu poderia bater em qualquer homem que fosse, mesmo um criminoso canalha, enquanto ele estivesse de costas. A resposta acabou por ser não. A raiva que senti, aquelas fantasias destemidas sobre esmurrar o sequestrador da minha prima... ficou tudo trancado aqui dentro. Não fiz porcaria nenhuma além de ficar ali como um covarde inútil, vendo o Talbo imitador tentar matar nosso almoço no fundo da canoa.

Além de *Diários do Pé-Grande* e lutas de gaiola, o terceiro programa de TV favorito do meu padrasto era aquele em que os caipiras obesos pulavam em rios lamacentos para lutar contra bagres gigantescos. É insano, mas aqueles caras definitivamente sabem o que estão fazendo. Os bagres conseguem viver um tempo fora d'água, como Tommy estava descobrindo. Eles também têm aguilhões nas barbatanas, cobertos de uma substância tóxica, e você *não* vai querer levar uma ferroada. Um guia de pesca em Loggerhead Beach me disse que é a pior dor de todas, e depois vem a infecção. O pé dele inchou como um frango assado.

Por mais estranho que pareça, os bagres maiores são, na verdade, mais fáceis de manusear. Os menores são mais escorregadios, e seus aguilhões são mais afiados. O prêmio de Tommy pesava apenas pouco mais de um quilo, mas mesmo se eu o tivesse alertado para ter cuidado, ele era macho demais para prestar atenção.

— Eu sei o que estou fazendo — ele proclamou à Malley.
Errado.

Seu grito foi épico. E continuou. De gelar os ossos, como dizem. Nas duas margens do rio, pássaros assustados levantaram voo das copas das árvores.

Minha prima cobriu os olhos. O aguilhão dorsal do bagre espetou a palma da mão direita de Tommy e estava atravessada até o outro lado como uma agulha de tricô. Ele estava basicamente empalado.

Naquele instante eu deveria ter empurrado a canoa com todas as minhas forças e remado para me afastar com Malley. Era isso o que o velho governador teria feito.

Eu? Eu quase desmaiei. Patético, mas é verdade.

Fluxos de sangue vermelho-escuro escorriam pelo braço direito de Tommy enquanto o bagre pendia ali, se contorcendo. Foi uma imagem que eu gostaria de esquecer, mas provavelmente nunca vou. Minha cabeça ficou nebulosa e meus joelhos começaram a fraquejar, por isso eu me agarrei à amurada da casa-barco.

Espreitando por entre os dedos, Malley notou minha condição vacilante e sussurrou:

— Não se atreva a desmaiar!

Àquela altura, o grito sepulcral de Tommy tinha se dissolvido em latidos de um poodle. Não me incomodava tanto quanto o sangue jorrando de sua mão perfurada. A ferida parecia cem vezes pior do que o corte que o ladrão de ovos de tartaruga tinha feito no couro cabeludo de Skink.

— Não consigo tirar! — Tommy rugiu. — Estou preso!

— É só cortar, cara — falei num jeito fraco.

Sua mão não perfurada localizou a machadinha no cinto. De modo febril, ele começou a bater no bagre. Eu esperava totalmente ver dedos humanos espalhados como minicenouras na canoa, mas a mira de Tommy era excelente. Com batidas secas repetidas conseguiu cortar o espeto na base da nadadeira. Uivando, ele o arrancou de sua carne. O bagre ferido saiu deslizando pelo convés, pulou no rio e, surpreendentemente, foi embora nadando.

O almoço foram batatas fritas murchas.

≈

Minha mãe diz que o propósito da vida é extrair o máximo das oportunidades. Eu tinha desperdiçado uma enorme. Tommy Chalmers tinha sido um alvo fácil – dobrado de dor, totalmente distraído. Um bom empurrão e ele estaria no rio.

Mas, não, fiquei zonzo demais para me mexer. Inacreditável.

Agora nós três estávamos de volta dentro da cabine do barco, porque ficou extremamente quente no convés, e um novo e ousado enxame de moscas estava zumbindo ao redor da canoa ensanguentada. Tommy tinha envolvido a mão perfurada em uma camiseta do Imagine Dragons.

Ele bebeu uma cerveja, enquanto Malley e eu dividíamos uma garrafa de água morna. Quando outro barco pesqueiro passou por nós, Tommy ordenou que nós dois ficássemos na moita. Era deprimente vê-lo se sentindo melhor.

— Então, Carson, de onde você é? – ele perguntou.

— Pensacola. – "Um lugar tão bom quanto qualquer outro", pensei.

— Por que você fugiu de casa?

— Me meti em encrenca – respondi.

— Ah é? Tipo, por quê?

— Roubei um iate. – Parecia mais impressionante do que roubar um carro. Já que eu estava inventando uma nova história de vida, por que não dar uma de fora da lei autêntico?

Tommy riu.

— Você não roubou iate nenhum.

— De cento e vinte pés. Eles me pegaram no meio do caminho para Havana. Saiu uma reportagem nos jornais de Tampa, se você não acredita em mim.

Um blefe total.

— Então você é um pirata – disse Tommy, com sarcasmo. – Como Barba Negra, só que sem barba nenhuma na cara.

Os olhos de Malley estavam faiscando.

— Eles te colocaram na cadeia?

— Juvie Hall – respondi. – Meus pais pagaram fiança, tá? Mas eu não queria ficar lá até o julgamento. O juiz me conhecia de outros tempos. Ele não era meu fã.

Tommy não tinha comprado a história. Ou se tinha, não queria que Malley pensasse que tinha.

— Então, qual era esse suposto iate que você roubou? – perguntou.

— Se chamava *Carruagem de Lola*. – De onde tinha vindo esse nome era um mistério. Eu nunca conheci ninguém chamado Lola.

— Vou procurar no Google – disse Tommy – assim que chegar a algum lugar onde eu possa carregar meu laptop.

Malley disse para ele parar de monopolizar a conversa.

— Quero ouvir mais sobre Carson – disse ela.

— Bom, eu não. – Tommy apontou com o polegar da mão boa para a porta da cabine. – Hora de você ir, capitão Sem Barba.

— Vamos fazer um acordo – disse eu. – Eu pego um robalo bem legal pra nós se você me deixar ficar para o jantar.

— Rá! Eu posso pegar tudo que eu quiser a qualquer hora. – Ele queria me fazer acreditar que era um ás de sobrevivência, mas a confiança em sua voz não era real. Depois do fiasco do bagre, ele não estava interessado em tentar novamente.

— Eu deixo você lançar – disse ele –, mas vou junto na canoa.

Eu tinha esperanças de que ele fosse dizer isso. Meu plano era ir rio acima e fazer com que ele fosse para terra firme. Então eu ia deixar ele lá, remar como um louco de volta para o barco e pegar Malley.

– Ei, quero ir também – disse ela.

Tommy disse que a canoa não era grande o suficiente.

– Ele está certo – entrei na conversa.

Malley me perfurou com seu famoso olhar de princesa de gelo. Ela não queria ser deixada para trás, ou talvez não quisesse que eu fosse sozinho para a água com Tommy Chalmers. Só porque ela não agia como se tivesse medo dele não significava que não tinha. Minha prima gostava de dar a impressão de estar sempre no controle, de não se incomodar com nada nem ninguém.

– Espere lá fora – disse Tommy, e fechou a porta da cabine atrás dele.

Procurei a machadinha dentro da canoa. Não estava lá. Sob o banco traseiro avistei a *spinner* brilhante que Skink tinha usado para atrair aqueles três peixes. Amarrei a isca a uma linha de pesca monofilamento transparente e depois à vara, usando nó *clinch* reforçado, que meus irmãos me ensinaram quando eu era pequeno.

Malley e Tommy ainda estavam conversando do lado de dentro. Eu não conseguia discernir as palavras, mas a conversa não parecia acolhedora e simpática.

Comecei a lançar e recolher a linha, girando no sentido horário no espaço aberto do rio atrás da casa-barco. Para testar minha mira, joguei a isca em pilhas de mato e troncos meio submersos, o tipo de lugares onde os peixes gostavam de se esconder. Eu queria que Tommy visse que eu sabia manejar uma vara de pesca com molinete.

Quando ele finalmente saiu, a machadinha estava firmada de novo no cinto – sem dúvida, algo que não estava no meu plano astuto. Me ocorreu que, possivelmente, ele não estava nem aí se eu pegasse ou não um peixe para o jantar; a volta de canoa oferecia a ele uma maneira fácil de se livrar de um intruso incômodo.

– Vamos, você e eu – disse ele.

– Espere, senti puxar.

– Agora? Você tá mentindo.

– Não, eu juro.

Eu estava protelando grandiosamente. Na realidade, a expedição de pesca tinha sido uma ideia ruim, talvez uma das minhas piores. Tommy Chalmers não era burro o bastante para me deixar passar a perna nele. Planejava ou me abandonar em algum lugar ao longo do Choctawhatchee ou me fatiar em pedacinhos, como tinha ameaçado fazer à cascavel imaginária no banheiro.

Rebobinei a linha às pressas e fiz outro lançamento longo para o mesmo peixe imaginário, no mesmo lugar imaginário.

– Você é surdo? Eu disse vamos embora! – A canoa balançou quando Tommy entrou a bordo.

– Lá está ele! – gritei, dando um puxão duro na vara.

– Apenas senta aí e cala a boca.

– Não, mas olha!

Eu não rezo muitas vezes (e definitivamente não estava rezando quando aconteceu), mas o que mais poderia ter sido se não um milagre, honesto e em nome de Deus? Um grande robalo acobreado pulou para fora do rio, e enganchada à sua boca de caçapa estava a *spinner* prateada, amarrada à minha linha.

Mais duas vezes o robalo saltou enquanto Tommy assistia, estupefato, apertando a mão sangrenta e enrolada. Se tem uma coisa que eu sei fazer é enfrentar um peixe, e eu chicoteei aquele otário num segundo. Dois quilos e meio, e não é história de pescador.

– Suficiente para todos nós – disse eu, todo casual, içando o robalo pelo lábio inferior.

À primeira vista, Tommy ficou quieto. Por sua expressão nublada, a gente poderia dizer que o cérebro estava revendo as opções. Parte dele, pelo visto, estava lembrando Tommy de como ele estava faminto.

– Não deixe esse negócio cair do outro lado! – ele gritou.

– Ei, Malley, vem dar uma olhada nisso – eu chamei.

– Esqueça ela. Está ocupada. – Tommy saltou da canoa para o convés do barco.

Tirei o anzol do robalo, um tablete reluzente e molhado de músculo. Soltá-lo de volta no rio teria me feito sentir bem, mas eu precisava de uma refeição sólida. Se eu estava prestes a lutar contra Tommy, não teria chance alguma de ganhar com o estômago vazio.

– Malley, vem aqui! – gritei mais uma vez, à medida que levava o peixe a bordo.

Sua voz da cabine:

– Ai, eu não posso.

– Por que não?

– Eu disse pra você esquecer ela – Tommy vociferou. – Vou pegar uma faca.

Quando ele abriu a porta, vi por que Malley não podia sair. Tommy a havia algemado ao timão novamente.

– É só uma brincadeira – disse ele –, como ela te disse antes.

– Que tipo de brincadeira idiota...

– Peixe legal, Carson! – Malley encontrou uma maneira de sorrir, não me pergunte como. Era visível que ela estava profundamente infeliz.

Tommy insistiu em cortar o peixe sozinho, segurando-o no convés com a mão enfaixada. Eu poderia ter feito um trabalho melhor, duas vezes mais rápido, mas acho que ele não queria colocar a faca nas minhas mãos.

Provavelmente uma ideia inteligente.

15

Tommy disse que estava quente demais para cozinhar, então, por algumas horas, ficamos sentamos na cabine sem fazer nada. Estranho? Você não viu nada. Ele nem falou três palavras. E era óbvio que não queria deixar minha prima e eu sozinhos. Mesmo quando foi ao banheiro, deixou a porta aberta para ficar de olho em nós.

Finalmente, quando começou a ficar escuro, acendeu o fogão portátil e saiu para fumar um cigarro.

— Você está bem? — sussurrei para Malley.

— Ele é pirado, Richard. Totalmente biruta. E não me deixa ir embora!

— Ele... machucou você?

— Não tanto quanto eu machuquei ele. — Ela reencenou o soco que deu no rosto de Tommy. — Primeiro ele jogou meu telefone na água e, depois, destruiu meu laptop, porque não queria que eu ficasse trocando e-mails. E olha só meu cabelo!

— Psiu — falei.

— Ele me fez tingir desta cor depois que vimos um daqueles outdoors horrorosos do alerta Amber. Foi minha mãe que deu aquela foto minha de otária com aparelho nos dentes? Ela sabe o quanto eu odeio aquilo! Agora todo o estado da Flórida acha que eu tenho cara de esquilo.

Malley clássica.

— Fala baixo — alertei.

Pela janela da cabine, observei Tommy andar de um lado para o outro no convés, arrastando o cigarro. Ele estava balançando a mão ferida de bagre como se fosse fazer a dor passar. Isto soa bastante nefasto, mas eu tinha esperanças de que ele ganhasse uma infecção horrorosa e que o braço inteiro ficasse verde e caísse. Este era o tamanho da minha raiva: ia até meu âmago.

– A canoa – eu disse para Malley –, fala a verdade. Tinha alguém nela? Tipo um cara alto, de um olho só e barba?

– Sério?

– Ele é um amigo meu e me trouxe aqui para achar você.

Minha prima jurou que a canoa estava vazia quando eles a avistaram.

– Então ele deve estar morto – murmurei mais para mim do que para Malley.

– O quê? Não diga isso sobre ninguém, Richard.

A porta da cabine se abriu e Tommy se pavoneou para dentro, fedendo como um cinzeiro.

– Hora de comer – disse ele, tirando a algema da minha prima.

Passamos os filés de robalo em farinha de milho e fritamos na frigideira – talvez a melhor refeição de todos os tempos, mas eu também estava com mais fome do que poderia me lembrar. Tommy usou um garfo de verdade, mas nos deu garfos de plástico, que eram inúteis como armas. Estávamos ao ar livre, no convés traseiro da casa-barco, e Tommy ia vigiando o rio para o caso de outro barco se aventurar perto demais. Estava na terceira cerveja, mas ele não parecia amortecido o suficiente para mim.

Eu o estava analisando atentamente. Uma variedade de cenários super-heroicos pulou na minha cabeça, mas nenhum deles funcionaria enquanto o cara estivesse acordado e alerta.

Durante o jantar, Malley não falou muito. Ela estava usando aquele chapéu australiano enterrado nos olhos e não desviava o olhar da comida. Me senti mal por ela. Ficar acorrentada como uma prisioneira tinha que ser humilhante.

Enquanto isso, a refeição de robalo frito tinha deixado Tommy mais falante. Eu estava curioso para ouvir o tipo de mentira que ele iria inventar, por isso perguntei como ele tinha machucado o nariz.

– Rá! Você deveria ter visto o outro cara. – Ele deu uma risada de palco. – Talvez quando deixarem ele sair do hospital, certo?

– Qual era o motivo da briga?

– Deus, eu não me lembro.

– Eu lembro – disse Malley.

– Não, você não lembra. – A voz de Tommy se tornou dura. Era um aviso para minha prima manter o silêncio sobre o que realmente tinha acontecido.

Ela suspirou de um jeito sarcástico e balançou a cabeça. Tommy olhou. Guiei a conversa para outro lugar.

– Então o que você faz? – perguntei.

– Tipo o quê? Trabalho?

"Não, idiota", pensei, "tipo no *kitesurf*."

– Sou DJ – disse ele. – Eu faço, sabe, eventos particulares. Balada às vezes.

– Por aqui? – Eu tinha certeza de que Walton County não era famosa por sua cena rave.

– Fiz shows grandes em Orlando, Tampa, South Beach – disse Tommy. – O verão fica mais devagar, por isso estou fazendo uma pausa.

– Que tipo de música? – perguntei.

Tommy deu de ombros.

– Hip-hop. Dubstep. House. O que quiserem, eu toco.

– Que tal country? Eu ouvi o rádio numa estação country quando cheguei aqui.

– Não existem DJs freelancers na cena country. A música é legal, mas, tipo, não é material de festa.

– Esse barco é seu?

— Um cara que eu conheço alugou pra mim.

Entrei na onda como se eu acreditasse nele. O barco provavelmente era roubado, assim como o carro.

Malley falou:

— TC também escreve poesia.

— Não brinca.

— Verdade — disse Tommy. — Consigo rimar qualquer coisa. É um dom, mano.

— Jura? Fala uma coisa que rima com semáforo.

Ele pensou por alguns instantes, seus lábios se movendo cada vez que ele testava uma palavra que pudesse se encaixar. Malley estava rindo debaixo do chapéu.

Tommy disse:

— Que tal sonoro? Que é o meu lance na balada.

— Sonoro rima com esporo — indiquei —, não com semáforo.

— Aposto que todas elas rimam em francês.

— Inacreditável — Malley riu pelo nariz.

— Ei, francês também conta.

Tommy estava ficando irritado. Hora de mudar de assunto.

— Então qual é a de vocês? — perguntei, fingindo que não sabia de nada. — Vocês dois estão, tipo, juntos?

Minha prima disse:

— Somos só amigos.

— A gente vai se casar — afirmou Tommy, como se fosse negócio fechado.

— Oh, uau. Maneiro. — Lancei um olhar furtivo para Malley, mas eu ainda não conseguia ver sua expressão.

Casar?

— Quando é o grande dia? — perguntei.

— Domingo — Tommy me disse. — Ao nascer do sol na praia, em Destin.

— Legal — falei. — A noiva vai usar algemas?

— Rá! Essa é boa.

– Não é engraçado – disse Malley.

Tommy disse para ela pegar leve.

– Não parece que ela está muito a fim.

– Você não sabe de merda nenhuma – disse o poeta.

Eis o que eu, *de fato*, sabia: minha prima não tinha idade legal para se casar, e não teria se casado com um otário como Tommy em nenhuma idade, por nenhum motivo.

Ela recolheu nossos pratos e os enxaguou com água do rio.

– Você já escolheu um sacerdote para a cerimônia? – perguntei.

– Não, eu é que vou casar a gente – disse Tommy.

– Isso é permitido por lei?

– Eu escrevi os votos sagrados para nós dois. Não foi, querida?

Malley pareceu estremecer ao ouvi-lo dizer aquela palavra. *Querida*. Também me assustou.

– Eles rimam? – perguntei. – Quero dizer os votos.

– Você está brincando? "Nossos corações foram feitos pra ser um só, na chuva, no granizo ou sol. A jornada que começamos é épica, uma união que pra sempre será fantástica."

– Uau. – O que mais eu poderia dizer? Era horrendo.

Minha prima baixou a cabeça e apertou os dedos nas têmporas, como ela fazia quando ficava com uma de suas dores de cabeça.

Ela disse:

– Sabe o que mais rima com épica? Eeeeca.

Tommy Chalmers se virou para mim.

– O jantar acabou. Hora de você ir.

– Mas está quase escuro – Malley objetou.

Tommy deu um sorriso maldoso.

– Piratas não têm medo do escuro, têm? Agora vai, capitão Sem Barba, saia daqui.

O que se pode chamar de um momento de decisão.

– Mas eu gosto daqui – falei. – Vocês são legais.

Tommy coçou uma picada de mosquito no pescoço.

– Você tem trinta segundos.

Malley tirou o chapéu. Com ácido na voz, ela perguntou:

– Trinta segundos para fazer o quê, TC?

– Para saltar na água e nadar até a margem – disse o sequestrador. – A menos que o menino pirata não saiba nadar.

– Eu durmo aqui fora no convés e fico fora do seu caminho. Prometo.

– Você é surdo – Tommy me disse – ou só idiota?

– Estou cansado, só isso. Uma noite inteira de sono, aí eu vou estar pronto para ir.

– Cara, você vai *agora*. – Ele se levantou e deu um passo na minha direção. – Desça desse barco!

– E se eu dissesse que não?

– Aí, eu faria isso. – De repente Tommy estava empunhando uma arma: um revólver banhado a prata. Não me pergunte de onde veio. Talvez ele estivesse com ela escondida na parte de trás da calça jeans.

Minha prima disse:

– Abaixa esse negócio.

Mostrando que ela já tinha visto a pistola antes, o que explicava algumas coisas.

– Só relaxa – eu disse a ele. Minha voz falhou, alta e quebradiça.

– Anda – ele disse com a voz esganiçada –, ou isso vai ser você.

Ele se virou e disparou numa garça azul alta que estava em pé na margem do rio, cuidando da vida dela. A bala ricocheteou num tronco de cipreste, fazendo com que o pássaro chiasse e batesse as asas.

Tommy mirou novamente. Não esperei pelo tiro, embora o tivesse ouvido no instante em que meu crânio o golpeou diretamente nas costelas. Ele caiu, ainda agarrado à pistola, e eu fiquei mais ou menos em cima dele; Malley gritando para nós dois.

Tommy e eu ficamos atracados, grunhindo e bufando.

Era uma piada, na verdade, eu tentando dominar um cara muito maior.

O que eu estava pensando quando o ataquei? Eu *não* estava pensando. Foi puro reflexo, sem trabalho mental algum. O idiota tinha uma arma carregada! Atirar naquele pássaro tinha sido ruim o suficiente, mas agora ele estava a um braço torcido de atirar em *mim*.

A gente sempre lê sobre pessoas em situações cabeludas, "lutando pela vida", e eu definitivamente posso dizer que não é um exagero. Minha luta corpo a corpo com Tommy Chalmers foi insana, desesperada e desajeitada, nada como o que a gente vê nos filmes. Fiquei pensando na minha mãe, em como ela ficaria devastada se eu nunca mais voltasse para casa.

De alguma forma, consegui prender o pulso suado da mão de Tommy que segurava a arma até que ele começou a me bater com a mão livre, que calhava de ser a que levou a ferroada do bagre. Estava inchada como um melão debaixo da camiseta ensanguentada, e a proteção de tecido não ajudou muito nenhum de nós dois. Cada golpe provavelmente machucava Tommy mais do que machucava a mim, mas ele não desistiu até me pegar com um direto na barriga. O ar jorrou dos meus pulmões e eu me senti murchar como um bote barato.

Sem mais dificuldades, Tommy se libertou da minha pegada, e, naquele momento, eu achei que tinha apenas alguns segundos para viver – não tempo suficiente para dizer à minha prima o quanto eu lamentava por arruinar o resgate. Não tempo suficiente para uma única lágrima.

Mas então alguém me agarrou por trás pelos ombros. De repente, eu estava pendurado no ar, pernas chutando, e eu me lembro de ficar totalmente impressionado. Eu sabia que Malley era forte, mas isso era incrível!

Só que ela continuava ali, a seis passos de distância, olhando para mim. Boquiaberta.

Tommy tinha se contorcido para uma posição sentada, usando os joelhos para firmar a pistola. Seus olhos também estavam arregalados.

Uma voz grave, vinda de cima, disse:

— Então esta é a juventude da América?

Ofeguei um grito, e me virei para ver seu rosto.

— *Hola*, amigo! — disse Skink.

Por sua aparência, eu percebi que ou eu estava sonhando ou estava morto.

16

Algumas imagens ficam gravadas na nossa memória, para o bem ou para o mal. O jacaré tinha feito um trabalho épico no velho governador.

Skink estava descalço, sem camisa e com a cabeça descoberta; portanto, o dano estava todo à mostra – marcas de dente profundas no pescoço, uma marca de mordida parcial sobre um ombro, um cruzamento de vergões vivos no que combinava com as marcas da cauda encouraçada do réptil. O velho tinha emergido do rio todo encharcado e coroado com ramos de hydrilla pegajosos que o faziam parecer uma espécie de monarca demente do mar. Entre os ramos de sua barba pendiam sanguessugas úmidas arroxeadas, muitas das quais tinham grudado em suas bochechas, que pareciam de couro.

Detonado e perfurado, ainda se colocava ereto como o soldado que havia sido meio século antes. Durante a luta com o jacaré, seu globo ocular falso devia ter caído, porque a órbita agora estava preenchida por uma concha de caramujo marrom brilhante. Suas calças camufladas estavam manchadas de sangue, embora o pé esmagado não parecesse tão ruim quanto eu me lembrava. Talvez porque o resto dele parecesse muito pior.

Dependurado num canto da boca do governador estava o que eu primeiro pensei ser um cigarro, só que não se fabricavam cigarros com listras vermelhas. Acabou se mostrando ser um canudinho de refrigerante exatamente como o que ele havia usado para respirar embaixo da areia, na praia. O canudo em questão também havia sido utilizado para respirar durante a aproximação, submersa e silenciosa, ao barco.

Depois de me colocar no chão do convés, ele disse:

— Aquela garça saiu voando, caso você estivesse querendo saber.

— Quem é *você*? — soltei, imaginando que seria melhor se Tommy Chalmers não soubesse que Skink e eu éramos uma equipe.

— Ele está machucado e precisa de ajuda — disse Malley.

— Ninguém se mexe. Eu disse *ninguém*! — Tommy não tinha certeza de para quem mirar: o fugitivo magricela que o havia atacado ou o intruso caolho. Ele continuou a oscilar o cano da arma de um lado para o outro entre mim e Skink, que não parecia especialmente preocupado.

— Filho, por que você atiraria naquele pássaro lindo e adorável? — perguntou. — A única desculpa aceitável seria uma lesão cerebral. Você sofre desse tipo de mal?

— Fecha a matraca! — Tommy rosnou. — Olha quem tá falando que *eu* sou louco! Qual é a dessa tigela no seu olho?

— É a concha de uma ampulária que não precisava mais dela.

— Assustador, ponto — disse minha prima, desaparecendo na cabine.

Com calma, Skink se virou e fez xixi sobre a amurada da casa-barco.

— Ei, para com isso! — Tommy protestou.

— Bexiga hiperativa — o governador sussurrou. — Você chega à minha idade e o encanamento começa a dar problema.

Tommy se levantou.

— Você fugiu de um abrigo para morador de rua ou de um hospício?

Skink fechou o zíper da calça.

— Filho, se você tiver quaisquer qualidades redentoras, eu o aconselho a revelá-las.

— Meu nome é Carson — interrompi. — Este é Tommy.

Cap. 16

— Prazer em conhecê-lo, *Carson*. — Malícia reluzia no olho vivo de Skink. Ele deu uma piscadela encorajadora quando Tommy desviou o olhar. — Você deve gostar muito de aves — ele me disse —, para se arriscar a levar um tiro por causa de uma.

— Ele é louco que nem você — Tommy disse com raiva.

Malley voltou com um kit de primeiros socorros.

— Aqui tem Band-Aids e alguns antibióticos. Eu mesma faria os curativos, mas a verdade é que você está fedendo muito.

Ela sabe ser fria, a minha prima.

— De fato, eu carrego um fedor — disse Skink de modo agradável. — É a vida crua que eu levo. Você tem um nome, mocinha? — Como se ele não soubesse.

— Malley Spence — ela respondeu. — O que aconteceu? Quero dizer, você está um desastre... sem ofensa.

— Fui atrás de um jacaré. Nós lutamos e chegamos a um empate.

Houve um estalo surpreendente de trovão, e o Choctawhatchee se iluminou. Com todo o tumulto a bordo, nenhum de nós tinha notado o tempo se fechando lá fora. O vento começou a uivar e, com ele, vieram as chicotadas de chuva dura e gelada.

Tommy nos mandou entrar na cabine raivosamente, onde o governador estava cuidando dos ferimentos de jacaré e cantarolando uma música que eu não reconheci. Malley estava sentada no chão, de pernas cruzadas, examinando o velho com uma mistura de curiosidade e desconfiança. Quando me ajoelhei ao seu lado, senti uma dor aguda nas costelas, onde Tommy tinha me dado um soco.

O sequestrador ficou em pé, com as costas pressionadas na porta da cabine. Notei que tinha trocado a pistola para a mão não machucada.

— Quem é você? O que você faz aqui? — ele vociferou para Skink, rouco.

— Acredito que você encontrou minha canoa.

— Aquilo é seu? — perguntou minha prima, embora, àquela altura, ela tivesse percebido que o sujeito estranho era o cúmplice barbudo do qual eu tinha falado para ela.

— Ela se afastou quando o rio encheu — disse Skink.

— Que pena — foi a resposta de Tommy. — Achado não é roubado é a lei do mar.

— Mas não estamos no mar. Estamos num rio — alfinetou Malley.

— Mesma coisa!

O governador cuspiu o canudo.

— Em todo caso, eu apreciaria a devolução imediata da minha embarcação. Por favor.

Parecia que eu era o único preocupado em levar um tiro, o único prestando atenção na arma carregada. Skink e Malley conversavam com Tommy como se ele estivesse acenando com um pepino inofensivo.

— De jeito nenhum — disse ele. — Essa canoa agora é minha.

A chuva tamborilava tão alto no barco que ele disse isso duas vezes para se certificar de que tinha sido ouvido. A reação de Skink foi começar a catar as sanguessugas do rosto e as enfiar na boca como balas de goma.

Malley gemeu.

— Isso é tão incrivelmente nojento.

Skink deu de ombros.

— Nutrição, criança.

Ele com certeza sabia como deixar uma boa primeira impressão.

— Pare com isso agora! — gritou Tommy sobre outro *bum!* de trovão.

O governador passou a manga da blusa nos lábios salpicados de sangue.

– Já que você se recusa a devolver minha canoa, vou seguir meu caminho discretamente.

– Eu também – ecoei, sabendo que ele não ia longe, e que, em breve, tramaria um novo plano para salvar Malley. – Cara, obrigado por me deixar ficar para o jantar – falei para Tommy, como se não tivéssemos lutado ferozmente poucos minutos antes.

Ele bateu um pé e declarou que ninguém ia a lugar algum até que ele dissesse que sim.

– Não se mexam. – Seus olhinhos elétricos de rato iam de um lado para o outro na cabine. Ele parecia nervoso e estressado. Sobrecarregado de emoções, na verdade.

Malley disse:

– Qual é o seu problema, TC? Se estes dois são idiotas o bastante para cruzar o rio numa tempestade de raios, deixa eles irem.

– Não, não, eu tenho que pensar.

O governador disse que pensar não era tudo isso que as pessoas diziam, o que fez eu e minha prima rirmos, apesar da situação. Nesse ponto, o senso de humor de Tommy era basicamente inexistente. Depois da nossa luta no convés, eu tinha certeza de que ele acreditava que o revólver era a única coisa o separando de um motim.

Ele fez Skink e eu nos sentarmos lado a lado com as pernas estendidas, depois tentou nos algemar juntos. As algemas não cabiam nos pulsos grossos do governador, o que realmente incomodou Tommy. Ele mandou Malley pegar a corda da âncora sobressalente e apontou para a escotilha onde eu tinha escondido minha mochila e o ferro 9. Ela abriu a tampa e começou a chutar as coisas, reclamando o tempo todo.

O rosto de Tommy estava coberto de suor, e ele rangia as mandíbulas para lutar contra a dor do ferimento do bagre. Me pareceu que estava adoecendo, o que era uma má notícia para ele, mas uma boa notícia para o resto de nós.

Depois que Malley encontrou a corda, Tommy a instruiu a nos amarrar, uma vez que ele não conseguiria fazer isso sozinho. Com Tommy acima do ombro, Malley prendeu meus pulsos atrás de mim e fez o mesmo com Skink, com nós duplos que pareciam muito mais seguros do que eram. Durante todo aquele tempo, as pálpebras do governador ficaram fechadas e ele continuou tilintando os dentes, como um caubói de filme fazendo sinal para seu cavalo.

Uma onda mais profunda de escuridão se assentou quando a noite veio no encalço da tempestade. Tommy tirou as pilhas do rádio e as colocou numa lanterna que prendeu debaixo do braço. Quando perguntei por que ele não apenas ligava a luz da cabine, Malley disse que eles não queriam gastar a bateria do barco, que estava acabando.

— TC, você não parece tão bem — disse ela.

— Do que você está falando?

— Tenho umas aspirinas na minha bolsa. É bom para febre.

Mais uma vez eu não podia acreditar no que ela estava dizendo. Ela deveria estar *torcendo* pela febre.

— Estou bem — disse ele, emburrado.

— Tá nada. Me deixa sentir sua temperatura. — Quando Malley se aproximou um passo, ele gritou para ela ficar longe.

— Eu disse que estou bem!

— Tá! Continua aí sendo imbecil.

— Não mexe comigo! — disse Tommy. Então ele levantou o braço e disparou a arma por uma das vigias da cabine.

Malley se sentou choramingando. Dava para ver o furo de bala no lençol da janela e ouvir os pingos de chuva salpicarem o tecido. Meus ouvidos estavam zumbindo, e eu sentia o cheiro de pólvora.

— Tanto drama — disse Skink.

Tommy estava completamente exausto. Ele estava tentando ao máximo assustar um homem que não se assustava.

— Sabe de uma coisa? Talvez eu deva matar você e o capitão Sem Barba. Jogar vocês dois na água.

— Bem, isso seria muito trabalhoso — respondeu o governador —, para não mencionar confuso. Sua opção mais inteligente é se controlar.

Tommy cambaleou para perto de nós e encostou a pistola na cabeça coberta de plantas de Skink.

— O que você disse, velho?

— Não! — gritou Malley.

— Tá vendo, ela me conhece. Ela sabe o que posso fazer — Tommy se vangloriou, mas estava tremendo tanto que o feixe de luz da lanterna presa embaixo de seu braço apontava para todas as paredes.

O revólver não estava se mexendo muito, porque Tommy o estava pressionando com força na têmpora de Skink.

Uma vez eu perguntei ao meu pai, que era tranquilão, se ele acreditava no mal. Estávamos assistindo ao noticiário na TV quando começou uma reportagem horrível: um cara que entrou num cinema lotado e começou a atirar em todo mundo, em pessoas que ele nunca tinha visto antes, até em crianças. O lugar parecia uma zona de guerra depois que ele terminou. O advogado do atirador disse que ele tinha graves problemas emocionais (tipo, jura?), mas, na minha mente, isso não explicava como e por que ele tinha concebido um plano tão horrível e de sangue-frio.

E eu me lembro do meu pai ponderando minha pergunta por alguns instantes antes de dizer que o mal verdadeiro era raro, mas, sim, era real. Ele também disse que isso não acontecia em nenhuma outra espécie além dos seres humanos, e eu acredito que ele estava certo. Violência e dominação brutal existem no mundo animal como um meio de sobrevivência, não como esporte ou divertimento doentio.

Quaisquer que fossem os problemas pessoais de Tommy Chalmers durante a vida, foi um traço de puro mal que o fez ir atrás da minha prima. Senti isso naquela época e ainda sinto.

Cutucando Skink com o cano da pistola, Tommy disse:

– E aí, meu velho? O que você acha agora?

– Eu acho que você me lembra alguém.

– E quem é?

– O último tolo que apontou uma arma na minha direção.

Tommy estava à beira de explodir.

Minha prima disse:

– TC, você vai estragar tudo. Apenas relaxa.

– O quê!? Você não ouviu como ele está falando comigo?

– E daí? Ele é mais louco que o Batman.

– Ai – disse o governador.

Outra trovoada estrondosa sacudiu uma cunha de vidro da vigia perfurada pelo tiro. Malley usou a distração para se aproximar, e eu senti o braço dela estendendo-se atrás de mim. No começo, pensei que ela estava tentando soltar os nós, mas na verdade estava colocando um objeto em uma das minhas mãos.

Era o canivete da minha mochila. Ela devia ter pegado em segredo quando foi buscar a corda na escotilha.

Tommy parecia mais trêmulo a cada minuto. Ele se afastou de Skink e se segurou no batente da porta.

Eu disse:

– Só deixa a gente ir embora, cara. Aí você pode continuar no seu cruzeiro.

Ele balançou a cabeça, murmurando:

— Tarde demais para isso. De jeito nenhum. Tarde demais.
— A lanterna piscou do jeito que os aparelhos baratos piscam.

O governador se virou ligeiramente para Malley.

— Como vocês dois se conheceram?

Como se estivéssemos todos sentados em uma mesa no Applebee's, esperando nossas saladas.

— Ele me encontrou em uma sala de bate-papo — disse minha prima.

Tommy não se importou com a insinuação de que ele fosse algum tipo de perseguidor. Ele disse:

— Ei, amor, fala do jeito certo. Quem encontrou quem?

— Eles vão se casar daqui a alguns dias — cortei. — Tommy é poeta. Ele mesmo que escreveu os votos de casamento.

— Legal — disse Skink.

— Ele está procurando uma palavra que rime com semáforo.

— Não seja pateta — Tommy retrucou.

— Ele fala como se tivéssemos uma tonelada de coisas em comum — Malley continuou. — VSVUV e assim por diante.

— VSVUV? — perguntou o governador.

— Significa "você só vive uma vez" — expliquei.

— Ah.

— Minha mãe e meu pai iam me mandar para um colégio interno — disse Malley — na droga de New Hampshire. Quanto mais eu pensava nisso, mais parecia uma sentença de prisão. Não curto frio, tá legal? Então, o Tommy (ele estava se chamando de Talbo na internet) veio com essa ideia radical. Ele disse: "Ei, garota, por que a gente não foge junto, você e eu? Uma viagem para o meio do nada". E eu disse: "Pode crer".

Essa foi a primeira vez que ouvi minha prima contar a história, e parecia verdade.

— Bom, vocês escolheram um rio ótimo – disse Skink. – Tem um pássaro especial vivendo aqui que não pode ser encontrado em nenhum outro lugar no país. Digo, em todo o planeta.

Malley sorriu.

— Você está falando dos bicos-de-marfim. Eu vi um. – Ela olhou para mim. – Foi *incrível*.

Achei que ela disse isso por Tommy ter ouvido quando ela falou sobre os pica-paus-bico-de-marfim no telefone, quando me ligou para dar a pista de seu paradeiro – na época em que nós dois tínhamos celulares e laptops funcionando, quando estávamos realmente conectados com o resto da civilização. Parecia um longo tempo atrás.

— Jovem Thomas – disse Skink –, o que aconteceu com seu nariz?

— Um cretino por aí me socou e eu tive que dar uma surra nele. Não é nada da droga da sua conta.

— Você é um menino do norte da Flórida? Eu também. Percebi pelo seu sotaque.

— Pega água pra mim – Tommy disse para Malley.

— Ela mencionou que você se intitulou "Talbo" na sala de papo furado. É um apelido de família? – O tom do governador era perfeitamente inofensivo.

— Talbo Chock. Um amigo meu que foi morto no Iraque.

— Afeganistão – disse eu.

Skink assentiu.

— Sempre triste ouvir essas coisas.

— Ele era um fuzileiro naval – acrescentou Tommy.

— Vocês serviram juntos?

— Não.

Malley derramou água na boca de Tommy, já que ele não podia segurar a garrafa com a mão do bagre. Se fosse comigo, eu poderia ter agarrado a arma dele, embora tivesse entendido por que ela não o fez. Se ela errasse, era provável que ele começasse a atirar de novo.

Nesse meio-tempo, eu havia aberto o canivete e estava fazendo progressos com a corda. Skink mantinha a conversa rolando.

– Seus pais vão ao casamento?
– Para quê? Deus, não – disse Tommy.
– É um grande dia, é por isso. Eu mesmo nunca me casei.
– Quem se importa?
– Nunca se casou? – disse Malley. – Por que não?

O governador riu muito.

– Existe uma grande canção chamada *Heart of Gold*, e isto é que seria necessário para se casar comigo: um coração de ouro puro. Seus pais conhecem a letra.

– Eu já ouvi – falei.
– Eu também – disse minha prima.
– Fala sério! Cale a boca! – Tommy resmungou. Ele estava lutando contra os tremores que faziam seus ombros sacudirem.

Skink perguntou a Tommy quantos anos ele tinha e não recebeu resposta.

– Ele tem vinte e quatro – disse Malley.
– Idade suficiente para saber que uma garça azul não é ave para ser caçada, certo? Ou seja, é contra a lei matar uma. Um pato ou uma codorniz, isso é diferente. Mas não existe estação de caça às garças.

O governador estava se atendo ao pássaro que Tommy quase tinha acertado. Senti que ele colocava Tommy na mesma categoria desprezível de Dodge Olney, o caçador de ovos de tartaruga.

– Tem passagem pela cadeia? – inquiriu Skink.
– Talvez eu tenha – disse Tommy, tentando soar orgulhoso.
– E quanto ao seu pai? Deve ter uma explicação genética.
– Meu velho é um santo. Pergunta só pra ele.

A essa altura, eu estava serrando vigorosamente a corda, esperando que não cortasse os pulsos por acidente. Não dava para eu ver o que a faca estava fazendo atrás de mim.

Minha prima mencionou a suposta carreira de Tommy como um DJ de festa bem-sucedido, que não impressionou Skink nem um pouco.

– Os únicos DJs que já ouvi foram no rádio – disse ele.

– Você quer dizer, tipo, na Idade da Pedra? – Tommy disparou.

A situação dentro da cabine estava indo de mal a pior. Lá fora, a tempestade não dava sinais de desistir. Skink começou a cantarolar a canção do coração de ouro. Tinha uma voz boa, mas Tommy não estava no clima para uma serenata.

Outra rajada de vento forte subiu o rio e balançou bastante o barco, só que dessa vez a popa não voltou ao lugar. A casa-barco continuou a girar.

– Acabamos de perder nossa âncora – Skink anunciou casualmente.

Era verdade. Estávamos sendo jogados pelo Choctawhatchee abaixo como uma rolha encharcada. Tommy xingou alto. Ordenou que Malley ligasse o motor, e que ligasse rápido.

Só então os nós que me prendiam se soltaram sob um golpe forte da lâmina. Mantive os braços na mesma posição para que Tommy não notasse que eu estava livre. Ele estava ocupado no painel de controle orientando minha prima, que fingiu estar totalmente perplexa com a chave de ignição.

Lentamente deslizei o canivete atrás de Skink, e ele o pegou na palma. O tempo tinha se esgotado para o sequestrador de Malley.

Ou assim eu pensei.

17

O motor não pegava.

Tommy Chalmers não sabia que a casa-barco era equipada com uma bomba que automaticamente ligava sempre que a água se acumulava. A bomba tinha funcionado sem parar durante a tempestade pesada, drenando tanta energia da bateria do barco que não sobrou o suficiente para dar partida no grande motor de popa.

— Inacreditável! — Tommy fervia de raiva. — Você *tem* que estar brincando. — Por um momento eu pensei que ele pudesse disparar um tiro na chave de ignição.

Malley suspirou e se afastou dos controles.

— Ei, cansei. Isso não é minha praia.

O governador disse:

— Agora todos somos parte de algo maior. Aproveite a deriva.

Eu esperava que ele fosse se livrar das cordas a qualquer momento e saltar sobre Tommy. Eu me perguntava se ele iria usar minha faca ou apenas as próprias mãos. Minha prima também devia estar antecipando uma briga. Ela foi até um canto da cabine, tirou o chapéu australiano e sentou-se sobre a mala de viagem.

— Isso não é nada bom, Malley! — Tommy chutou o painel do timão. — Você consegue dizer "uma droga de um desastre"?

Skink esperou até que Tommy se acalmasse antes de perguntar por que sua mão direita estava enrolada numa camiseta ensanguentada. Tommy se recusou a responder, por isso Malley forneceu um breve relato do episódio do bagre.

— Já passei por isso — disse Skink com um estremecimento simpático.

Tommy resmungou.

— Quem se importa?

— Ele não me deixa passar remédio nenhum — disse Malley.

— Por que não? — perguntou o governador. — Tommy, você é um fã de dor?

— Não, ele só é teimoso.

Tommy posicionou a lanterna no console com o facho mirado em nós. Olhei atrás de Skink e vi a lâmina da faca indo e voltando.

Enquanto ele fazia o movimento certeiro, pensei: "Vai ser épico". Eu já estava imaginando um telefonema triunfante para minha mãe: "Pegamos a Malley de volta! Ela está bem!". Eu podia imaginar tio Dan e tia Sandy correndo para fora da casa quando chegássemos. Eles estariam chorando e abraçariam minha prima com tanta força que seus olhos ameaçariam a pular das órbitas. Eu podia me ver na delegacia de polícia, dizendo ao detetive Trujillo como o resgate tinha acontecido — ele ficaria totalmente deslumbrado.

Mas de volta ao tempo real, no mundo real, Tommy Chalmers ainda segurava uma arma carregada, e Skink ainda estava sentado lá usando uma coroa de plantas aquáticas verdes e uma concha de caramujo enfiada numa órbita ocular. Um relâmpago estalou em torno de nós à medida que o barco girava em câmera lenta, empurrado pela tempestade e puxado pela corrente do rio.

E minha prima, por razões conhecidas apenas por ela, decidiu agitar as coisas ainda mais.

— TC, tem uma coisa que a gente deveria te contar.

— Quem é a gente? — perguntou Tommy.

Eu não tinha ideia do que Malley ia dizer. Olhando para trás, acho que eu não deveria ter me surpreendido. Ela queria que Tommy soubesse que tinha sido enganado.

Com naturalidade, ela anunciou:

– O verdadeiro nome do Carson é Richard. Ele é o primo de quem eu te falei.

Tommy precisou de alguns segundos para processar a informação.

– O que diabos ele está fazendo aqui? – bufou.

– O que você acha? Ele veio me salvar de você.

– Tá, isso é mentira. Ninguém sabia para que lado a gente tinha ido! Eu me certifiquei disso.

– Bom, ele nos encontrou, não foi? – continuou Malley. – Veja, algumas pessoas realmente se importam, TC Elas não apenas fingem. Isso se chama ter consciência.

Tommy piscou para afastar gotas de suor de seus cílios.

– E algumas pessoas não acertam os namorados no nariz.

– Você não é meu namorado. Você *nunca* foi meu namorado.

– Rá! Tá bom. – Ele virou um olhar injetado fulminante para mim. – Eu nunca comprei sua história idiota. Eu tinha certeza de que você não tinha roubado iate nenhum e fugido para Cuba. E quanto a ele, o velho?

Eu disse:

– Ele é só um amigo que se ofereceu para ajudar.

– Você está mentindo. Olha para ele, é um vagabundo de rua!

– Muito elegante, TC – disse Malley. – Como se você fosse membro da família Kennedy. Ou talvez seja da realeza e só esqueceu de me dizer. Príncipe Thomas Chalmers de Kensington Palace, né?

Agora ela estava falando com sotaque britânico, mas com um toque desagradável.

Skink disse:

– Não me senti nem um pouco ofendido com as observações do rapaz. Com frequência eu sou mal-interpretado por causa da minha aparência.

Eu pensei: "Chega de conversa, já". Skink tinha acabado de se libertar. Eu podia ver a corda em pedaços atrás dele, o canivete girando nos dedos.

– Ele parece algum mendigo que foi atropelado por um trem! – Tommy riu.

– Na verdade, foi um caminhão – falei.

– Parcialmente atropelado – acrescentou Skink, a título de esclarecimento –, embora eu não abra exceções.

Minha prima lembrou Tommy de que ele mesmo estava com uma aparência horrível.

– Olha só quem está falando, com o nariz gordo e a mão gigante!

Era como derramar gasolina no fogo, mas era assim que a raiva de Malley ia saindo, como se fossem escavações sarcásticas.

– Não dê ouvidos a ele; só está com inveja – Malley disse ao governador. – Você tem dentes épicos. Fez branqueamento?

– Perdão?

– Com creme dental, né?

– Uso fio dental como um demônio – respondeu Skink com uma cara séria –, às vezes uso arame farpado.

– Ok, é isso. Vamos seguir em frente – falei.

O que eu queria era que a noite terminasse. Mesmo abalado pela febre, Tommy era capaz de compreender que não podia permitir que Skink e eu saíssemos. Não dá para amarrar dois estranhos, apontar uma arma na cara deles e depois dizer "deixa pra lá, a gente se vê depois". Os estranhos vão chamar a polícia assim que puderem.

Éramos testemunhas de um crime, Skink e eu, o que significava que Tommy tinha de nos manter como prisioneiros ou nos matar.

– Como você descobriu onde a gente estava? – perguntou.

– Foi ela que te disse?

– Não, eu segui o sinal do telefone celular. Existe um aplicativo chamado telemetria triangulada.

Isso soava totalmente legítimo, mesmo que eu tivesse acabado de inventar. Tommy parecia semipersuadido até Malley se intrometer de novo.

– Ele tá falando um monte de lorota, TC Eu contei a ele onde a gente estava. Falamos em código pelo telefone. Não foi, Richard?

Olhei para ela sem dizer uma palavra. O que eu queria dizer era: *Você perdeu o juízo? Quer que a gente leve um tiro?*

– Uma "namorada" real falaria uma coisa dessa, TC? – continuou minha prima. – Ia te dedurar? De jeito nenhum! Porque eu *nunca* fui sua namorada, então para de falar que sim. "Telemetria triangulada", você tá falando sério?

Numa voz rouca, Tommy disse:

– Que tipo de código?

Skink se levantou resmungando:

– Esses jovens estão me dando uma enxaqueca! – Ele continuou a manter as mãos atrás do corpo. Tommy, que não percebeu os fragmentos de corda no chão, mandou ele se sentar de novo.

– Relaxe, filho. O que você tem a temer de um velho vagabundo de rua quebrado como eu? – O governador era tão alto que tinha que de se inclinar ligeiramente no interior do barco. – Estou só esticando as pernas – disse.

– Senta sua bunda no chão. Aviso final. – Tommy apontou a pistola para o coração de Skink, e, para um homem doente, seu braço parecia muito firme. Assustadoramente firme.

Malley estava mordendo o lábio inferior.

– Não piore as coisas, TC.

Ele deu uma risada oca.

– Pior do que isso? Não é possível, amor.

Foi quando eu também me levantei – não um movimento heroico, eu juro. Quando o governador se lançou para Tommy (o que eu esperava que acontecesse a qualquer segundo), minha intenção era pegar minha prima e sair dali.

Skink disse:

— Thomas, vamos rever o porquê da sua integridade estar sendo questionada.

— Vamos nada — ele retrucou.

— Você se aproveitou da situação desta mocinha, dos problemas que ela tem em casa, e a atraiu a acompanhar você nesta viagem. Para fazer uma conexão pessoal, você se escondeu atrás de um nome falso, a identidade de um jovem fuzileiro naval que morreu em combate; uma farsa da sua parte que eu, pessoalmente, acho imperdoável.

— Diga mais uma palavra, velho, e você está morto. Talbo Chock era o melhor amigo que eu já tive!

— Então me diga o nome do cemitério onde ele está enterrado. Com certeza você foi ao funeral.

— Não me lembro. Foi Nossa Senhora do Santíssimo alguma coisa.

— Errado.

Tommy tinha sido descoberto e ele sabia disso. Tremia de forma deplorável, mas não abaixou a pistola.

— Não sou uma pessoa profundamente religiosa — prosseguiu Skink —, mas roubar o carro de um pastor é um ato de cão imundo, mesmo para os padrões canalhas dos criminosos comuns de hoje em dia. Imagino que esta casa-barco foi obtida da mesma maneira: pelo roubo, não através de uma compra honesta.

— É emprestado — disse Tommy sem inflexão.

— Não, ele roubou — Malley interveio — no meio da noite. Depois que afundou o carro, pegamos uma carona para uma marina e pulamos a cerca.

Skink trouxe as mãos livres para a frente do corpo. Nada de canivete.

"Você está brincando comigo", pensei.

— Filho — ele disse para Tommy —, você escolheu o tal do caminho sem volta. Qualquer um que dispare contra uma linda ave pernalta é um defeituoso irremediável, na minha opinião, um erro evolutivo. Existe uma ordem natural para o que vai acontecer com você depois, uma conclusão inevitável a toda essa vilania baixa.

Foi uma performance e tanto. Dodge Olney provavelmente tinha ouvido o mesmo tipo de sermão antes de acabar na ambulância.

Tommy exibia um sorriso torto e ignorante.

— Ah é? Bem, aqui está a *minha* conclusão. Eu vou matar vocês três e jogar os corpos no rio.

— Não, você NÃO vai! — Malley estava púrpura como uma beterraba, tremendo o punho. — Você já fez o suficiente, TC. Demais!

Skink abriu os lençóis e usou uma borda desfiada para limpar um círculo de vapor que se condensou na janela. Espiando rio abaixo, ele disse:

— Aliás, Thomas, *existe* uma palavra que rima com semáforo: "hexáforo", H-E-X-Á-F-O-R-O. A definição pode ser encontrada no dicionário Oxford integral. Eu diria para você ir procurar, a menos que você não tenha oportunidade.

Tommy ergueu o cão da pistola talvez dois segundos antes da casa-barco bater no toco de árvore meio submerso que Skink devia ter avistado à nossa frente quando olhou pela janela. O barco estremeceu, oscilou — então a arma disparou. A luz azul brilhou na saída do cano, e o estrondo foi ensurdecedor.

O governador não caiu. Ele estava em cima de Tommy num instante, gritando para eu e Malley sairmos do maldito barco. Eu a arrastei sem fôlego e se contorcendo através da porta da cabine. Lá fora, numa chuva pesada, eu a puxei para perto e disse que estava tudo bem. Ela estava tremendo, chorando com o rosto encostado no meu peito. Eu nunca a tinha visto assim antes, e eu não vou mentir, essa visão me deixou abalado.

Skink apareceu, puxando Tommy pelos cabelos, iluminado por trás pela lanterna piscante, que estava rolando no chão da cabine. Mais uma vez, o velho tinha tido sorte, a bala mal pegou de raspão o lóbulo de uma orelha. Ele atirou algo no mar e, pelo respingo pesado, eu sabia que era a arma.

– Ok, vamos! Vamos! – gritei.

– Sem mais delongas – disse ele numa voz retumbante, profunda como um cânion. E com um movimento suave de um braço ele lançou minha prima e eu para o Choctawhatchee lamacento e agitado.

Malley e eu somos bons nadadores, mas a natação por divertimento é muito diferente de nadar para salvar a vida. Chegamos à margem, mas não dava para chamar de uma chegada graciosa. Como dois sapos cansados, fomos nos sacudindo pela margem escorregadia e nos abraçamos ao tronco de um cipreste, estremecendo a cada trovão.

Virei a cabeça para ver a casa-barco. Estava se afastando numa inclinação peculiar, puxando a canoa como um cão elegante de coleira. A silhueta familiar de ombros largos permanecia visível no convés de popa. Ele estava vigiando se Malley e eu tínhamos conseguido atravessar. Gritei seu nome, mas era claro que ele não viria.

Uma forquilha de relâmpago dividiu as nuvens, um pulso amarelo-prateado fenomenal que congelou Skink no lugar como o flash de uma câmera dos velhos tempos. Um braço estava levantado para o céu, a mão aberta num aceno de despedida. No final de seu outro braço estava pendurado a esperneante e raivosa forma de Tommy Chalmers.

O sorriso do governador parecia projetar sua própria luz.

Aquele sorriso insano de estrela de cinema.

Juro que eu ainda podia vê-lo depois que o céu ficou escuro.

18

Durante a tempestade, eu adormeci. Incrível, mas é verdade.

Dura de medo, colada a uma árvore, encharcada até os ossos, debaixo dos trovões ribombantes, Malley estava encolhida ao meu lado.

Não só eu dormi, como tive um sonho, o que eu culpo a assistir muito a TV com meu padrasto. Um pé-grande estava me perseguindo pelo estacionamento de um Applebee's. Não era um pé-grande comum, todo peludo, parecendo um símio. Esse era escamoso, rosado e fedia a peixe boca-de-jacaré, embora estivesse usando um par muito maneiro de óculos escuros da Oakley. Trent teria ficado fascinado. O pé-grande não se parecia com Tommy Chalmers; em vez disso, era uma cópia idêntica da Sra. Curbside, minha professora de Linguagens Artísticas do sétimo ano. Só para você ficar sabendo, na vida real, a Sra. Curbside pesa talvez uns quarenta e cinco quilos.

O pé-grande do sonho nem chegou a me pegar, mas eu me sentia exausto quando acordei. Ouvi uma batida rápida, como o rufar de tambores no tronco da árvore. Eu podia sentir a vibração na ponta dos meus dedos. Malley estava sentada na margem do rio tentando secar os tênis. Seu moletom encharcado estava numa pilha ao lado.

Ela disse:

— Está vendo? Eu realmente vi um.

— Viu o quê?

— Psiu. Não o assuste.

Eu segui seu olhar até os ramos onde um pica-pau alto de crista vermelha estava fazendo furos na casca da árvore. Era uma manhã sem nuvens, de modo que as penas escuras do pássaro se destacavam nitidamente contra o céu pálido.

— Mal, isso não é um bico-de-marfim — sussurrei.

— Super é!

— Não tem o risco branco nas costas. E olha só o bico — falei. — É muito escuro e pontudo. Isso é um macho de pica-pau comum.

— Você está errado, Richard.

O pica-pau parou de tamborilar na árvore e inclinou a cabeça para nos espiar. Eu queria que tivesse sido um bico-de-marfim, mas não era.

— Mesmo assim é muito legal — eu disse à minha prima.

Ela bufou.

— Você acha que sabe de tudo.

O pássaro deu vários piados agudos e levantou voo. Sentei-me ao lado da Malley e tirei meus próprios tênis molhados. Acima de nós, os galhos de árvores pareciam austeros, exceto pelas cortinas emaranhadas de barba-de-velho que me lembravam a barba do governador. Diante de nós, o Choctawhatchee corria cheio e rápido, lamacento. Durante a noite, tinha levado a casa-barco danificada corrente abaixo e, possivelmente, a havia engolido.

— Hora de tomar uma decisão, Richard. A gente fica aqui ou sai correndo?

Também havia uma terceira opção, mas eu disse:

— Vamos esperar aqui até algum pescador passar. Alguém vai ter um celular que a gente possa usar.

— Mas e quanto ao seu amigo caolho, comedor de sanguessuga?

— Eu sei. — Skink não iria querer que a gente fosse procurá-lo, embora tanto Malley quanto eu estivéssemos pensando nisso. — Há uma razão para ele ter nos empurrado para fora do barco — eu disse.

— Algo muito ruim pode ter acontecido com ele. O Tommy é completamente xarope.

— Tommy está numa baita de uma enrascada.

Eu contei a ela um pouco do que eu sabia sobre Skink, a começar pelo Vietnã. E como, mais tarde, ele foi eleito governador, ficou deprimido, surtou e desapareceu. Como ele vive de comer animais atropelados. Como perdeu o olho esquerdo para bandidos. Mencionei que havia boatos loucos na internet, mas que ninguém conseguia provar coisa alguma. Falei sobre ele lutando contra o ladrão de ovos de tartaruga na praia, sobre o carro de fuga cinzento que misteriosamente havia sido deixado na cidade para ele. Como foi ideia dele vir salvá-la de TC. Como um caminhão passou em cima do pé dele quando Skink estava salvando a bebê gambá.

Concluí com uma descrição da canoa sendo puxada por um jacaré gigantesco, e Skink mergulhando atrás do animal.

Minha prima disse:

— Deus, mas ele é tão *velho*! Ele é, tipo, mais velho do que o vovô Ed, e o vovô Ed não conseguia enfrentar nem uma lagartixa.

— O governador é um verdadeiro louco pela natureza.

— Você acha que ele vai machucar o Tommy?

— Isso vai depender da atitude do Tommy.

— Espero que ele machuque – disse ela. – Por acaso isso soa terrível? Eu não me importo.

— O Tommy machucou *você*?

O sol estava se esgueirando sobre a copa das árvores, aquecendo nossos braços e pernas. Malley estava prendendo o cabelo em duas longas tranças, olhando feio para a tintura preta.

— Ele me beijou algumas vezes – disse ela – e eu falei pra ele cair fora. Quando ele não se afastou, eu o acertei no nariz. Você deveria ter visto a sujeira, parecia que um tomate podre tinha explodido no rosto dele. Depois disso ele trouxe as algemas.

— O que mais? – perguntei.

— Na internet ele era tão diferente, tão... normal. E nem um pouco maldoso. Ele me enviou um poema: "Uma filha dos deuses, divinamente alta, e ainda mais divinamente linda". Ele disse que escreveu tarde da noite uma vez, só para mim, e como uma cabeça de vento, eu fiquei toda "oh, Talbo, que fofo!"

— Aí ele me buscou no aeroporto de Orlando, e depois de um ou dois dias, ele não soava muito mais como um grande poeta. Então, eu procurei no Google alguns dos versos de sua obra de arte, e adivinha só? Ele roubou de Alfred Lord Tennyson, ou Lord Alfred Tennyson, sei lá. Algum escritor inglês que morreu, tipo, uns cem anos atrás. Inquiri o Tommy a respeito disso, e foi quando ele quebrou meu laptop. Fiquei louca da vida.

— Quando você descobriu que ele não era Talbo Chock?

Minha prima sorriu com tristeza.

— Essa eu peguei logo de cara. Muitas pessoas usam *nicknames* estranhos na internet, por isso não me pareceu ser nada de mais. Mas, sério, eu não tinha ideia de que o Talbo real era um soldado, juro por Deus. Acontece que tem um monte de coisas sobre o TC que eu não sabia.

— Como o poeta estar dirigindo um carro roubado?

— Isso. Essa eu deduzi quando ele decidiu afundar o carro.

— O que mais aconteceu? O que mais ele fez? – perguntei.

— Estou bem. Pare de se preocupar, você parece meu pai falando.

— Me deixa ver seus pulsos.

— Ele sempre deixava as algemas apertadas demais. Disse que comprou numa demonstração de armas.

Atrás de Malley havia um conjunto de azaleias selvagens, de folhas amarelo-alaranjadas num tom pálido. Era uma explosão pacífica de cor.

— Sabe o que me deixou mal? – falou. – A cerveja e a gasolina que nós trouxemos na canoa... Tommy roubou tudo de um trailer de um terreno a cerca de um quilômetro e meio descendo o rio. Inclusive os cubos de gelo. Eu disse: "Por que a gente não deixa um dinheiro para essas pessoas?". Ele apenas riu.

— Eu ainda me sinto mal sobre Saint Augustine. Mesma coisa.

— Richard, aquilo *não foi* a mesma coisa. Você estava apenas assustado com a perda de seu pai. Quero dizer, cara, você não gosta nem de andar de skate.

— Roubar é roubar.

Ela disse:

— Ei, me desculpa por ter mencionado isso. Eu nunca, *nunca* em um zilhão de anos contaria à sua mãe, tá? Mas eu tinha que dizer alguma coisa pra você não me dedurar, mesmo que você tenha feito isso de qualquer jeito, até que eu estivesse longe. A cena lá em casa... eu não sei. Eu só estava ultraestressada e precisava me libertar. Você entende? Talbo, quero dizer Tommy, era minha passagem para fora daquilo. Grande erro, sem dúvida. Erro *enorme*. Mas, Deus, minha mãe ficava no meu pé o tempo todo, e meu pai tinha ficado do lado dela. Até parece que eu ia estudar na Academia Twitter! Desculpem, fãs de esportes. Um inverno em New Hampshire *não* está na lista de desejos desta menina aqui.

Outra garça azul deslizou pelo Choctawhatchee, arrastando suas pernas de graveto do jeito que elas fazem. Eu sabia que não era a mesma em que Tommy Chalmers havia atirado. Aquele pobre bicho provavelmente estava a meio caminho para o México, e ainda voando.

Malley continuou:

— Ele me disse que entendia tudo que eu estava passando. Disse que seríamos bons amigos, que eu não precisava me preocupar. Se eu mudasse de ideia sobre fugir de casa, ele daria meia-volta com o carro e me levaria direto para casa. Foi isso que ele prometeu, palavra por palavra. Eu fui pra lá de idiota e acreditei nele.

— É nisto que os mentirosos são profissionais: em fazer as pessoas acreditarem neles.

– Eu sei, tá? Tommy estava com aquela encenação de cara totalmente legal.

– Ainda assim, não foi uma jogada de gênio da sua parte – eu disse –, dar no pé com um estranho que conheceu numa sala de bate-papo.

– Eu realmente pensei que pudesse lidar com ele, mas que psicopata! Essa coisa toda de casamento na praia? Mundo pervertido.

A vida fluvial estava acordando. Vimos um esturjão gordo saltar, quase tão gracioso quanto um tronco voador. Águias-pescadoras estavam em patrulha, chamando umas às outras. Nosso olhar se voltou rio abaixo, e assim fizeram nossos pensamentos.

– Se aquele velho se ferir ou morrer, vai ser tudo culpa minha – disse Malley. – Se ele acabar morto, eu vou me odiar para sempre.

– Não se preocupe. Ele jogou a pistola na água.

Ela parecia abatida.

– Tommy tem outra.

– Não me diga isso.

– Ele escondeu em algum lugar no barco. Não queria que eu visse onde, porque disse que eu acabaria com ele se tivesse chance. Mas eu não faria isso de jeito nenhum; morro de medo de armas, Richard. Falando nisso, não posso acreditar que você pulou no TC depois que ele disparou contra aquele pássaro! Você deu uma de Vin Diesel pra cima dele!

– Outra jogada que foi tudo, menos de gênio – falei.

Era má notícia que Tommy Chalmers tivesse escondido uma segunda arma a bordo. Eu disse a mim mesmo que tudo daria certo – Tommy estava enfraquecido e vacilante por causa da infecção de bagre. Ele provavelmente nem sequer se lembrava de onde havia escondido a arma na casa-barco.

Será que o barco ainda estava ao menos flutuando? Se fosse o caso, provavelmente não por muito tempo.

Cap. 18

Skink saberia a hora de abandonar o navio. Será que ele levaria Tommy junto? Eu podia imaginar totalmente o governador saindo do rio sozinho, e o corpo do sequestrador sendo encontrado dias depois, nos destroços do barco afundado.

Ou então ele nunca mais seria visto.

Pelo que Skink tinha me dito sobre sua vida, eu sabia que ele era capaz de coisas assim. Eu também suspeitava de que ele não gostasse de exagerar.

Malley estava ficando cada vez mais inquieta na margem do rio.

– Como é que vamos arranjar alguém que pare e nos resgate?

– Hum... gritamos "socorro"?

– Não é engraçado, Richard.

– Estou falando sério. Isso é o que as pessoas ilhadas fazem.

Ela fez uma cara sarcástica.

– Não é nada legal.

Esta era minha prima em modo diva completo: vaidosa demais para pedir ajuda. Inacreditável.

– Então grite "aspargos!", se você quiser – respondi. – Eu vou gritar "socorro!".

No fim das contas, não tivemos oportunidade de gritar nada. Duas horas se passaram sem que um único barco aparecesse no Choctawhatchee. Os pescadores ficariam em casa porque o rio estava muito agitado devido à tempestade. Até agora eu não tinha visto uma águia-pescadora mergulhar, o que significava que nem mesmo os pássaros pescadores em tempo integral poderiam encontrar algum peixe. Somente o salto ocasional de um esturjão quebrava a superfície.

Eu disse à Malley que era melhor a gente ir andando.

– Pra que lado?

– De volta para a ponte da estrada onde Skink estacionou. Nós vamos andando perto da margem do rio, caso passe algum barco.

— Richard, você está vendo que isso que é um pântano total, né? Graças à chuva insana.

— Era pantanoso *antes* da chuva — falei.

— É, e se eu quiser ir para o outro lado?

— Fica à vontade. Quem sabe você não encontra uma ciclovia pavimentada e com bebedouros.

— Às vezes você é um idiota — disse Malley.

— Anda, calça os tênis.

Ela foi na minha frente com passadas longas e exibidas. Definitivamente não estávamos em modo ninja; fomos mais como dois búfalos chapinhando num arrozal. Não que estivéssemos tentando andar sorrateiramente, nem nada; o exato oposto. A gente *queria* ser ouvido e visto, de preferência por um humano amigável que pudesse nos levar à segurança.

A caminhada teria sido mais fácil se estivéssemos em terreno mais elevado e seco, mas a mata fechada à nossa frente era baixa e pantanosa. O ar úmido zunia com mosquitos e insetos menores que também picavam. Não encontrei nenhum arbusto-de-sebo para esmagar e passar na nossa pele.

Ligada nos fones de ouvido do iPod, Malley poderia seguir em frente para sempre. Sem sua música, ela rapidamente ficava aborrecida e mal-humorada. Depois de um tempo eu ignorei as queixas, embora estivesse tentado a dizer: *Você preferiria estar de volta ao barco com seu sequestrador maníaco?*

Por mais que sentíssemos sede, nenhum de nós iria beber a água do rio turvo. A última coisa de que precisávamos na nossa caminhada era um ataque de diarreia na selva. Ficamos cada vez mais cansados no calor, e nosso ritmo diminuiu. Pausas para descanso se tornaram mais frequentes. Ficamos bons em dar tapas em insetos um no outro sem deixarmos marcas.

O sol estava quase no ápice, por isso, espaços de sombra se tornaram mais difíceis de encontrar. Na umidade brutal, minha prima e eu estávamos ofegando como velhos cães de caça.

– Quanto tempo até chegarmos lá? – perguntou ela.

– Não sei. Um pouco mais.

– Isso é uma droga, Richard.

Quando paramos de novo, foi praticamente a mesma conversa. Na vez seguinte, Malley ficou superanimada e disse que ouviu uma sirene de ambulância, o que significava que devíamos estar nos aproximando da rodovia. Embora eu quisesse que fosse verdade, não conseguia ouvir nada exceto o canto das cigarras nos arbustos. Ela ficou com raiva de mim, é claro, e declarou que deveríamos nos virar imediatamente para oeste, porque era de onde o som da ambulância tinha vindo. Eu disse que não.

– Quem nomeou você o navegador? – ela bufou.

– Eu sou o mais velho.

– Por apenas nove dias idiotas!

– Ora, Mal, é uma piada. Vamos continuar andando.

Minha prima não é uma pessoa paciente, mas paciência extrema é o que a situação exigia. Não que estivéssemos perdidos. A ponte da Rodovia 20 não ia a lugar nenhum, e não precisávamos de um GPS para encontrá-la. Tudo o que tínhamos a fazer era seguir o curso do Choctawhatchee contra a corrente. Eu não queria ser muito duro com a Malley depois de tudo pelo que ela havia passado, mas não ia deixá-la assumir a liderança da nossa fuga de jeito nenhum.

Da última vez em que paramos para descansar, fui eu quem ouviu o barulho.

– Alguém está nos seguindo.

– Tá, você está finalmente surtando, Richard.

– Por favor, cala a boca e escuta.

– Deve ser um veado. Tem de monte por aqui.

– Não é um veado – eu disse. – Se fosse, ele correria para o lado contrário.

Sem dúvida tinha alguém se aproximando de nós por trás, caminhando com zero discrição, em meio à cobertura vegetal emaranhada e às poças de chuva. Minha primeira reação foi de alívio, porque eu achava que tinha de ser o governador – a casa-barco tinha afundado e ele conseguiu chegar à margem e estava tentando nos encontrar.

– Ei, Skink! – gritei. – Por aqui!

Ninguém gritou de volta.

– É o Richard! Estamos aqui!

Ainda assim, nenhuma voz respondeu da floresta. Malley e eu nos levantamos.

– Agora estou ouvindo – ela sussurrou.

O ruído de passos na lama, o estalar de galhos e uma fungada abafada, como de um homem tentando engolir uma risada.

Pensei em Tommy Chalmers, e meu estômago afundou. E se ele tivesse conseguido pegar a segunda arma e atirado em Skink? E se ele conseguiu sair sozinho do barco afundando e agora estava perseguindo a mim e à minha prima?

Ela olhou para mim com ansiedade.

– E então?

– Eu digo pra gente esperar para ver.

– Eu digo pra gente correr.

Não havia tempo para continuar a discussão, porque nosso perseguidor tinha se materializado como um fantasma reluzente na borda da clareira. Ele estava inclinado para frente, babando, boquiaberto, e seus olhos negros se estreitavam em fúria.

– Isso *não* está acontecendo – disse Malley numa voz esganiçada.

– Não entre em pânico – eu falei a ela, o que era idiota. O pânico era a única reação lógica.

– Richard?

– Sim?

– Posso correr agora?

– Pode, corre.

E eu estava bem atrás dela.

19

A um homem poderia ser atribuída a culpa por nosso dilema atual, e não era Tommy Chalmers.

Era Hernando de Soto, o explorador espanhol. Ele é mais famoso por descobrir o rio Mississippi, mas fez outra coisa em sua expedição histórica que acabou determinando que Malley e eu estivéssemos correndo para salvar nossas vidas, quase cinco séculos depois, ao longo das margens de um rio diferente.

Em 25 de maio de 1539, a flotilha de Soto chegou a Tampa Bay e baixou acampamento. O conquistador e seus soldados tinham cruzado o mar transportando armas, munição, suprimentos e, para servir de alimento, treze porcos. Esses foram os primeiríssimos porcos a pôr os pés (cascos, na verdade) no continente norte-americano, e, desde o início, os oinqueiros robustos deixaram claro que não sentiam nem um pouco de falta da Europa.

Se Soto tivesse trazido vacas ou até mesmo cabras para o Novo Mundo, minha prima e eu não estaríamos em tamanho apuro. Cabras e vacas são animais de pastoreio, se contentam em ficar num pasto e cuidar da própria vida. Não os porcos. Porcos precisam de supervisão, porque são muito curiosos e astutos, adaptáveis a quase todo tipo de habitat. Eles amavam a Flórida de paixão, e como porcos adultos felizes produzem muitos porquinhos bebês, a vara de porcos de Soto se multiplicou mais rápido do que ele e seus homens poderiam fazer churrasco.

Durante três anos, as forças espanholas atravessaram a selva do sudeste dos Estados Unidos, aterrorizando, torturando e escravizando os índios nativos. Esse era um procedimento operacional padrão naquela época, embora isso não tornasse Soto um bandido menos cruel. Quem sabe quanto sofrimento mais ele teria infligido aos habitantes locais se não tivesse pegado uma febre e batido as botas. Aconteceu logo depois de ele chegar ao Mississippi, altura em que seu bando de suínos importados tinha crescido e se transformado em setecentas bocas babonas.

Avancemos para o século XXI e um país todo espalhado que se estabeleceu de costa a costa, um país que anseia por uma bisteca de porco gordurosa e suculenta. Os porcos são um grande negócio nos Estados Unidos, criados e abatidos aos milhões. Ao longo das décadas, no entanto, muitos fugiram das fazendas e se embrenharam na floresta, onde se tornaram tão selvagens quanto linces ou coiotes – só que maiores e muito mais destrutivos.

Eu pesquisei tudo isso sozinho depois, embora não fosse para um novo trabalho de ciências. Estava apenas curioso para saber tudo sobre a criatura fodona que quase me matou.

Esses supostos suínos selvagens agora vagueiam por quarenta e cinco estados e adoram uma festa, destruindo plantações valiosas e zonas úmidas com sua marcha desleixada. Alguns locais declararam oficialmente guerra aos suínos errantes e oferecem recompensas em dinheiro para os caçadores. Até o momento, os porcos estão ganhando.

O javali que estava nos perseguindo devia pesar pelo menos na faixa dos noventa quilos, e não é mentira. Seu focinho longo e negro era eriçado, e o pelo grosso e emaranhado era da cor de um monte de ferro-velho oxidado. Era dono de dois conjuntos de dentes amarelados imundos, o par de baixo era mais longo e mais curvado. Meu objetivo era evitar descobrir o quanto eles eram afiados.

Malley estava muito à frente, ziguezagueando por entre as árvores, arremessando o matagal, pulando sobre poças. Era ridículo, ela era muito mais rápida que eu. A cada poucos passos, ela olhava para trás para ver se eu estava me aproximando, e eu gritava com ela para continuar correndo.

– Não diminua o passo! Vai! Vai!

O porco selvagem bufava como uma locomotiva nos meus calcanhares. Seus ombros eram abaixados em direção ao chão, e ele continuava brandindo as presas para cima, o que teria cortado os tendões das minhas pernas, se eu tivesse vacilado. Só mais tarde vim a saber que um javali daquele tamanho pode atingir uma velocidade de cinquenta quilômetros por hora, muito mais veloz do que qualquer ser humano, o que explicava por que ele parecia estar se movendo num trote tão fácil.

De modo otimista, imaginei que ele não estivesse interessado em me comer no café da manhã (porcos comem *qualquer coisa*), mas que só queria nos empurrar para fora de seu território. Malley e eu teríamos partido felizmente sem mais incentivo; no entanto, o animal continuou sua perseguição de olhos frios. Se fosse um filme, Nickel, o homem dos bocas-de-jacaré, teria saído do meio dos arbustos e acertado o porco com sua calibre 22. Em seguida, ele sorriria para mim e diria: "Viu, menino? Eu não te avisei sobre essas coisas?".

Mas isso não ia acontecer. Não havia nenhum sinal de Nickel, e agora, diante de mim, não havia sinal da minha prima estrela das corridas. Ela me fez comer poeira (bem, lama), algo que fui eu quem pediu para ela fazer. Pra que deixar nós dois sermos retalhados?

Meus pulmões queimavam, meus joelhos latejavam e eu tinha uma dolorosa consciência de que nunca venceria o javali enlouquecido, sem dúvida, um ta-ta-ta-ta-ta-ta-ta-ta-ta-tataraneto de um leitão navegante de Hernando de Soto.

Decidi subir numa árvore. Nada de mais, certo?

Errado. Nem todas as árvores são projetadas para a escalada rápida, e as boas são escassas quando a gente absolutamente, positivamente precisa chegar a uma altitude segura. Tente escalar um cipreste velho e pelado quando o tronco está liso por causa de uma tempestade ou quando os galhos mais próximos são altos demais para oferecer um apoio. É uma maneira certa de acabar de costas no chão, olhando para cima, em direção a um par de narinas peludas e cavernosas de porco.

Então eu continuei a correr até espiar um bordo jovem que se bifurcava convenientemente a uma altura de talvez um metro e meio. Escalei o tronco, encravei na tal bifurcação e grudei as duas mãos ao redor do galho resistente. Com um grunhido cansado, eu me pressionei no abraço frondoso da árvore e ali eu me equilibrei, bufando para recuperar o fôlego. Abaixo, o javali friccionava as presas de um lado para o outro pelo tronco, afiando as pontas a cada arranhão.

"Aguenta aí", eu disse a mim mesmo. Logo ele vai ficar entediado e vai embora.

Em seguida, o porco do demônio fez a única coisa que eu não esperava. Deitou-se ofegante e fechou os olhos.

– Você está brincando – eu disse em voz alta.

Meu estado de espírito não era bom. Eu estava com uma sede desesperadora, dolorido, me coçando, exausto, preocupado por Malley estar sozinha na floresta.

E agora o suíno estava tirando uma soneca embaixo da minha árvore de bordo.

Eu disse:

– Fala. Sério.

O bicho começou a roncar, e seu lábio superior se agitava ligeiramente. Me lembrava de Trent cochilando no sofá em frente à nossa TV.

Considerei saltar da árvore, mas temia que o som do meu pouso fosse despertar o javali e acender o estopim para outra perseguição. A segunda opção era continuar paciente e rezar para que o porco fedido acordasse e fosse embora, tendo esquecido o que o havia levado àquele lugar. Infelizmente, um porco daquele tamanho poderia dormir o dia todo, e eu não tinha o dia todo para desperdiçar. Eu não tinha nem sequer uma hora.

Minha prima não tinha sido abençoada com um senso impecável de direção, e toda a velocidade que ela pudesse ter no pé não poderia ajudá-la se ela virasse para o lado errado. Malley não tinha água nem comida, e o calor do meio-dia era infernal. Outra questão desagradável eram as cobras. Malley estava acostumada a correr em circuitos seguros, na pista iluminada e lisinha da nossa escola. Mas a bacia do rio Choctawhatchee era basicamente o paraíso das cobras, e seria facinho pisar por engano numa mocassim aquática cor de terra.

Eu não queria pensar sobre a Malley levar uma picada de cobra estando totalmente sozinha, perdida e a quilômetros de um hospital. Em vez disso, me concentrei no meu problema suíno, que estava profundamente embrenhado na terra dos sonhos porcinos. O novo plano era dar um susto tão grande nele que ele desse um salto e saísse galopando, de forma a me libertar para encontrar a Malley. Trabalhando em meu favor (ou assim eu pensei) estava o elemento surpresa.

Minha família tinha um mestiço de beagle e setter chamado Slater, que surtava sempre que alguém tentava acariciá-lo enquanto ele dormia. Quero dizer, o cachorro começava a chicotear de um lado para o outro e a pular como um touro bravo. No entanto, quando estava acordado, ele era o sujeitinho mais tranquilo e amigável que você teria conhecido na vida. Meu pai dizia que ele tinha um colega de quarto na faculdade que era a mesma coisa: uma pilha de nervos assim que sua cabeça batia no travesseiro. A pessoa não podia fazer um ruído no dormitório, porque não dava para saber como ele poderia reagir. Uma noite, de brincadeira, meu pai e um outro estudante colocaram um gerbo vivo na cama do cara adormecido, e ele pulou pela janela, uivando. Pelado. Felizmente, o quarto ficava no térreo.

Eu estava esperando por uma reação semelhante do javali que cochilava. Me inclinei e tirei o tênis encharcado do pé direito com muito cuidado. Aí eu mirei nele.

No beisebol da liga infantil, eu jogava entre a segunda e a terceira bases, o que exigia um braço forte e preciso. Embora não fosse muito um lançador, sem dúvida eu quebrava um galho. O tênis atingiu o porco como um tapa molhado bem na ponta do focinho trêmulo, que escorria de um jeito repugnante.

Infelizmente para mim, a criatura não acordou de supetão e nem saiu correndo em pânico.

Ao contrário, ele se levantou meio grogue, grunhiu duas vezes, estalou as presas e se abaixou para ficar mais perto do objeto estranho que tinha quicado em cima da sua cara. Era um Nike esportivo tamanho 39 com sola verde-limão e um friso prateado nas laterais, não que o porco se preocupasse com estilo.

Para ele, meu tênis era nada além de um lanche, que ele mastigou e engoliu com um ruído tosco.

— Perfeito! — gritei para baixo dos galhos. — Simplesmente perfeito!

O javali levantou a cabeçona do tamanho de uma bigorna para me espiar.

— Sai daqui! Vai embora!

Ele não correu. Ele não andou. Ele só bocejou, desfraldando a longa língua rosada que parecia uma lesma.

Gritei um pouco mais e sacudi os ramos, ao estilo do Pé-Grande. Você provavelmente nunca viu um porco dar de ombros, mas eles fazem isso. Acredite em mim. Fiquei com tanta raiva que joguei meu outro Nike, mas ele o pegou com os dentões amarelados. O tênis desapareceu em dois segundos, e a criatura começou a abanar o rabo com o tufo na ponta.

Ele achou que fosse uma brincadeira!

– Já chega – me exaltei, na minha amarga derrota.

Alegremente, o javali circulou a base do bordo à espera de que outro sapato saboroso o acertasse. Não havia dúvida na minha mente de que ele poderia fazer isso por horas.

– COMO EU SOU IDIOTA! – gritei para a floresta.

E, para minha surpresa, a floresta gritou de volta:

– Eu venho te dizendo isso desde o maternal!

Minha prima, é claro. Ela havia retornado para me buscar. Eu a vi agachada atrás de um abeto.

– Mal, não faça nada idiota!

– Quer dizer, dar meus tênis para um porco comer?

– Fique aí ou ele vai te rasgar em pedaços.

Lentamente, ela saiu de trás da árvore. O javali parou de rodear abaixo de mim e apertou os olhos intensamente na direção dela.

– Ei, você aí, senhor porco – disse Malley.

O animal ergueu o focinho para farejar o ar. Porcos têm visão mediana, mas um senso incrível de olfato.

– Ah, que maravilha. São seus tênis – disse eu.

– Os meus são Reebok, não Nike.

– Ele não se importa.

– Isto é tudo culpa sua, Richard.

— Sério? Ele comeria um pneu de caminhão se você jogasse nele.
Malley deu um passo delicado para frente e disse:
— Você é um porco tão bonzinho.
— Ele *não* é um porco bonzinho.
— Cala a boca, Richard.
— E ele é mais rápido do que você imagina.
— Senhor porco bonzinho — falou ela em voz baixa.
— Você só está gastando saliva.
O javali bufou e deu patadas na terra.
— Você tem um plano? — perguntei à minha prima.
— Espera só.
— Você só está irritando ele.
— Eu *super* tenho um plano — disse Malley.
Então ela começou a dançar, o que era espetacularmente estranho, porque minha prima não dança. Não com amigas. Não com garotos. Nem mesmo na privacidade de seu próprio quarto, ou é o que ela me diz. Nas festas, ela se recusa a rebolar ou dançar de qualquer jeito. O único movimento rítmico que eu já vi dela foi um queixo balançando no ritmo da música.

Só que pelo menos era com música. A floresta do Choctawhatchee era silenciosa como um cemitério, exceto pela respiração ofegante e pesada do javali. Do meu poleiro na árvore, eu não sabia dizer se o animal estava enfurecido ou apenas confuso.

Era quase impossível descrever os movimentos espasmódicos e loucos que Malley estava fazendo; suas tranças negras iam rodopiando como rotores de helicóptero, seus olhos claros revirando nas órbitas. No começo eu pensei que ela estivesse tendo algum tipo de convulsão, então ela começou a cantar.

Se é que dava para chamar assim...

E aí, porco!

Vai, porco!

Você hip,

Você hop.

Eu faço

Bacon.

Então, e aí, porco!

Porco lerdo!

Sai daqui,

Anda logo,

Ou você vira,

Presunto!

Não foi a letra da música de Malley que assustou o javali. Foi ela se debater e cantar desafinado e com uma voz irritante. Numa vida inteira de vaguear pela natureza, era provável que aquele pobre porco nunca tivesse encontrado nada tão perturbador. Na verdade, eu não fiquei surpreso ao vê-lo dar meia-volta e sair correndo. Se Malley não fosse minha prima, eu também teria corrido.

– Você já pode parar! – gritei.

– De nada – disse Malley.

Descalço, desci do bordo e, uma vez mais, nós partimos para a ponte.

2

— Entra — eu disse.

— O que você pensa que está fazendo?

— Entra logo.

O Malibu simples e cinza estava no mesmo lugar, na extremidade leste da ponte, onde Skink e eu o havíamos deixado. Levantei o tapete do lado do motorista e peguei as chaves.

— Nem pensa — disse Malley.

— Ei, agora eu sei dirigir.

Abri o porta-malas e guardei a caixa de sapatos dentro. Eu havia tido a feliz surpresa de encontrá-la enterrada no mesmo buraco debaixo da árvore tupelo, e ainda mais surpreso fiquei ao sentir o peso dos maços de dinheiro. Se Nickel, o homem dos bocas-de-jacaré, tinha desenterrado a caixa, ele não devia ter levado muito do dinheiro pelo serviço de táxi aquático.

— Richard, você *super* não sabe dirigir.

— Sei sim. — Mostrei a carteira de motorista que o Sr. Tile tinha me dado.

Ela riu.

— Quem você teve que subornar para conseguir isso?

— É legítima, Mal.

— Mentiroso. Você não tem idade suficiente.

— Você quer pegar carona? Nem eu. — Me posicionei atrás do volante, centralizando minha bunda no romance espesso de John Steinbeck.

— Bem, você tá ridículo desse jeito — comentou minha prima, mas entrou no carro mesmo assim.

Virei a chave na ignição, e o Malibu retumbou para a vida. Malley me lançou um olhar apertado de soslaio ao prender o cinto de segurança com mãos apressadas.

– Precisamos de um telefone – falei. O meu estava na minha mochila na casa-barco. O dela estava no rio, onde Tommy Chalmers o tinha jogado.

Pendurado inutilmente no console do Malibu, estava meu carregador.

Malley disse:

– Ok, Dale Jr., vamos ver o que você pode fazer.

Coloquei em primeira e tirei o pé do freio. Nós começamos a nos movimentar.

– Puxa, estou muito impressionada – falou Malley.

– Será que dá para você calar a boca? – Eu estava nervoso o suficiente sem o comentário sarcástico.

O tráfego na Rodovia 20 estava leve, graças a Deus. Esperei até que não tivesse veículos vindo em nenhuma das mãos antes de fazer uma conversão em U bem lenta. Assim que o carro estava alinhado com a pista certa, eu pisei no acelerador da maneira que Skink tinha me mostrado, como se estivesse pisando em um ovo e tentando não quebrá-lo.

– Então, quem te ensinou? – perguntou Malley.

– O governador. Depois que o pé dele foi esmagado.

– Como é?

– Legal – falei. – Assustador no começo.

Ela estava prestando atenção em mim. Senti que ela estava com um pouco de inveja. – Você está indo muito bem – admitiu.

– Veremos.

– Eu sou alta o suficiente para não precisar me sentar em cima de um livro.

– Você é apenas cinco centímetros mais alta do que eu.

– Sete. É permitido dirigir descalço?

– Estamos em Walton County, Flórida. Estou considerando que o código de vestimenta é bastante relaxado.

— Mas e se…

— E se você parar de fazer perguntas e começar a procurar um telefone público? – completei.

— Um o quê?

Ela viu um fora de uma loja da Thumb Tom. Um caminhão madeireiro cheio de pinheiros cortados ocupava todo o estacionamento, e eu quase tive um ataque cardíaco tentando passar de fininho com o Malibu. Pela primeira vez, Malley ficou quieta.

Nenhum de nós tínha usado um telefone público na vida. Parecia algo de um museu. Peguei o fone, que tinha cheiro de fumaça de cigarro, e disquei o número da minha mãe no teclado de borracha. Uma operadora entrou na linha perguntando como eu gostaria de pagar pela chamada. Malley e eu não tínhamos moedas; nem sequer uma.

— Minha mãe vai pagar – eu disse à operadora.

— Então o senhor gostaria de reverter a cobrança?

— Isso é o mesmo que ligar a cobrar?

— Por favor, aguarde – disse ela.

Depois de chamar duas vezes, eu baixei o fone.

Malley me lançou um olhar interrogativo.

— E se nós ficarmos mais um dia? – perguntei.

— Para quê? Ah.

— Ele voltou por nós dois. A gente deveria voltar por ele.

— Assim que a gente contar à polícia sobre o barco, eles vão entrar no caso – disse Malley.

— Você não entende. Todo mundo pensa que ele está morto, e é assim que ele gosta. Ele se envolveu em certas coisas ao longo dos anos… quero dizer, eles *acham* que ele se envolveu com isso. Os policiais vão ter uma tonelada de perguntas. Quando verificarem as impressões digitais e descobrirem quem ele é…

— É tão ruim assim?

— Só é confuso – eu disse.

Skink não teria aprovado a missão. Ele teria dito que meu trabalho era fazer com que minha prima chegasse em casa o mais rápido possível. Contudo, e se precisasse de ajuda lá embaixo no rio? E se ele estivesse tão ferido que não conseguisse chegar a um hospital?

Eu estava devendo uma ao homem. Ele arriscou tudo por Malley e eu.

— Se você não estiver disposta — eu disse a ela —, eu entendo totalmente. Posso te deixar na delegacia.

— Se você tentar, eu vou chutar seu traseiro, Richard Sloan. Esse desastre envolvendo o TC é tudo culpa minha. — Malley pegou o telefone e deu um tapa na minha mão. — Então invente uma história que faça a gente ganhar um pouco de tempo para encontrar seu velho senador esquisito.

— Governador.

— Tanto faz. Use sua famosa imaginação.

Mas minha imaginação estava parada. A melhor desculpa em que eu conseguia pensar era problemas com o carro, o que Malley chamou de fraquíssima. Quando a operadora completou a chamada para minha casa, tive sorte de conseguirmos falar com a secretária eletrônica.

— Oi, mãe, sou eu! Encontramos a Malley, ela está bem e nós estamos voltando para casa. É uma longa história, mal posso esperar para contar o que aconteceu, mas perdi meu celular e agora o carro está superaquecendo. Mas não se preocupe. Skink diz que ele vai fazer a gente chegar em casa amanhã à noite. E por favor, não...

— Senhor? Perdão, senhor? — Era a operadora.

— Sim?

— O senhor vai ter que tentar novamente mais tarde. Ninguém estava lá para aceitar a cobrança.

— Mas e a minha mensagem...?

— Eu tive que desligar assim que entrou a gravação. Precisa haver alguém para atender a chamada.

— Espera aí — eu disse, e entreguei o telefone para minha prima. Ela passou o número da casa dela para a operadora.

Tio Dan atendeu no primeiro toque e praticamente gritou:

— Meu Deus, é claro que vou aceitar a chamada! — Mesmo a vários passos de distância, eu podia ouvir os soluços do outro lado, tamanho o entusiasmo dele ao ouvir a voz da filha. Tia Sandy atendeu a outra linha, e foi mais do mesmo.

E Malley — a Malley cínica, egoísta, durona — também começou a chorar.

Eu me abaixei num canto para oferecer um pouco de privacidade. Ela me encontrou sentado na calçada, perto de uma lixeira.

— Já podemos ir — ela anunciou com uma fungada remanescente.

— Que história você contou?

— Esquece, Richard.

— Problemas no carro, aposto.

— É, e daí?

— Rá! Quem você disse que estava dirigindo pra nós?

— Eu disse que encontramos um motorista de táxi em Panama City, que faria a viagem por quinhentos dólares mais gasolina. Eu disse que eles podem pagar em cheque quando chegarmos em casa.

— Nada mal — admiti.

— Falei que o radiador do táxi explodiu, mas que vai ser consertado até amanhã. Radiador ainda existe, né?

— Com certeza.

— Excelente — disse Malley. — Minha mãe vai ligar para a sua agora.

— Mas nenhum policial ainda, certo?

— De jeito nenhum. Eu disse a ela que só quero voltar para casa e dormir na minha própria cama.

— O que calhou de ser verdade, não é? Você pode dizer, Mal.

— Me dá dinheiro.

≈

No Tom Thumb nós compramos um mapa de rodovias, uma caixa de isopor de piquenique, dois quilos de gelo, doze garrafas de água mineral, um pacote de seis Coca-Colas, biscoitos de chocolate, um saco de Doritos, dois sanduíches americanos prontos com camadas de carne cinzenta anônima, uma caixa de barras de cereal e quatro barras de chocolate aleatórias (excluindo Butterfingers, porque era essa que meu pai estava comendo quando sofreu o acidente idiota).

Entreguei algumas notas úmidas de cinquenta dólares ao balconista tatuado, as quais eu havia pegado da caixa de sapato. Se ele suspeitou, não pareceu. Ele me deu vinte e dois de troco e moedas, e disse que havia um banheiro nos fundos se a gente quisesse se limpar.

Fica a dica.

Malley e eu enchemos o isopor até a borda, colocamos no banco de trás do Malibu e caímos na estrada. Eu sei que o certo é a gente dirigir com as duas mãos, mas eu mantinha uma fora do volante para que pudesse me empanturrar de petiscos e tomar a água gelada da garrafa às goladas. Era isso ou desmaiar de fome.

O mapa estava aberto no colo da Malley, salpicado de migalhas da barrinha de cereal que ela estava roendo como um esquilo faminto.

– Continua em frente – aconselhou.

– Em frente é bom.

– Até você chegar a um lugar chamado Freeport, depois pega a esquerda. De lá, são uns seis quilômetros até a baía.

Choctawhatchee Bay, onde o rio deságua.

Olhei para o velocímetro e quase me engasguei. Cem quilômetros por hora! Isto é o que acontece quando você está morrendo de pressa: seu pé fica pesado no pedal e você nem percebe. Pisei no freio até a agulha cair para oitenta, o que Skink tinha me dito que era a velocidade ideal para me misturar no tráfego. Dirigir devagar demais, ele disse, atrai tanta atenção quanto dirigir muito rápido.

— A Beth gosta muito de você — minha prima disse, do nada. Era assim que eu sabia que ela estava ansiosa por eu estar atrás do volante: ela estava tentando conversar amenidades, agir de forma casual.

— De jeito nenhum — falei. — A Beth vai com o Taylor.

— Ele é um otário. Você devia ligar para ela. Ela é atraente, não é?

— Acho que sim.

— Você *acha*? — Malley me cutucou no braço. — Deixa de ser tonto.

— Sério, eu tenho que receber conselhos amorosos de *você*?

— Bem observado — disse ela.

— Eu tenho que perguntar de novo. Tommy fez qualquer outra coisa com você? Quero dizer, além do beijo e das algemas.

— Deus, Richard, por que você não acredita em mim quando eu digo que estou bem?

— A polícia vai fazer a mesma pergunta.

— Então, eles vão receber a mesma droga de resposta — Malley retrucou, virando o rosto para a janela.

— Existe uma chance de Skink matá-lo, se ele já não tiver feito isso. Você sabe, não sabe? Ele mesmo pode morrer na briga, mas não tem jeito nenhum do Tommy ser páreo para ele.

— O TC é forte.

— O velho é mais forte. Você não tem ideia.

— Então, que bom. — Malley tinha uma chama nos olhos. — Tommy é um monstro. Custe o que custar, não quero que ele machuque mais ninguém. Alguma outra garota pode não ser tão durona quanto eu.

E isso, nas palavras de Forrest Gump, era tudo o que ela tinha a dizer sobre *isso*.

Seguindo rumo ao sul pela US 331, ultrapassei uma picape surrada carregada de melancias bulbosas. O velho estava andando só a cinquenta por hora e a estrada estava livre dos dois lados, mas o movimento deixou Malley apavorada. Não pude deixar de sorrir quando ela cobriu os olhos.

– Ah, você acha que é superdescolado – disse ela.

– É o ABC da direção. Seja boazinha e eu te dou uma aula.

– Eu mal posso esperar para você tomar sua primeira multa!

O pensamento também passou pela minha cabeça. Eu não queria fazer nada para atrair a atenção da polícia, porque Malley e eu definitivamente não parecíamos estar a caminho de um piquenique de igreja – dois adolescentes imundos passeando num carro que não era nosso, com milhares de dólares escondidos numa caixa de sapatos.

O rádio tocava a seleção de estrada de Skink, as músicas que o fizeram suportar o Vietnã, ele disse. Quando uma canção chamada *Born to Be Wild* começou, Malley esticou o braço para desligar. Em seguida, mudou de ideia e aumentou o volume. Nós passamos por uma placa para Eden Gardens State Park, ou seja, Parque Estadual Jardins do Éden, o que ela achou engraçado porque eu estava sentado justamente sobre um livro chamavo *A leste do Éden*.

O brilho ondulado de Choctawhatchee Bay entrou no nosso campo de visão e eu parei o carro numa área de piquenique do lado norte da estrada. Peguei um dinheiro do porta-malas e me aproximei de uma doca onde um homem corpulento estava jogando água no seu Pathfinder, um barco aberto básico de pesca de dezoito pés. O motor era um grande dois tempos da Yamaha.

– Sabe onde eu poderia alugar um desses? – perguntei.

O homem balançou a cabeça.

— Na maioria dos lugares você tem que ter vinte e um anos.
— Sério?
— Por causa do seguro — disse ele.
— Ah.
— A menos que você faça um negócio particular.
— Eu tenho dinheiro — falei.

O homem ficou pensativo. Nunca o tinha visto antes, mas havia algo de familiar naquele rosto rechonchudo queimado de sol e naquela cabeça careca de grandes dimensões.

— Você já manejou um motor de popa desse tamanho? — perguntou.

— O tempo todo — menti. O motor dele tinha cinco vezes mais potência do que o do meu barquinho lá na minha cidade. Ainda assim, eu tinha certeza de que daria conta.

— Não brinca comigo, amigão.
— Quer que eu te mostre?

O homem lambeu os dentes sujos e pensei um pouco mais.

— Você tem uma identidade?

Entreguei a carteira de motorista que o Sr. Tile havia me dado. O homem olhou para minha foto, assentiu com a cabeça e me devolveu.

— Te pago duzentos dólares por um aluguel de quatro horas — falei. — Isso é um bom dinheiro.

O homem coçou a barba avermelhada no queixo ouriçado.

— Faço por duzentos e cinquenta dólares, mas primeiro eu preciso ver se você sabe pilotar o barco pela popa.

Minha prima saiu do carro para descobrir o que estava acontecendo.

— Olá, eu sou a Malley — ela disse ao homem.
— Meu nome é Dime.

O vento mudou e eu captei um cheiro tóxico de suor. Fiz a conexão no mesmo instante.

— Você tem um irmão chamado Nickel?

— Com certeza — disse Dime —, e uma irmã chamada Penny.[6]

— Liga pro Nickel, tá? Ele vai responder por mim.

— Ele está no caminho de volta de Bonifay e, de qualquer forma, ele não carrega celular. E este não é o barco dele, é o meu, então subam a bordo. Vamos ver se você é mentiroso.

Malley ficou observando de uma mesa de piquenique, enquanto eu cuidadosamente dava uma volta de barco com Dime em torno de uma língua de água que se abria para a baía. O motor do Pathfinder precisava de velas de ignição novas, por isso a direção estava dura, mas eu não tive problemas em manobrar, para a satisfação de Dime.

Uma diferença fundamental entre conduzir um barco e conduzir um carro é que o barco não tem freios. Isso significa que você precisa diminuir o motor e manejar a embarcação até o ponto de atracar ou, se for uma emergência, tirar do neutro, colocar no reverso, e esperar. Todas as engrenagens no motor de Dime pareciam estar funcionando bem. Conforme o barco ganhava velocidade, a rajada de ar fresco dispersava o odor fétido, e eu pude respirar livremente outra vez.

Acelerei até o Pathfinder planar, depois terminei o teste com um giro suave de 360 graus. Dime assumiu os controles e conduziu o barco de volta à doca.

— Tá certo — disse ele. — Quatro horas no máximo. Mas eu preciso de um depósito — caso vocês dois decidam subir pro Alabama.

— Quanto de depósito? — perguntou Malley com cautela.

---

[6] Os nomes dos três irmãos, Nickel, Dime e Penny, são uma brincadeira do autor para as palavras que, em inglês, designam as moedas de "cinco centavos", "dez centavos", e "um centavo", respectivamente. (N. da T.)

– Eu diria que setecentos paus.

– E eu diria que você está tentando nos explorar.

– Tá, beleza – disse Dime. – Boa sorte em encontrar outro barco *procês*.

Tínhamos mais do que suficiente para pagar o depósito de setecentos dólares, mas eu não tinha certeza de que Dime devolveria quando a gente voltasse. Malley e eu tínhamos contado o que restava na caixa de sapatos: 9.970 dólares. Era uma quantia enorme de dinheiro, não me entendam mal, mas eu pensei que Skink poderia precisar de cada dólar para contas médicas.

Coloquei as cinco notas de cinquenta do aluguel do barco nas mãos de Dime.

– Se a gente não voltar até o pôr do sol, o carro é seu. Esse é o nosso depósito, tá?

Ele bufou mais alto do que o javali.

– Você deve pensar que eu sou um idiota – rosnou, mas mesmo assim deu uma longa olhada no Malibu por cima do ombro.

Joguei-lhe as chaves.

– Eu tenho palavra. Você pode perguntar ao Nickel.

– Ele é meu irmão, não meu chefe.

– Ele não te falou sobre a caixa de sapato?

A testa de Dime se enrugou com cautela.

– Aquela nota de cem?

Então, agora eu sabia: cem dólares era tudo o que Nickel havia tirado do esconderijo enterrado como pagamento por me transportar para a casa-barco.

– Ele mereceu – eu disse a Dime.

– Sim, bem, ele deveria ter pegado mais.

Malley apontou o queixo na direção do barco.

– Quanta gasolina tem no tanque?

— Suficiente. Vocês não vão subir o rio, vão?

Ela estreitou os olhos para ele.

— Que diferença faz para onde nós vamos?

— Porque o rio é cheio de tocos e protuberâncias submersas que não dá para ver – disse Dime. – Se bater numa daquelas drogas, vou ter que vender esse carro seu para me comprar um barco novo.

— Não se preocupe – falei. – Vamos ficar aqui na baía, onde é seguro.

Mais uma mentira dos lábios de Richard Sloan, mas quem estava contando?

21

Malley não queria usar colete salva-vidas. Disse que a fazia parecer gorda.

– E olha só o mofo. Nojento!

– Ele flutua, Mal. Isso é tudo o que importa.

Mas os coletes salva-vidas no barco de Dime eram tão velhos e apodrecidos que rasgaram quando tentamos colocá-los. Isso aconteceu uns três quilômetros depois de entrarmos no rio, quando encontramos águas agitadas durante uma tempestade cheia de vento.

O Pathfinder tinha um painel central com um para-brisa baixo. Para manter a cabeça seca, vesti a touca de banho do governador, que tinha ficado amassada no meu bolso de trás durante todas as nossas aventuras.

Malley disse:

– Ok, agora você está me assustando.

– Você não acredita em amuletos?

– Não, mas acredito em nerds, e você parece um deles. Por favor, tire essa coisa horrorosa.

– Não.

A bordo estava o isopor com nossos lanches e bebidas. Eu também trouxe a caixa de sapato, para poupar Dime da tentação.

Malley me pediu para diminuir a velocidade, e com razão. A chuva era tão pesada que eu mal podia ver dez metros além da proa. Aliviei no acelerador, fazendo uma varredura nas águas em busca de obstáculos. Minha prima desembrulhou um dos sanduíches da loja de conveniência, que pareciam tijolos, e me deu a metade. Cada um de nós deu uma mordida e fez a mesma cara de nojo.

– Qual é seu palpite, Richard? Esse negócio é presunto ou peru?

– Vinil – respondi.

Mas estávamos com fome, por isso nos forçamos a comer. O clima não era feroz como na noite anterior. Não havia relâmpagos no denso véu de nuvens que se instalou ao longo do Choctawhatchee, bloqueando o sol. Avançamos em meio a um crepúsculo sombrio estranho. A chuva forte parecia uma névoa espessa. De vez em quando ouvíamos o baque de uma tartaruga que pulava de um tronco, mas aos nossos olhos, as margens eram uma névoa só. Em um ponto, minha prima soltou um ganido com a visão de um galho de árvore pontudo flutuando morto à nossa frente, mas eu já tinha visto e por isso desviei.

Lá pelas tantas, passamos por outro barco, dessa vez um esquife de casco plano, remando rio abaixo. Dentro havia um jovem casal pescando bremas e robalos com boia. Mesmo vestindo traje completo para chuva, o homem e a mulher eram uma visão triste, pareciam ratos encharcados. Tenho certeza de que Malley e eu parecíamos pior. Ela lhes perguntou se tinham visto uma casa-barco branca com um possível buraco no casco, e eles disseram que não. O homem estava usando um balde de isca para tirar água do barco, o que me fez lembrar de verificar nossa bomba de porão. As ligações dos fios estavam enferrujadas, como quase tudo no barco de Dime, mas o porão estava assobiando como um campeão.

– Pergunta rápida – disse Malley, conforme seguíamos adiante com auxílio do motor. – Meus pais ofereceram mesmo uma recompensa de 10 mil dólares ou era só propaganda para os outdoors?

– Você está brincando? Foi totalmente legítimo: 10 mil por qualquer pista que levasse ao seu retorno seguro. Por que isso te surpreende?

– Não sei. É muito dinheiro – disse ela.

– Bem, quanto você acha que você vale?

Ela revirou os olhos.

– Para eles ou para mim?

– Para todo mundo que se preocupa com você – falei. – Pare de ser um pé no saco.

Ela se fingiu de espantada.

– *O que* você acabou de dizer?

– Você me ouviu, Mal.

Acelerei um pouco mais e continuei até o meio do rio, ou onde eu imaginei que seria o meio. Quando fizemos uma curva acentuada, Malley beliscou meu cotovelo e gritou. Eu também vi: um objeto volumoso balançando na corrente a estibordo. O barco estava rápido demais para parar a tempo, então eu passei ao lado e contornei para voltar.

A coisa na água era uma mala de viagem cinza, rígida, exatamente como a que eu tinha visto na cabine da casa-barco.

– Definitivamente do TC – disse minha prima. – Está vendo o adesivo do Mega-Moonwalker?

O Mega-Moonwalker era um festival de música eletrônica na Dinamarca, onde Tommy Chalmers diz que se apresentou como o DJ principal. Malley falou que qualquer um podia comprar adesivos de show na internet por quatro dólares.

Coloquei o motor em ponto morto, estendi o braço por cima da amurada e puxei a mala a bordo.

– Não é muito pesada – comentei.

– Não me pergunte. Ele a manteve trancada.

Felizmente, Dime tinha guardado uma caixa de ferramentas no barco. Peguei a chave de fenda (enferrujada, claro) e arranquei as travas da mala até que se abrissem. Dentro estavam os pertences de um criminoso profissional, não de um músico aspirante.

Três placas de carro de três condados diferentes.

Meia dúzia de cartões de crédito e cartões de débito, nenhum pertencente a Thomas Chalmers.

Dois celulares descartáveis.

A peruca loira que ele usou quando pegou Malley no aeroporto de Orlando.

Um bigode falso que parecia uma lagarta doente.

Uma camisa de uniforme de um serviço de controle de pragas que tinha o nome "Bradley" costurado no bolso; uma camisa de uma empresa de TV a cabo com o nome "Chico" e uma camisa de uma companhia de fossas sépticas que simplesmente dizia: "Supervisor".

E, escondido dentro de uma pasta de plástico azul, um arquivo em papel pardo intitulado "Malley Spence". A tinta estava manchada porque havia entrado água do rio dentro da mala. Minha prima pegou a pasta da minha mão e praticamente cravou os dedos para abri-la.

A primeira página do arquivo era uma impressão de uma fotografia que Malley mandou para o homem que ela conhecia então como Talbo Chock. Não havia nada de ruim sobre a imagem – Malley em seu uniforme de corrida verde-esmeralda, sorrindo para a câmera. Os braços ossudos estavam dobrados, e o cabelo cor de canela estava preso em um rabo de cavalo, do jeito que ela sempre usava quando treinava.

Sem dizer uma palavra, minha prima rasgou a foto, amassou os pedaços e os jogou na água. O resto do arquivo eram notas que Tommy Chalmers tinha cuidadosamente compilado; um perfil de seu alvo, com base em detalhes que ela mesma tinha fornecido.

– Não rasgue isso – pedi. – São provas.

– São. Provas da minha total estupidez.

– *Não* faça isso...

Mas todos os papéis saíram voando. Caíram pairando no ar ao nosso redor, assentando-se no rio tão suavemente como folhas.

Me agitei procurando uma rede para recolhê-los, mas não havia nenhuma. Não importava. As anotações de perseguidor feitas por Tommy se dissolveram nas correntes.

– Vamos – disse minha prima. – Devemos estar chegando perto.

Uns cem metros adiante, avistamos um volume vermelho: a mala de nylon de Malley. Ela a arrastou da água, pingando, passou por cima da popa e disse:

– Ok, Richard, qual é o problema?

– Não tenho certeza. – Eu achava que sabia o que tinha acontecido, mas queria ter certeza.

O item seguinte que encontramos foi a porta branca de uma escotilha de fibra de vidro, que havia sido arrancada das dobradiças, seguida pela tampa de um pequeno vaso sanitário que eu reconhecia. À nossa frente, serpenteava um rastro ondulado de escombros náuticos, o que confirmava meus receios.

– O barco naufragou – eu disse à minha prima. – Todo este material se soltou quando ele afundou.

Ela ergueu as mãos.

– Então o TC está morto ou o quê?

– Só mantenha os olhos abertos.

Segui em frente a passo de tartaruga.

≈

Minha mochila e seu conteúdo, incluindo o *Primavera silenciosa*, ainda devia estar no fundo lamacento do Choctawhatchee. Mais tarde, depois que tudo acabou, eu montei na minha bicicleta, fui até o shopping de Loggerhead e comprei outro exemplar do livro, que eu li em quatro noites direto. Até abri mão de uma noite de pesca de cantarilho para poder continuar a leitura, o que levou minha mãe a colocar a mão na minha testa e tirar a temperatura.

Perto do final de *Primavera silenciosa* há um capítulo que descreve como mosquitos e alguns outros insetos podem se tornar totalmente resistentes a pesticidas tóxicos que haviam sido usados com sucesso (e letalmente) contra eles durante anos. Por exemplo, um cientista dinamarquês relatou observar uma espécie de mosca brincando numa banheira de DDT, o veneno horrível e destrutivo que, por muito tempo, foi a arma favorita do mundo contra insetos indesejados. Essa mosca na Dinamarca tinha se adaptado e evoluído ao longo de gerações rápidas até que o DDT não fosse mais prejudicial do que uma poça de refrigerante de gengibre.

Como isso acontece? Segundo Rachel Carson, só as moscas mais fortes e mais resistentes sobreviviam a toda a pulverização de DDT, e elas acasalavam com outras sobreviventes fortes para produzir descendentes ainda mais fortes: supermoscas que prosperaram em face da mesma agressão química que tinha matado seus antepassados mais fracos.

Sobrevivência dos mais aptos, literalmente.

Quando terminei o livro, pensei sobre Skink, que também se recusava a ser exterminado. Eu me perguntei até que ponto a mãe, o pai, avós e bisavós dele eram tão durões e engenhosos, ou se ele era simplesmente uma aberração suprema da natureza – um daqueles raros e aleatórios indivíduos, abençoados com todos os traços mais fortes de seu *pool* genético, e nenhuma fraqueza fatal.

Claro que ele ridicularizaria qualquer descrição semelhante de si mesmo. No entanto, eis a visão que surgia da névoa cinzenta num redemoinho do rio Choctawhatchee numa tarde chuvosa de verão:

Um homem solitário, imóvel na água, seu reflexo irregular cercado no halo líquido de um estranho brilho roxo-azulado.

Não *andando* sobre a água, no estilo Jesus Cristo, mas só ali parado, de pés descalços (um deles mutilado) claramente visíveis na superfície.

Ainda impressionante, certo?

Malley e eu poderíamos tê-lo confundido com uma aparição sagrada, não fosse pela calça camuflada e pelo taco de golfe que ele brandia como muleta – um antigo ferro 9 com um cabo de couro descascando.

Eu acenei. Ele acenou.

Minha prima, que raramente admite ficar desconcertada, disse:

– Ok, *isso* é uma loucura.

– Ora, é a juventude da América! – Skink entoou. – Digno de nota!

À medida que nos aproximávamos, notei uma grande sombra não natural nas profundezas abaixo dele e a forma – uma plataforma retangular pálida – se tornou mais distinta. O velho não estava em pé sobre a água; estava em pé sobre o telhado da casa-barco afundada.

– Tentei tapar aquele buraco no casco – ele murmurou. – Um pouco tarde demais.

Coloquei o motor em ponto morto. Com habilidade, o governador enganchou o pé do ferro 9 em nosso gancho de amarração para nos segurar na corrente.

– Você está bem? – perguntou Malley.

– Já estive melhor, borboleta.

Uma passada de olho por seus vários ferimentos: o corte profundo na cabeça, resultante do confronto com Dodge Olney; o pé direito pulverizado, resultante da passagem de um caminhão de dezoito rodas sobre ele; um rendado sangrento de contusões, arranhões e perfurações com crostas resultantes da luta contra um jacaré muito zangado e do tamanho de um mamute.

Agora adicione a essa lista horrível um verdadeiro ferimento à bala. A bala entrou debaixo da clavícula e saiu debaixo da escápula esquerda, errando por milagre todos os órgãos vitais e artérias cruciais.

Sobrevivência dos mais aptos, mas também dos mais sortudos.

Nós o ajudamos a subir a bordo.

— Onde está o TC? — perguntou Malley.

— Onde está a canoa? — foi minha pergunta.

— Filho, suponho que você esteja carregando uma âncora. Use-a.

Com um grunhido, soltei a âncora pesada de Dime, que chegou depressa ao fundo. O Pathfinder parou de forma abrupta com a proa apontando contra a corrente como uma agulha de bússola. Reconheci a mancha roxo-azulada na superfície como óleo e gasolina vazando da casa-barco.

Os olhos de Malley estavam fixos nos destroços submersos.

— É aí que ele está?

— Teria sido útil — disse Skink — saber que ele tinha outra arma.

— Desculpe. Havia muita coisa acontecendo.

— Você está com fome? — perguntei.

— Vamos ver o que você tem.

Malley abriu a tampa do isopor. O governador pegou o restante do sanduíche nojento, uma barra de chocolate Snickers e duas garrafas de água, que ele virou de uma só vez. Ficamos ali olhando-o comer, esperando que ele nos dissesse o que tinha acontecido. Ele pediu a touca de banho ridícula, a qual eu ficava feliz em devolver. Ele era uma tamanha confusão ensanguentada, que a concha de caramujo cobrindo a órbita do olho era o último detalhe que um estranho teria notado.

Eu ficava olhando para baixo, para a vaga silhueta do barco, esperando ver o cadáver de Tommy Chalmers emergir.

— Aquela garça? Perguntei porque ele tinha atirado nela — o governador começou —, porque acredito que todos merecem uma oportunidade de se explicar. A resposta dele foi insatisfatória, assim como sua atitude.

Fiquei pensando: "De novo o pássaro?".

— Em seguida, tivemos uma discussão sobre roubo de identidade. Desonrar um soldado caído, como o finado cabo Chock, ao roubar seu nome é um ato repugnante. O Sr. Chalmers não demonstrou o remorso apropriado, e eu me ofendi. Aceito outra barra de chocolate.

Dessa vez ele escolheu uma Milky Way.

— Tão ofendido — ele continuou, com bochechas salientes — que eu cometi um erro. Abri a algema que o ligava ao meu pulso.

— Por que você fez isso? — gritou minha prima.

— Porque eu pretendia lançar aquele traseiro infeliz em órbita, embora não antes de interrogá-lo sobre o tópico mais importante de todos: o tratamento que ele dispensou à senhorita, Srta. Spence. Essa última conversa começou a se inflamar, e ele terminou por abrir uma caixa de bateria vazia aos chutes e tirar a supramencionada arma de fogo.

Skink olhou para o buraco em forma de "O" escuro em seu peito. Havia sido estancado com o que parecia um maço de lençol rasgado.

— O tiro foi um lapso de vigilância da minha parte. Eu estava distraído porque o barco estava afundando, mas, ainda assim, não há desculpas. — Ele deu de ombros. — Resumo da ópera, o vermezinho atirou em mim.

Malley não era a ouvinte mais paciente.

— Então, vamos lá, você o matou ou o quê? Ele está... lá *embaixo*?

O governador virou o rosto de couro para as nuvens. Uma mosca verde brilhante aterrissou em seu aparato ocular feito de concha de caramujo, e minha prima a enxotou.

Ele inclinou a cabeça.

– Ouviram isso?

– Não, senhor – respondi.

– E você? – ele perguntou à minha prima.

– Não ouvi nada.

– Está bem. – Skink não parecia decepcionado. – Mas é tranquilo por aqui, não?

– Governador, o que aconteceu depois que Tommy atirou no senhor?

– A bala me derrubou. Tenho certeza de que ele pensou que eu estava morto. Ele pulou na canoa e subiu um riacho, literalmente. A casa-barco continuou flutuando por um quilômetro e meio, mais ou menos, e depois *glup*, *glup*, *glup*... e aqui estamos.

– A polícia vai pegar o Tommy – falei.

– Sério? Quando? – Malley estava aborrecida por ele ter fugido.

– Sem polícia – disse Skink com firmeza. – Estou morto, lembra? É um estado que eu prefiro manter. Se de repente eu voltar da cova, as autoridades vão me importunar sobre certos episódios do passado, alguns incidentes não resolvidos. Malley, querida, eu sou um velhote deprimente. Minha memória é trêmula, meu pavio é curto. As pessoas dizem que eu fiz isso, fiz aquilo. Testemunhas incertas lançaram acusações loucas, embora em alguns casos elas calhassem de ser verdadeiras. Não tenho estômago para ver meu nome nos noticiários outra vez depois de todo esse tempo. Richard te contou minha história improvável, correto?

– Ele contou – disse minha prima.

– Então você compreende o dilema. Você é uma jovem inteligente.

– Então simplesmente desapareça. Puf! – Estalei os dedos. – A gente te dá cobertura, inventa uma história legal.

Skink notou a mala de Tommy apoiada na vertical contra a popa.

– Vocês olharam o que tinha dentro? Suponho que não sejam Bíblias.

Malley falou:

– E se tiver um julgamento? Seria, tipo, totalmente minha palavra contra a dele? – Ela se esforçou para esconder que estava morrendo de medo disso.

– Nenhum júri vai acreditar numa palavra que esse cretino disser – declarei. Em seguida, ao governador: – Vamos te levar direto para o carro, então o senhor vai simplesmente dirigir rumo ao pôr do sol, certo? Eu trouxe a caixa de sapatos, assim o senhor vai ter dinheiro mais que suficiente. Deixe que a polícia vá encontrar Tommy.

– Talvez eles possam, talvez não – disse ele. – Mas aqui está um fato: *eu* posso encontrá-lo. Neste exato momento, Richard, com esta excelente embarcação que você nos forneceu.

– Escuta, ele está doente pra caramba. Não vai chegar longe – argumentei. – Amanhã, a esta hora, os tiras vão encontrá-lo, e eu já vou estar bem longe.

– E se ele fugir? Pegar uma carona, pular num trem, fugir do estado? Pense no dano que ele pode causar ao primo de outra pessoa. – Skink serviu-se de uma Coca-Cola.

Malley mostrava uma expressão que partiu meu coração. Fosse lá o que Tommy Chalmers tivesse feito com ela, o dano estava escrito em seu rosto. Ela havia passado por aquela provação da mesma forma que Skink sempre sobrevivia: por pura vontade obstinada.

– Eu *não* quero que ele fuja – disse ela.

– Ele não vai – o governador e eu dissemos ao mesmo tempo.

– Ei, não é que eu esteja com medo de testemunhar – disse Malley. – Eu faço o que for preciso.

Mas havia mais lágrimas do que os pingos de chuva nas bochechas dela. A última vez que a vi chorar foi no funeral do meu pai.

Enfrentar TC em um tribunal seria espinhoso: ele sentado lá todo bem-apessoado com um novo paletó e uma gravata, fingindo ser algum tipo de cidadão-modelo. Eu entendia que Malley precisava vê-lo capturado no rio, estar lá em pessoa, não apenas ir para casa e confiar que a polícia o encontraria. Ela precisava da palavra final, do *alguma coisa* final.

Eu também precisava. Admito.

– O senhor não vai atrás do Tommy sozinho, de jeito nenhum – eu disse ao governador. – Nós vamos juntos.

– Com certeza. Negócio fechado. – O tom de Malley era afiado. – E nem sequer pense em jogar a gente pra fora do barco de novo, hein? Aquilo foi superchato.

Skink estava no modo predador completo, preocupado demais para discutir. Ele soltou um arroto vulcânico e enfiou a lata de Coca-Cola vazia no isopor.

– VSVUV – disse ele.

Em seguida, pegou a corda e içou a âncora como se não pesasse nada.

2

Eu o deixei assumir o timão. Como se eu tivesse escolha.

Quando ele forçou o acelerador para baixo, a proa empinou uma vez e, depois, seguiu deslizando a toda velocidade rio acima, contornando tocos e troncos. Malley e eu nos agarramos à amurada do barco – uma viagem radical e emocionante sem cintos de segurança.

Chegamos ao riacho em cinco minutos. O governador desligou o motor e fez sinal para não falarmos. Além dos meus batimentos, o único som que eu ouvia era o das ondas provocadas pelo rastro do barco quebrando na margem.

Rapidamente, Malley ficou inquieta. Ela apontou para a entrada estreita do riacho e fez com os lábios a palavra: "Vamos!".

Skink ignorou e fechou o olho bom. Parecia uma velha iguana grisalha. A chuva tinha parado e raios de sol cor de âmbar perfuravam as nuvens.

Um tiro foi disparado, e o eco reverberou entre as árvores. Skink virou-se bruscamente em direção ao som. Do mesmo lugar veio um segundo tiro. Momentos mais tarde, um pássaro desengonçado, de asas abertas, veio de uma abertura no riacho, depois subiu e cruzou o rio batendo asas furiosamente.

Outra garça, só que essa era branca como algodão.

O governador reiniciou o motor.

– Aqui vamos nós, meninos e meninas.

Lentamente, ele pilotou o barco até o riacho, que era ladeado por sabais-da-flórida e azaleias selvagens de cores vivas. Minha prima sentou-se ao meu lado em um estofado na frente do painel. Ela chegou mais perto, sussurrando:

– O TC só tem mais três balas sobrando.

Eu já tinha feito a matemática sombria. Mesmo que não fosse ligado em armas, sei que a maioria dos revólveres tem seis projéteis. Tommy tinha usado um tiro em Skink e dois agora. Isso deixava uma bala para cada um de nós três.

O único conselho que me veio à mente:

– Estejam prontos para se abaixar.

– Fala sério, Richard.

É impossível explicar por que não estávamos completamente paralisados de terror à medida que nos aproximávamos daquele lunático desesperado e impulsivo. A presença de Skink nos acalmava, embora Malley e eu também tivéssemos consciência de que ele era destemido de forma insana e imune de um jeito anormal à ameaça de uma arma carregada.

Logo chegamos à canoa, que havia sido puxada para fora da água. Na margem estava a vara de pesca de Skink, a qual provavelmente Tommy tinha achado desafiadora demais para operar com apenas uma das mãos boa.

O governador manejou o Pathfinder em meio a uma porção de algas, encalhou a proa e caminhou desajeitado até a margem, equilibrando-se com o ferro 9. Com ar severo, ele nos disse para ficarmos onde estávamos.

– Cai na real – disse minha prima.

Skink olhou para mim em busca de um voto de apoio, mas eu disse:

– Vamos estar bem atrás de você. Vamos.

O desembarque foi enlameado e cheio de ramos. Aquilo, sim, era o paraíso dos porcos – para todo lugar que a gente olhasse, a terra tinha sido cavada, pisoteada ou revirada. Sabais-da-flórida e mudas de pinheiro se aglomeravam em amontoados, com raízes comidas até a polpa.

"Talvez Tommy estivesse atirando nisso", pensei. "Outro javali."

Eu era o único descalço, e o preço era um espinho verde horrível no meu calcanhar direito. Malley o tirou com os dedos. À frente, Skink se inclinava como um caçador de ouro dos velhos tempos, seguindo as pegadas sinuosas do sequestrador.

Nenhum de nós falou uma palavra.

≈

Essa é uma parte da qual eu só tomei conhecimento mais tarde. Alguns dos detalhes eu mesmo preenchi.

Com quatro horas para gastar e algum dinheiro de verdade no bolso, Dime decidiu levar o Malibu para um passeio, sem dúvida pensando: O que poderia dar errado?

Ele estava namorando uma mulher da região de Mossy Head, mas ela não estava em casa, por isso ele voltou para DeFuniak Springs e dirigiu para um bar de beira de estrada para tomar uma (possivelmente duas). Dime estava viajando de volta para Choctawhatchee Bay quando um sedan escuro comum apareceu no retrovisor.

Dime não achou que fosse nada, até que viu a luz azul piscando no painel do sedan. Nervoso, ele manobrou o Chevy para o acostamento, freou numa parada razoavelmente suave e deu um jeito de inventar uma história crível. Nada inteligente surgiu na cabeça, nenhuma ideia decente. Suas mãos estavam úmidas no volante.

O policial usava roupas do dia a dia: uma camisa polo listrada, calças bege e sapatos marrons. Era um negro musculoso, com cabelos brancos cortados rente, e parecia bem mais velho do que a maioria dos policiais uniformizados com quem Dime tinha tratado. No entanto, sendo o policial que ele certamente era, trazia uma semiautomática no quadril e um distintivo da Polícia Rodoviária da Flórida no cinto.

Dime não conseguiu ver o nome no crachá. Tentava não ficar muito perto, porque estava com hálito de bebida no meio da tarde, uma condição geralmente desaprovada pelos defensores da lei. O policial não pediu sua carteira de motorista, nem procurou pelo documento do carro, ou pelo seguro do Malibu. Em vez disso, a conversa foi algo assim:

– Senhor, onde o senhor arranjou este carro?

– É do meu tio.

– Resposta errada – disse o policial. – Tente de novo.

– Ok, ele pertence a um amigo meu.

– Segunda tentativa. – O soldado abriu a porta do carro e pediu a Dime para sair.

Caía uma chuva leve, mas a partir das nuvens cada vez mais grossas, Dime sabia que coisa mais pesada estava a caminho. Ele ficou parado com os braços soltos ao lado do corpo, abatido, enquanto o grande policial o revistava. O homem era velho o bastante para ser seu vovô, embora tivesse a cor errada.

Dime não queria ser acusado de roubo de carro nem de dirigir alcoolizado, e definitivamente não queria ir para a cadeia. Já tinha passado por isso. Depois daquela ocasião, havia prometido ao papai (e a ele próprio) que nunca daria à lei nenhuma razão para ser preso novamente, nem que fosse por uma noite.

– Ok, aqui está a verdade honesta de Deus – ele disse ao policial –, mas vai parecer meio doida. Em primeiro lugar, não estou drogado.

– Bom saber.

– Cada palavra que eu vou dizer é tão verdade quanto o Evangelho.

– Vamos esperar – disse o patrulheiro.

Dime desfiou a história sobre alugar seu barco a dois jovens, um menino e uma menina que pareciam novos demais para estarem brincando por aí num Chevrolet; sobre como eles lhe pagaram com dinheiro vivo e deixaram o carro como um depósito de segurança – um carro perfeitamente bom! – com chave e tudo.

– Parece que sim – disse o patrulheiro.

– O senhor acredita em mim? – Dime estava tão aliviado que ele poderia ter abraçado o homem.

– Me diga aonde eles foram.

– Dar uma volta na baía.

– Tem certeza?

– Bem, sim. Eu disse pra eles ficarem fora daquele rio.

– Você tem outro barco? – perguntou o policial.

– Eu mesmo não tenho – disse Dime, sentindo-se cem por cento melhor a respeito da situação. – Mas sei onde conseguir um.

≈

A gente se vicia muito em estar conectado vinte e quatro horas por dia, sete dias por semana, aos nossos amigos, às nossas playlists, ao nosso Twitter, ao Instagram e a seja mais o quê. Acaba a bateria do nosso smartphone e é como se alguém desligasse o oxigênio do nosso cérebro. *Cadê meu carregador? Não consigo encontrar meu carregador idiota! Mãe, larga tudo e me leva na loja de eletrônicos!*

Esse sou eu. Definitivamente sou ligado ao meu celular. Malley sempre fica louca de tão estressada quando os pais dela confiscam o telefone, o que acontece regularmente por ela agir como uma pestinha. Sem o celular, ela é insuportável, e eu quero dizer cruel como cascavel. E quando o computador trava, ela se torna uma verdadeira psicopata. Uma vez ela o jogou na parede e a tela rachou. Eu não fico tão mal assim, mas meu humor fica nefasto quando meu laptop dá pau.

É incrível como a gente esquece nossas chupetas eletrônicas quando elas estão no fundo de um rio, como é fácil parar de se fixar em todas as mensagens, recados e postagens que a gente pode estar perdendo. Nem uma vez sequer a Malley e eu reclamos de estarmos isolados de nossas preciosas redes sociais. Perseguir um criminoso desesperado pelos ermos selvagens reorganiza drasticamente nossas prioridades.

Skink sobreviveu à guerra e a uma infinidade de outras aventuras perigosas. Minha prima sobreviveu a um sequestro, e eu sobrevivi à caçada para localizá-la.

Se sorte fosse um ingrediente, quanto ainda tínhamos de sobra?

– Não olhe para cima – disse Skink.

– Como assim? – perguntou Malley.

No terreno, vimos que as pegadas de Tommy Chalmers paravam abruptamente, como se ele tivesse sido arrancado do planeta por alguns alienígenas a bordo de uma nave espacial.

– Ele está na árvore – o governador informou num murmúrio.

– Que árvore?

– Esta acima de nós. Falem baixo, finjam que estão confusos e não olhem para cima.

A terra preta em torno do tronco estava pisoteada por pegadas enormes de javali. Um suíno selvagem tinha perseguido Tommy e o feito subir muito, muito alto num pinheiro.

– Tem sangue fresco na casca – disse Skink.

– Então, o que vamos fazer? – perguntou minha prima. E acrescentou em voz mais alta, de propósito: – Pô, para onde vocês acham que ele foi?

Nós dois estávamos fazendo tanto esforço de não olhar para cima, que parecíamos dois panacas fitando nossas próprias pegadas na lama. Skink disse que deveríamos continuar andando em círculos por entre as árvores e esperar que Tommy descesse.

Parecia um plano decente; o problema foi que Tommy não cooperou. Só tínhamos dado alguns passos antes de uma voz rouca cantarolar suavemente lá de cima:

— Ora, lá está ela! Minha noiva linda e doce!

Skink cuspiu um palavrão. Mais do que um, na verdade.

— Já podemos olhar para cima? — Malley perguntou maliciosamente.

Tommy estava sentado num ramo, pernas balançando, arma na mão esquerda. Sua mão direita, a mão do bagre, tinha inchado tão grotescamente que poderia muito bem ter sido inflada por uma bomba de bicicleta. Os dedos não pareciam mais dedos reais — eram como salsichas roxas escaldadas. Na verdade, todo o braço estava inchado até a articulação do ombro, como se ele estivesse usando um daqueles tubos acolchoados que serviam para ensinar cães policiais a estropiar bandidos.

— Oi, querida! — ele gritou para Malley. — Estava sentindo minha falta? Bom, fala a verdade.

— Você precisa de um médico, TC Está parecendo um picolé de cocô.

Minha prima, sutil como sempre.

— Desce daí — disse ela.

— Rá, não com *ele* por perto. — Tommy virou o cano da pistola para Skink. — Nem ele.

Admito que me encolhi quando ele apontou a arma na minha direção.

O governador disse:

— Não estamos armados, filho.

— Você tem uma lança!

— Não, é só um taco de golfe.

— Cala a boca, cara, é uma lança! Eu já te matei uma vez, então você é o quê? Um zumbi?

— Sou apenas um velho que quer falar.

– Não; um zumbi do pântano com uma lança é o que você é!

Tommy estava quase delirante de infecção, embora não desse para culpá-lo por não querer se atracar de novo com Skink. Ele não estava com de medo de mim; eu era só um incômodo de quarenta e três quilos.

Malley disse:

– Então eu digo para eles irem embora. Vamos ser só você e eu, TC.

Baixinho, o governador disse à minha prima:

– Má ideia, borboleta.

– Tá, mas eu ainda tenho três balas – Tommy gritou para baixo –, caso eles tenham qualquer ideia inteligente de voltar para te buscar. Eu atirei num porco idiota que estava pegando no meu pé e não tenho medo de atirar num zumbi.

Eu me perguntava se Tommy também acreditava em pés-grandes.

– Você ouviu a moça – Skink disse para mim. – Vamos.

Claro que a gente ia voltar para buscar a Malley. E também voltaríamos por Tommy.

Lado a lado, Skink e eu começamos a andar. Ele disse:

– Isso vai acontecer depressa, por isso, fique atento. Sua tarefa é tirar sua prima do caminho. Faça tudo o que for necessário, Richard, mas deixe meu caminho livre para o Sr. Chalmers. *Comprende?*

O governador estava sorrindo, claro. Tão calmo e casual, como se estivesse fazendo uma caminhada até o correio.

Depois de desaparecer da linha de visão de Tommy, demos a volta em silêncio e fomos nos aproximando da árvore por uma direção diferente. Skink apontou para um arbusto-de-sebo fofo, e nos agachamos atrás dele, espiando.

Tommy tinha começado uma descida instável do pinheiro, fazendo chover galhos quebrados e lascas de casca de árvore. Parecia um espantalho bêbado. O fundo de sua calça jeans estava rasgado, expondo um crescente de nádega espinhenta e perfurada onde o javali irritado havia implantado uma presa. Isso explicava as manchas de sangue no tronco da árvore.

Quando Tommy finalmente chegou à terra firme, deu uma sacudida fraca com a mão da arma, gritando:

— Isso aí! Matei!

O governador me disse para ficar pronto.

Tommy estendeu o braço não inchado, chamando minha prima para um abraço.

— Coitadinho de você — disse ela docemente.

Então, deu um passo adiante e o golpeou na barriga. Soou como uma marreta batendo num saco de arroz molhado. Ele desabou, de olhos esbugalhados e respiração ofegante, mas não soltou a arma.

Skink já estava em movimento, agarrando firme o ferro 9 através do fundo do pântano num ritmo impressionante. Corri também por ele, agarrei Malley pela cintura e a puxei para o lado. O governador estava ajoelhado no pescoço de Tommy, tirando a pistola de seus dedos.

Minha prima se soltou e correu de volta para chutar e socar o sequestrador. Ela o xingava de tudo quanto era nome, gritava perguntas.

O que te levou a fazer isso?

Como você me escolheu?

Por que mentiu?

Qual é o seu problema?

TC não disse nada. Parecia semiconsciente, boquiaberto e flácido como um trapo sujo.

Mais uma vez, arrastei Malley para longe. Skink soltou Tommy e se levantou, latindo como um pit bull enlouquecido, e eu quero dizer *latindo*. Foi mais alarmante do que um de seus sonhos em voz alta, porque ele estava bem acordado.

Depois de esvaziar as balas restantes da arma, ele bateu numa árvore de bordo até que o tambor quebrasse e o cano partisse. Então ele começou a cantar em alguma língua irreconhecível enquanto fazia uma dancinha aleijada que era ainda mais estranha do que a dança que Malley fez para assustar o porco. Durante todo o tempo ele ficou girando o ferro 9 como um líder de banda marcial brandindo um bastão.

Sem palavras, Malley e eu ficamos sentados, assistindo ao ataque bizarro do governador, o qual, nós esperávamos, assustasse Tommy a ponto de petrificada rendição.

Finalmente Skink voltou a falar nossa língua.

– Estou com bolhas nos dedos! – ele zurrou antes de se ajoelhar e cair de cara no chão.

Achamos que estava apenas descansando um pouco; se fazer de lunático devia ser exaustivo.

Infelizmente, ele não estava fingindo. O ataque que ele encenou vinha do mesmo lugar sombrio de seus pesadelos, e o momento não poderia ter sido pior. Mas talvez um colapso autoinduzido fosse sua maneira subconsciente de se deter antes de matar Tommy Chalmers com as próprias mãos.

À medida que nos esforçávamos para virar Skink, percebemos que ele não parecia estar respirando. A sensação era de um peso morto, e morto era o que ele parecia, com a barba do queixo respingada de saliva branca.

A próxima coisa de que me lembro foi Malley segurando a cabeça dele, enquanto eu batia em seu peito machucado tentando lembrar da RCP da aula que minha mãe fez eu assistir depois que meu pai morreu. Minha prima e eu notamos Tommy se colocar de joelhos com dificuldade e começar a engatinhar de fininho, mas o governador sem vida detinha nossa total e frenética atenção.

Eu apertava com tanta força em sua caixa torácica, que o chumaço de tecido saiu do ferimento de bala abaixo da clavícula, seguido por um jorro de sangue escuro.

Apertava com tanta força que a concha de caramujo foi ejetada da cavidade ocular.

Apertava com tanta força que seus quadris se dobraram num espasmo violento, me arremessando como um caubói num touro de rodeio.

O lunático idoso sentou-se tossindo.

– Você arruinou – disse ele, entre espasmos – um ótimo transe.

Malley pegou a concha de caramujo. Acidamente ela disparou:

– Pô, desculpa por tentar salvar sua vida. Não sei no que Richard e eu estávamos pensando.

Meu cabelo estava cheio de folhas e terra molhada.

– Cara, a gente pensou que o senhor estava morrendo – eu disse a Skink. – Sua aparência era muito, *muito* ruim. Muito pior do que...

– O normal? – Ele deu uma risada afiada como navalha. – Só estou curioso. Algum de vocês por um acaso sabe onde o Sr. Chalmers foi?

23

Durante a comoção, Tommy tinha se arrastado de volta à canoa e descido perto da margem. Agora ele estava remando ao longo do riacho, um esforço desajeitado e barulhento quando se tinha um braço inchado do tamanho de um tronco.

– Eu te odeio! EU TE ODEIO! – Malley guinchou da margem.

Por um momento, pensei que ela pudesse mergulhar e ir atrás dele. Doente e zonzo como estava, Tommy ainda sabia para que lado ir: em direção ao rio.

Com um olhar torto de soslaio, ele gritou de volta para minha prima:

– Você vai me ver de novo um dia, querida, não se preocupe! Eu sei onde você mora. Sei qual escola você frequenta. Sei de *tudo* o que preciso saber sobre você!

Malley girou em direção a Skink.

– Por que você quebrou a arma? Isso foi tão… tão… IDIOTA!

Ela pegou o taco de golfe da mão dele e atirou-a na canoa. O ferro 9 girou rápido, mas de forma inofensiva, sobre a cabeça de Tommy e caiu no riacho com um borrifo de água.

O governador entrou no Pathfinder e girou a chave. O motor estremeceu, mas não deu partida. De novo e de novo ele tentou, até que apenas um estalo seco veio da ignição – outro sinal da abordagem despreocupada que Dime tinha em relação à manutenção de barco.

– Inferno – disse Skink, e muito mais.

Da canoa, Tommy continuava insultando minha prima.

– Vamos nos casar exatamente como eu falei, não se preocupe! Em uma praia, em algum lugar longe daqui, só eu e minha noiva dos sonhos...

Ele estava remando mais rápido do que eu pensava ser possível para um homem em sua condição detonada, mais rápido do que qualquer um de nós poderia nadar.

Skink desceu do barco e pegou a vara de pesca que estava no chão. A mesma isca de robalo ainda estava amarrada à linha: uma *spinner* de franjas com dois anzóis triplos, ou seja, seis farpas no total. Os ganchos não eram grandes, mas eram afiados o suficiente para perfurar a carne humana.

Ele começou a lançar o anzol em Tommy, conforme o sequestrador ia oscilando pela margem, batendo em arbustos e roçando em raízes de árvores, tentando manter o ritmo da canoa em movimento. Embora o riacho não fosse grande, não dava para percorrê-lo em segurança, porque o leito era basicamente areia movediça.

A mira do governador ia errando pelo caminho. Uma hora a isca caía à esquerda de Tommy; outra, à direita. Curta, longa, mais longa, então curta novamente. Tommy não estava abaixando para se esquivar – aliás, ele não fazia ideia, encolhido na proa, entalhando sua liberdade febrilmente. O braço bom remava enquanto ele usava o inchado para equilibrar o remo, com aquelas pontas dos dedos de salsicha nojentas arqueando sobre o cabo.

– Aqui, me deixa tentar – eu disse a Skink.

Ele me entregou a vara. Nenhuma discordância, nenhum sermão. Eu não podia acreditar.

No primeiro lançamento, enganchei o anzol nas costas da camiseta de Tommy e dei um tranco firme para prender os ganchos. Ele soltou um ganido, soltou o remo e começou a se debater. Tenho certeza de que ele pensou que tinha sido picado por uma mamangaba gigantesca.

Tentei manter a pressão firme, mas o mecanismo de trava do molinete zunia, desenrolando linha conforme a corrente levava a canoa. A vara de pesca leve de Skink não era projetada para segurar o tranco de quase oitenta quilos de seja lá o que fosse – peixe, homem ou besta –, embora eu soubesse que algumas capturas extraordinárias tinham sido feitas por pescadores habilidosos mesmo com varas frágeis. Imaginei-me lançando Tommy no rio heroicamente e o arrastando, enquanto ele esperneava e gritava até a margem, onde o amarraríamos aos ramos e o seguraríamos para a polícia.

Mas é claro que não foi isso o que aconteceu.

Tommy, de fato, acabou na água, mas não porque eu tive uma explosão de força sobre-humana. Ele virou a canoa sozinho enquanto se debatia, tentando desalojar a abelha assassina invisível.

Isso ocorreu fora da boca do riacho, a uns bons cem metros de onde eu estava segurando a vara de pesca curvada, com Skink de um lado e Malley do outro. Dava para ver o casco reluzente da canoa emborcada, descendo em contagem regressiva para dentro do Choctawhatchee inchado pela chuva.

TC não estava se movendo com muita velocidade, porque ele ainda estava ligado a mim. Os ganchos do anzol triplo seguravam firme.

– Não deixe ele fugir! – Malley gritou. – Puxa ele pra cá, Richard! Puxa rápido!

Mas ele era muito pesado, e agora o poder do rio começava a carregá-lo consigo. Ele não entrou em pânico. Podíamos vê-lo erguendo a cabeça para inspirações profundas. Não gritava freneticamente, não havia uivos desesperados por ajuda. Tommy estava apenas sendo levado pela corrente, remando com o braço bom.

– Pare ele!

– Não consigo, Mal!

Impotente, observei o carretel esvaziar à medida que Tommy era carregado para mais e mais longe. Se eu apertasse o botão para travar o molinete, a linha arrebentaria com certeza. Não havia nada a fazer senão esperar e ter esperanças de que ele entrasse numa corrente contrária.

O governador disse:

— Acabou, meu filho. Deixa ele ir. — Seu olho solitário estava fixado atentamente rio abaixo.

— Acabou? Sério? — Minha prima ia marchando de um lado para o outro. — Você é, tipo, totalmente patético? Aquele monstro está fugindo! Ele está *fugindo*!

— Improvável — disse Skink.

Um instante depois, Tommy Chalmers foi sugado por um redemoinho feroz, e minha linha ficou frouxa.

Rebobinei. A isca já era, ainda presa a Tommy. Larguei a vara de pesca e me sentei em um toco de árvore.

Skink disse:

— "A natureza ensina as feras a conhecerem seus amigos." É uma citação do próprio Billy Bob Shakespeare, embora ele não fosse pessoalmente familiarizado com crocodilianos. Agora, eu vou dar um passeio e clarear meu cérebro. — Ele agarrou meu ombro e disse: — Você, continue perto dela.

— Continuo, não se preocupe.

— Lembre-se da nossa regra, filho. Só havia uma, pelo amor de Deus.

— Eu lembro.

— Faça o que eu disser, sempre o que eu disser. E agora estou dizendo para você ficar bem aqui, vocês dois, independente de qualquer coisa. Não vou estar longe.

— Ok.

No barco, ele se inclinou para pegar a caixa de sapato, a qual enfiou debaixo de um braço. Antes de se mandar, ele disse:

— Você é um dos bons, Richard.

O que quer que isso signifique.

Malley não o viu ir, porque não conseguia afastar os olhos da corrente do rio. Seu olhar estava fixo no local onde Tommy tinha desaparecido.

– O que acabou de acontecer? – perguntou.

– Jacaré.

– Você viu?

– Skink viu.

– Mas e *você*? – ela perguntou. – Porque eu não vi nada, Richard.

Com cuidado, eu a virei pelos ombros e mostrei: o monstro preto fosco deixando um rastro, as costas serrilhadas largas como trilhos de trem, sua cauda longa riscando um S preguiçoso na água. O jacaré já estava no meio do Choctawhatchee, mas não havia dúvida do que estava fincado em suas mandíbulas abertas.

O verde da camiseta, o azul-escuro do jeans.

– Sério – foi tudo o que minha prima disse. Depois sentou-se, tremendo.

No início, ficamos em silêncio, cada um tentando processar o que tinha acabado de ver. Malley finalmente perguntou onde Skink tinha ido, e eu repeti o que ele me disse: para ficar onde estávamos, pois ele não estava longe. Ela achou que deveríamos ir encontrá-lo, mas eu disse não; não dessa vez.

As bordas das nuvens estavam rosadas e alaranjadas: as cores do pôr do sol. Uma boa brisa trouxe um leve cheiro salgado do Golfo. Houve um arrastar suave na floresta atrás de nós, e Malley e eu nos viramos com expectativa. Ninguém estava ali, embora, mais tarde, ela insistisse que ouviu uma voz abafada nos dizendo para olhar para cima.

Não sei direito o que eu ouvi, mas por alguma razão nós dois levantamos os olhos.

Posicionado no alto de um cipreste coberto de musgo estava o pássaro Senhor Deus, um olho brilhante oblíquo mirando para baixo em nossa direção. O pica-pau era um macho adulto, regiamente alto e mais vividamente colorido do que o desenho que eu tinha usado no meu trabalho de ciências. As penas preto-azuladas no peito brilhavam como carvão, e uma listra cor de neve descia de seu pescoço e se abria na cauda. O bico longo e de ponta chata realmente parecia marfim bruto.

E a crista no alto da cabeça era de um tom vermelho mais vivo do que sangue.

– Eu te disse – ela sussurrou. – Eu disse que tinha visto um.

– Incrível. – Foi a única palavra que surgiu na minha mente, e parecia pequena demais para a ocasião.

O incrível pica-pau soltou um piado como o de um brinquedo de cachorro de morder quando a gente pisa nele, ou talvez a dobradiça enferrujada de uma porta de tela. Três vezes o pássaro repetiu o chamado, mas nenhum outro bico-de--marfim respondeu.

A memória de todo mundo funciona diferente, por isso não posso dizer com honestidade por quanto temos ficamos ali sentados observando aquela criatura supostamente extinta – ou para ser mais preciso, quanto tempo ela ficou observando a gente. O tempo todo ficamos imóveis, tão imóveis quanto mariposas sobre uma folha. Talvez fossem cinco minutos, talvez fossem trinta segundos. Minha prima também não tem certeza.

"Surreal" era sua descrição do encontro, uma palavra melhor que a minha.

Depois que o pica-pau se foi, nossos olhos permaneceram fixos durante algum tempo no topo da árvore. Sabíamos que o pássaro provavelmente não voltaria, assim como sabíamos que o governador provavelmente não voltaria, mas isso não nos impediu de ter esperanças.

Não fomos Malley e eu que espantamos o bico-de-marfim. Ele voou porque um barco vinha fazendo a curva do rio.

A barca do homem dos bocas-de-jacaré, soluçando e resfolegando. Sentimos o cheiro quase ao mesmo tempo em que o vimos.

Ao leme estava Nickel, com seus óculos patetas da Nascar. Ao lado dele estava Dime, uma versão carrancuda, ligeiramente mais baixa e menos desalinhada do irmão.

A terceira figura estava sentada de lado sobre a amurada. Vestia uma camisa de manga curta casual, com os braços grossos cruzados sobre o peito. Eu podia ver o capacete de cabelos brancos e a arma no coldre na cintura.

Acenei com os braços e gritei:

– Sr. Tile! Por aqui!

O policial cutucou Nickel, que reajustou a rota até a embarcação fedorenta embicar em nossa direção.

– Bem – disse minha prima –, acho que estamos oficialmente resgatados.

24

Eu não queria que Nickel e Dime me ouvissem, então sussurrei ao Sr. Tile que Skink estava na floresta.

– Quem? – perguntou. Acho que era um acordo entre eles. Sempre que o governador decidisse desaparecer, o Sr. Tile o deixava ir, sem perguntas. Ele entendia que o velho precisava de mais espaço pessoal do que o ser humano médio. Cerca de mil vezes mais, eu diria.

Skink foi embora de repente porque tinha ouvido, muito antes de nós, o barco de Nickel se aproximar. Ele parecia ouvir e ver tudo antes de nós.

Conforme a barca de bocas-de-jacaré se afastava do riacho com ajuda do motor, Malley e eu fazíamos a varredura das margens, esperando por mais um vislumbre – um aceno, uma piscadela, qualquer coisa. Não sei se o governador estava nos observando, queríamos acreditar que sim.

– Skink levou um tiro – falei ao Sr. Tile.

– Quem? – Ele passou um braço em volta dos meus ombros, me puxou para mais perto e disse, em voz baixa: – Aquele amigo nosso é um homem duro de matar. Se ele estiver em movimento, vai ficar bem.

Usei o telefone do Sr. Tile para ligar para minha mãe, que ficou superaliviada ao ouvir minha voz. Murmurei algo sobre o táxi quebrar novamente e que o Sr. Tile estava passando bem na hora, uma história péssima que, eu tinha certeza, não a enganou nem por um instante. Pelo menos ela me poupou o tratamento de advogada – nada de interrogatório cruzado. Ela estava feliz demais por eu estar voltando para casa.

Depois, Malley falou com a tia Sandy e com o tio Dan, os quais ela descreveu como "insanamente felizes".

O Sr. Tile alugou quartos para todos nós em um hotelzinho em Panama City e, na manhã seguinte, partimos para Loggerhead Beach. Acontecia que ele e minha mãe andavam se falando tipo três vezes por dia. A única razão pela qual ela não tinha surtado e pedido um alerta Amber foi que ele continuava dizendo que eu estava bem, mesmo quando não tinha tanta certeza assim.

Minha mãe não sabia sobre a situação intensa no rio, e nem o Sr. Tile. Quando ele encontrou o Malibu cinza perto da ponte da Rodovia 20, imaginou que o governador e eu tínhamos entrado na mata para encontrar o falso Talbo Chock e minha prima. O Sr. Tile ia alugar um helicóptero, mas aí o tempo ficou ruim. Quando ele voltou sozinho para a ponte, o Malibu tinha sumido.

Ele encontrou o carro no fim da tarde, com Dime se contorcendo no banco do motorista. Depois eles foram direto para a casa de Nickel e puseram a barca no rio. Precisaram de menos de meia hora para nos encontrar no Choctawhatchee.

A viagem de carro de volta a Loggerhead Beach levou o dia todo. Quando me ofereci brincando para dividir o volante, o Sr. Tile riu e me fez devolver a carteira de motorista falsificada. O Malibu já estava na caçamba de um caminhão, seguindo para um leilão de automóveis em Atlanta. O Sr. Tile explicou que Skink nunca usava o mesmo veículo duas vezes e preferia projetos que não exigissem que ele dirigisse.

— Todo aquele dinheiro na caixa de sapato era dele? — perguntei.

— Anos atrás, ele se deparou com um pouco de dinheiro, o qual ele me disse para doar para caridade. Sem dizer nada a ele, reservei alguns dólares para seu bem-estar futuro, apenas para uma necessidade. — O Sr. Tile piscou. — Que bom que eu fiz isso.

Eu andava no banco de trás, porque Malley queria se sentar na frente para poder dominar a seleção musical. O sedan não tinha rádio por satélite, mas ela encontrou uma estação FM tolerável à prova de Justin Bieber. O Sr. Tile a deixou até mesmo ligar a luz azul do painel uma vez, quando não havia outros carros por perto.

Ele nos fez muitas perguntas sobre Tommy Chalmers, mas não pressionou Malley para saber cada detalhe feio do sequestro. Foi um perfeito cavalheiro.

Sobre o assunto Skink, ele tinha pouco mais a dizer, exceto que eram velhos amigos e que se entendiam muito bem. Contamos ao policial (que estava aposentado, como eu pensava) como o governador tinha caído inconsciente depois de ter um piripaque; como pensamos que ele estava realmente morrendo, mas, em seguida, ele voltou à consciência como se nada estivesse errado e nos disse que era apenas um transe.

– Quem sabe – disse Sr. Tile.

– O senhor não está preocupado com ele? – perguntou Malley.

– Cada minuto de cada dia.

– O senhor disse ao repórter que ele estava morto – apontei. – Eu vi na internet.

– Isso foi ideia dele. O que vocês pretendem contar à polícia sobre seu colorido companheiro de viagem?

Olhei de soslaio para Malley. Ela balançou a cabeça.

O policial disse:

– Façam o que acharem certo. Ele vai entender.

– Ele quem? Não sei do que o senhor está falando – disse eu. – Um estranho por aí me deu uma carona até a Panhandle. O cara nem disse o nome!

O Sr. Tile riu.

– Está bom assim.

Cap. 24

— O problema é a minha mãe. Ela sabe quem "ele" é de verdade.

— Sua mãe está extremamente grata por você e sua prima estarem sãos e salvos. Imagino que ela não esteja interessada em causar qualquer sofrimento ao governador.

O celular do Sr. Tile começou a tocar, um toque comum e simples. A conversa durou vários minutos. Ele mais ouviu do que falou. Depois que desligou, eu perguntei se era Skink na linha. Ele disse que não; era o xerife do condado de Walton, outro velho amigo.

O corpo do sequestrador de Malley havia sido descoberto por um pescador. Estava preso debaixo de um emaranhado de ramos flutuantes onde o jacaré havia escondido as sobras.

No entanto, o homem morto não era Thomas Chalmers. Esse nome tinha sido roubado de um pescador de camarões de Dulac, Louisiana, morto por um raio, dois verões antes.

As impressões digitais do cadáver no rio Choctawhatchee pertenciam a uma pessoa chamada Terwin Crossley, vinte e seis anos de idade. A última residência conhecida de Crossley, nascido em Hattiesburg, Mississippi, era Valparaiso, Flórida, onde ele declarou trabalhar como telheiro. Sua ficha criminal listava condenações por roubo à mão armada, falsificação e perseguição grave.

As iniciais T e C eram a única informação verdadeira que ele deu a seu respeito para minha prima.

— Sou uma idiota muito estúpida — disse ela, com a voz ferida pelo desespero.

— Não, você só é jovem — respondeu o Sr. Tile —, e ele era um sujeito muito, muito mau.

Havia mais notícias do xerife, disse ele.

— Às 3h37, um motorista de caminhão da UPS ligou para a polícia a respeito de uma pessoa suspeita na estrada...

– Espere – interrompi. – O senhor está falando de hoje?

– Estou, esta manhã – disse o tira. – O motorista do caminhão relatou uma pessoa ajoelhada perto de um animal atropelado em Ebro, a alguns quilômetros a oeste da ponte Choctawhatchee. O motorista disse que o animal morto ou era um coiote ou um cão vira-lata que havia sido atropelado por um carro. O homem em questão tinha um canivete na mão e o motorista achou que ele parecia mentalmente desequilibrado.

– Chocante – disse Malley.

– Ele estava usando calças camufladas e touca de banho feminina. O cara da UPS buzinou para que ele saísse do caminho.

– O que aconteceu? – perguntei.

– O homem baixou as calças e mostrou a bunda para o caminhão.

Malley aplaudiu.

– Pontos para o estilo!

– Ele tinha ido embora quando chegaram os policiais – relatou o Sr. Tile. – Assim como o coiote.

– Bom – falei –, é melhor do que sanguessugas.

≈

No dia seguinte ao que chegamos em casa, o detetive Trujillo me interrogou por algumas horas. Em nenhum momento ele me perguntou se a pessoa que me deu uma carona ao norte do estado era Clinton Tyree, o ex-governador da Flórida, então, tecnicamente, eu nunca tive que mentir sobre ter encontrado o homem. Algum velho estranho me levou até a Panhandle, foi o que eu disse, o que era perto o suficiente da verdade.

O detetive tampouco me perguntou sobre pica-paus exóticos, e por que perguntaria?

Cap. 24

Na época em que eu ainda não acreditava que o bico-de-marfim existia, Skink tinha me alertado de que, se o rumor de um avistamento vazasse, a bacia do rio seria invadida por barcos de turistas, *buggies* de pântano e lojas de souvenires de beira de estrada – todos os tipos de aproveitadores tentando fazer um dinheirinho a partir de um pássaro. Ele disse que o que viu poderia ser o último de sua espécie em todo o planeta, ou talvez o primeiro de uma nova geração resistente, mas que, mesmo assim, merecia paz e solidão. Ele poderia muito bem estar falando de si mesmo.

Coloquei o bico-de-marfim nesta história porque é a chave para o que aconteceu, a principal pista que me levou à Malley. Eu também não acredito que alguém vá ver novamente aquele pássaro em particular até que ele escolha ser visto. O mesmo vale para Skink.

Minha prima passou umas cinco horas conversando com o detetive Trujillo e uma policial. Depois disso, o caso foi oficialmente fechado e os outdoors "Ajudem-nos a encontrar Malley" foram retirados. A delegacia lançou uma nota à imprensa dizendo que ela estava segura em casa e pedindo à mídia para respeitar a privacidade da família. O comunicado da imprensa também disse que o suspeito de rapto de Malley havia se afogado acidentalmente antes que as autoridades pudessem prendê-lo. Os detalhes foram deixados de fora.

Aquela mala cinza cheia de provas, que tínhamos trazido de volta para o detetive Trujillo, terminou em um depósito da polícia em algum lugar. Não havia ninguém para investigar, ninguém para prender. Terwin Crossley agiu sozinho e morreu sozinho.

Fazendo justiça aos jacarés, eles não costumam matar seres humanos. Acontece no máximo uma vez ou duas por ano, o que parece um monte até você considerar que a Flórida tem mais de 1 milhão de jacarés selvagens e 18 milhões de pessoas. Estatisticamente, as mamangabas são mais mortais.

A primeira coisa que minha prima fez quando chegou em casa foi lavar a tintura preta do cabelo. Ela passou no médico, e vai ficar bem. As marcas das algemas nos pulsos já desapareceram. Uma vez por semana, ela faz terapia – um "encolhedor de cérebros", nas palavras de Malley –, e, sinceramente, eu acho que está ajudando, embora ela diga que a mulher cheira a petúnias e vinagre.

Às vezes Malley e eu falamos sobre o que aconteceu no rio naquela tarde. Vimos um homem morrer, e nós dois tivemos pesadelos sobre isso. Aquele TC era um cara podre, mas ainda assim foi uma coisa horrível de se ver.

Se eu não tivesse fisgado a camiseta dele com a isca de pesca, era provável que ele não tivesse caído na água e o jacaré não o tivesse capturado. Por outro lado, ele também nem estaria lá, tentando fugir remando, se não tivesse feito nada errado.

Não tenho ideia de que tipo de infância Terwin Crossley teve, se seus pais eram gentis e amorosos ou frios e cruéis. Talvez ele fosse uma daquelas crianças que nunca tiveram chance de se tornar uma pessoa decente, ou talvez ele tivesse nascido um verme.

De qualquer forma, não estou de coração partido sobre o que aconteceu com ele, não depois do que ele fez para Malley, não depois das ameaças perversas que ele fez da canoa. Na minha opinião, o jacaré que comeu TC merece uma medalha do Disque-Denúncia. Talvez eu até vá para o inferno por dizer isso, mas é a verdade. Não posso falar em nome da minha prima, porque ela nunca transformou esse pensamento em particular em palavras.

Nunca saberemos se o animal que levou Terwin Crossley era o mesmo que tinha levado embora a canoa dois dias antes. Depois que o corpo do sequestrador foi recuperado, oficiais da Polícia Ambiental lançaram anzóis com iscas na área. Esse é um procedimento padrão depois de um ataque fatal de jacaré, e eles quase sempre prendem o culpado.

Porém, não dessa vez. Não pegaram nada, nem mesmo um boca-de-jacaré bobão.

Mas a pergunta que não sai da cabeça de Malley e da minha é se Skink de alguma forma sabia o que aconteceria a TC, mesmo antes do jacaré aparecer – se é que é possível uma pessoa ser tão poderosamente ligada à natureza a ponto de ser capaz de desenvolver uma espécie quase mística da intuição. A reação do governador para aquela cena chocante foi tão leve e indiferente que a gente não podia evitar se perguntar se ele esperava por algo assim desde o início.

Malley não está cem por cento convencida de que ele esperava, e eu também não.

No entanto, acredito que algumas coisas não estão aí para serem compreendidas, que não são feitas para serem compreendidas. E eu também acredito em carma.

≈

Nunca disse à minha mãe que Skink me ensinou a dirigir. Meu plano é surpreendê-la quando eu receber minha permissão de aprendiz.

Um fim de semana fomos a Saint Augustine para ver Kyle e Robbie, que estavam lá para uma competição de surfe. No caminho, minha mãe semicasualmente mencionou algo que a gente pode chamar de uma coincidência legal, e também irônica: a própria mãe dela, minha finada avó Cynthia, tinha distribuído *buttons* e adesivos na campanha de Clinton Tyree anos antes, quando ele concorreu para governador. Estranho, mas é verdade.

Naquela noite, depois do jantar, meus irmãos me pegaram sozinho e me interrogaram sobre a aventura com Malley. Eles disseram que eu tinha "bolas de aço" para ir atrás dela sozinho. Precisei de cada grama do meu controle para não contar a eles sobre Skink, que, na minha mente, era o verdadeiro herói do resgate.

Para não mencionar um dos velhotes mais legais de todos os tempos.

Basicamente, tudo o que ele me disse era verdade. O romance de Rousseau que ele citou se chama *Émile*. A citação de Shakespeare que atirou em nós veio de uma peça chamada *Coriolano*. "Hexáforo" é uma palavra real ("uma liteira greco-romana conduzida por seis escravos"), e realmente rima com "semáforo".

O governador também estava certo sobre Linda Ronstadt – ela tem uma voz incrível. Baixei o álbum *Heart Like a Wheel* depois que minha mãe me comprou um smartphone novo para substituir o outro no fundo do rio. Eu me ofereci para devolver o dinheiro, mas ela disse que não.

O que funcionou bem, porque eu precisava do dinheiro para outra coisa. Eu tinha voltado a trabalhar naquele serviço de lavagem de carros, quero dizer, todos os dias, então eu tinha exatamente duzentos dólares na mão quando entrei na loja de surfe em Saint Augustine.

O proprietário, Kenny, amigo do meu pai, estava atrás do balcão. Depois que contei o dinheiro, ele disse:

– Obrigado, cara. – E o colocou na gaveta da máquina registradora.

– Você não quer saber o motivo? – perguntei.

– O skate que você levou no ano passado. – Kenny estava sorrindo. – Olha para cima – disse ele.

Uma câmera de segurança estava montada no teto sobre o caixa. Contei mais três na loja.

– Então você sabia todo esse tempo que fui eu que roubei?

– Você não roubou, Richard. Você só esqueceu de pagar. Eu sabia que você voltaria um dia desses.

— Você sabia? Como?

— Porque você é o filho do Randy, e isso é o que ele teria feito.

— Não, ele nunca teria levado a tábua para começo de conversa.

— Talvez levasse, se tivesse perdido o pai dele quando era jovem e precisasse de algo especial para manter a memória próxima – disse Kenny. – Você já experimentou aquela tábua?

— Não, senhor.

— Bem, você deveria. Deixaria ele feliz.

Depois que voltei para casa, peguei a Birdhouse do meu esconderijo nas molas debaixo do colchão. Eu não queria que minha mãe ficasse triste se a visse, por isso esperei até que ela saísse para o escritório antes de colocar meu capacete e andar com o skate pela A1A.

Caramba, como é rápido.

≈

Obviamente, Malley não precisou ir para a Academia Twigg. Depois de tudo o que aconteceu, acho que o tio Dan e a tia Sandy adorariam tê-la em casa até que ela tivesse, tipo, trinta e cinco anos. Eles ficaram seriamente abalados. Malley prometeu cortar o drama diário, o que ela fez mesmo, até agora. Seus pais ligam ou mandam mensagem para ela o tempo todo, o que é compreensível, embora a irrite.

A escola começou na semana passada, e minha prima é uma grande celebridade por causa do sequestro. A atenção a deixa muito desconfortável, o que não é *nem de perto* típico da minha prima. Ela até mesmo fechou o perfil no Facebook e saiu do Twitter. Nos corredores, os colegas às vezes a detêm para perguntar sobre TC – quem ele era, como ele a escolheu –, e ela responde com coisas ruins apenas o suficiente para se certificar de que a mesma coisa nunca aconteça com outras pessoas.

Poucos dias atrás, ela quebrou a marca de dezessete minutos na corrida de 5 mil metros. Teria sido um recorde estadual de *cross-country* para uma menina de sua idade, só que não aconteceu num evento de corrida. Malley corria sozinha com seu cronômetro no início da manhã durante o ensino médio. Ela faz isso o tempo todo. Diz que ninguém a incomoda porque ninguém consegue alcançá-la.

O que ela não sabe é que nunca realmente está sozinha quando corre. Um de nós está sempre perto da pista, fora de vista, só para garantir que não haja nenhum Talbo falso em cena. Algumas manhãs, eu é que sou o vigia designado. Outros dias é tio Dan, tia Sandy ou minha mãe. Até mesmo Trent dá uma ajuda. Temos nossos esconderijos.

TC não é mais ameaça para Malley, mas todos nós que nos preocupamos com ela somos extraprotetores. Talvez, algum dia, isso vá mudar, mas eu não tenho tanta certeza.

Falando em Trent, ele finalmente vendeu duas casas, uma delas é uma propriedade muito legal de frente para o mar. Para comemorar, ele comprou um colar de jade para minha mãe, um novo conjunto de tacos de golfe e me deu uma vara de pesca.

Depois nos levou para jantar em sua churrascaria preferida e, ok, eu não pude resistir e perguntei se ele já tinha ouvido a lenda do zumbi de pântano da Flórida.

– Que diabos é um zumbi de pântano? – perguntou, todo intrigado.

– É como um pé-grande, só que mais inteligente e mais extraordinário. Na verdade, eu vi um em ação. Ele tinha bicos de urubu pendurados no rosto.

Minha mãe sabia de quem eu estava falando. Ela me lançou um olhar não-tire-sarro-do-seu-padrasto.

– Nunca ouvi falar desse aí – disse Trent, arqueando uma sobrancelha. – Você tá me zoando, campeão?

– Sim, eu tô. Não existe zumbi de pântano.

Na noite seguinte, tive meu primeiro encontro com a Beth, por assim dizer. Fomos assistir ao filme do Will Farrell, e ela riu quase tão alto quanto eu, o que era um bom sinal. No fim de semana que vem vamos pescar no meu esquife perto da enseada. A Beth terminou oficialmente com o Taylor, então tudo está bem nesse departamento.

Só que agora o Taylor fica mandando mensagens de texto para Malley, convidando-a para sair. Ela deu o fora nele em, tipo, treze línguas diferentes, literalmente. Ela tem um aplicativo que traduz seus insultos sarcásticos em espanhol, francês, alemão, grego, eu me esqueci de todos os outros.

Minha prima pode ser brutal.

O Sr. Tile deixou uma mensagem de voz dizendo que eu deveria entrar na internet e ler um artigo que apareceu no *Pensacola News Journal*, apenas alguns dias depois de termos saído de Walton County. Confira a manchete:

DOADOR ANÔNIMO HOMENAGEIA FUZILEIRO NAVAL CAÍDO

A reportagem dizia que uma pessoa desconhecida tinha aberto um fundo de bolsa de estudos em Northwest Florida State College em nome do falecido Earl Talbo Chock, um jovem cabo fuzileiro naval morto por uma mina terrestre no Afeganistão.

O que deixava a doação curiosa era a estranha quantia – 9.720 dólares – e o fato de que era tudo em dinheiro, entregue pelo serviço postal numa caixa de sapato comum junto com um bilhetinho escrito à mão com instruções.

Segundo o jornal, os pais de Talbo Chock estavam ansiosos para que o misterioso benfeitor viesse às claras para que pudessem agradecê-lo adequadamente pela homenagem generosa. Disseram que um morador de rua alto tinha sido avistado recentemente no túmulo do filho deles, postura ereta como um poste, saudando a cruz branca simples. Quando um funcionário do cemitério se aproximou, o estranho fez um "gesto obsceno" e saiu mancando.

Os pais de Talbo Chock se perguntavam se era a mesma pessoa que tinha enviado a caixa de sapatos cheia de dinheiro para a faculdade e pediram a ajuda do público na identificação do sujeito.

Tentei retornar a ligação do Sr. Tile pelo menos meia dúzia de vezes, mas o telefone dele caía direto na caixa postal. Ele não tinha mais nada a me dizer, eu acho. Só queria que soubéssemos que Skink estava bem. Imprimi o artigo e dei à Malley quando fomos fazer uma das nossas caminhadas para observar tartarugas.

A lua crescente parecia um pêssego maduro surgindo sobre o oceano. Nunca vou esquecer a cor do céu, porque foi a primeira noite que minha prima e eu encontramos uma tartaruga mãe em um ninho.

Tínhamos caminhado pouco mais de um quilômetro antes de vermos rastros frescos da linha da água até a fileira de dunas. Lá, uma enorme cabeçuda, cujo casco era repleto de cracas, tinha cavado uma cova tão larga quanto seu casco. Mirei a lanterna no buraco e conseguimos ver seus ovos caindo suavemente.

A tartaruga não ficou zangada com a gente e nem tentou ir embora. Ela só piscou seus grandes olhos úmidos e inspirou curto e áspero algumas vezes, uma velha mamãe cansada com uma tarefa a fazer.

Ela já tinha estado ali antes, e seus filhotes fêmeas que sobrevivessem à idade adulta voltariam à mesma praia, na mesma época do verão, para botar os próprios ovos. É um ritual que vem acontecendo só há uns cem milhões de anos. Incrível, mas é verdade – tartarugas-cabeçudas, tartarugas-verdes e tartarugas-de-pente nadavam nos mares lá na época que o Tiranossauro Rex vivia nas florestas.

Malley e eu tiramos fotos da mãe tartaruga, mas não publicamos no Instagram. Em vez disso, ligamos para o departamento estadual de fauna e demos a localização do ninho. No dia seguinte haveria estacas brilhantes marteladas no solo, um sinal de alerta. Com alguma sorte, Dodge Olney ainda estaria trancado na cadeia.

Não queríamos atrair uma multidão que pudesse perturbar a mamãe cabeçuda, por isso, continuamos andando. De vez em quando a gente encontrava fragmentos de ovos onde outros filhotes tinham eclodido, uma debandada de pequenos discos de hóquei em direção à arrebentação. Alguns deles tinham sobrevivido, outros tinham sido devorados por gaivotas ou guaxinins. Essa é a cadeia alimentar natural, mas Malley e eu ainda sempre torcemos pelas tartarugas recém-nascidas.

Em cada ninho marcado eu parava para mirar a lanterna nas marcas de escavação no interior das fitas rosa choque. Algumas vezes eu caía de joelhos, porque pensava ter visto algo fora de lugar, mas não tinha.

Durante essas paradas aleatórias minhas, Malley nunca ficava impaciente nem mesmo ligeiramente sarcástica. Era algo que eu andava fazendo em nossas caminhadas pela praia desde que tínhamos retornado do Choctawhatchee; algo que eu provavelmente faria pelo resto da vida.

À procura de um canudo de refrigerante despontando na areia.